LA PRECISIÓN DE LA FIEBRE

DANIEL LA GRECA

Título: La precisión de la fiebre
© 2015 La Greca, Daniel Ramón
Editorial:
1ª edición
ISBN: 978-987-33-7443-2
Printed in

Dedicado a mis padres;
y a Marta Ruzo de Salonia, mi ángel guardián.

*Un agradecimiento especial a **Eduardo J. Carletti***
que me publicó mis primeros cuentos.

INDICE

CAPITULO UNO

1985

Matías.

Marisa Márquez no podía dormir. El calor la sofocaba. Las sabanas transpiradas le molestaban aún más que los ruidos característicos de las noches de campo.

Odiaba el campo.

Aunque la residencia de dos plantas, una pileta atiborrada de cloro, las habitaciones alfombradas y el pasto recién cortado no tenían nada de parecido al campo: su cuerpo y su mente lo catalogaban como campo. Para una citadina como ella una maceta con yuyos era tan o más bucólico que una chacra en el medio de la Patagonia.

—Te va a fascinar la nueva casa —le había dicho Ricardo días atrás— Ya vas a ver.

—Puede ser, pero no podías haber elegido algo más cerca de la capital. Sabes que soy una rata de ciudad. No puedo vivir sino tengo todo a mano o abierto toda la noche.

—Ya era hora de que cambiáramos de aire. De bajar los decibeles, de tener un poco de tranquilidad en nuestras vidas.

—Sí, sí, todo muy lindo, pero yo me siento más protegida en la ciudad que acá; casi no hay vecinos a nuestro alrededor y las calles de tierra, no sé si la conocías, tierra, esa cosa que se mete por todos lados, a las 8 de la noche ya están a oscuras y siniestras. Y además esta casa...

—No. Espera Marisa, no sigas —le cortó Ricardo— la casa es hermosa punto uno, y punto dos no reduzcas todo a la palabra campo, pensá en esto más bien como en una casaquinta donde vamos a poder disfrutar días enteros de asado, sol y pileta. Pensá en Matías también.

—Matías, mira quién habla de pensar en Matías. Por quién te crees que acepté dejar la ciudad.

—Está bien. Lo sé. Lo sé Marisa. Mati necesitaba un poco de aire puro en sus pulmones y acá va a crecer rodeado de verde y alegría. Va a ser el más beneficiado de todos. Ya vas a ver. Te prometo que te va a encantar.

Pero ella la aborrecía; y no podía dormir; y transpiraba; y solo pensar en la infinidad de alimañas, arañas, vinchucas y murciélagos que estaban rodeándola en ese mismo instante alimentaba aún más el odio, y el insomnio.

Intentó cerrando los ojos, contando ovejas, pensando en Matías, tratando de recordar sus primeros pasos de bebe, sus primeras palabras...

La táctica pareció surtir efecto y bostezó la inauguración del sueño; sintió como el brazo derecho que cruzaba por su frente comenzaba a pesarle y la sangre se le espesaba en las venas.

Cerró los ojos.

Comenzó a perder la conciencia entregándose a la insensibilidad del sueño.

Se durmió.

Recordó los primeros pasos de Matías, sus primeras palabras, los escarpines celestes...

De pronto un sonido la despabiló dejándole un terrible dolor de cabeza y una sensación de vació espeluznante en las entrañas, como si un ejército de escorpiones hambrientos anidaran en su estómago.

Miró el reloj: eran las tres de la mañana. No estaba sola. Podía jurarlo. Como si alguien o algo la estuviera vigilando. Una esencia maligna, perversa; como un terror demoníaco recorriendo sus venas. Miedo a abrir el placard, a mirar por debajo la cama; o esa sutil sensación de que un asesino brutal y despiadado acecha detrás de las ventanas, esperando el momento exacto, pactando con el diablo para condenar su alma.

Escuchó unos gritos.

Se irguió en la cama todavía entumecida y asustada.

Era Matías.

Los gritos sonaban, fuertes, agónicos, atemorizando la silenciosa piel de la noche.

Se cubrió con una estola, se calzó unas chancletas de lona aunque no tenía frío, tomó valor y se dirigió hacia la puerta de entrada.

Tengo ir hasta la habitación de Matías porque nadie va a ir por mí, se dijo.

Ricardo dormía con medio cuerpo sobresaliendo del colchón, como si no hubiera escuchado los gemidos, como si el mundo no existiera para él. Ella intuía que en realidad sí escuchaba, pero se hacía el tonto. Siempre igual, pensó, lo único que tienen que hacer los malditos, es una noche de placer y listo, nada más, los padecimientos, los dolores del parto, las noches sin dormir y los olores nauseabundos los soportamos nosotras.

—Sí. Hacete el sordo imbécil —le gritó y le tiró furiosa la almohada con tanta mala puntería que apenas logró refrescarlo.

Matías empezaba a aturdirla desde la otra habitación.

—Qué pasa con tanto alboroto eh. Estas no son horas de estar gritando como un enloquecido —gritó más para despertar a Ricardo que para retar a Matías

Pero Ricardo ni siquiera se inmutó.

—Ya vas a ver cuando regrese.

Recorrió el pasillo a oscuras, asediada por un sentimiento de vulnerabilidad como nunca había sentido en su vida; abrió la puerta de la habitación contigua y encendió la luz encontrando a un transpirado Matías que la miraba asustado. Un enorme manchón de humedad; un círculo de incontinencia se adivinaba en el calzoncillo.

—Otra vez lo mismo. Cuándo mierda vas a dejar de mearte. Cuando cumplas los veinte.

Lo tomó del brazo con tanta vehemencia que podría habérselo arrancado llevándolo a los tropezones hasta el baño. Matías trastabilló con sus propios pies en el pasillo y casi se cae. Marisa sintió el tirón de la pseudo-caída y en vez de aflojar apretó la mano con firmeza y lo arrastró como una desquiciada; entrando en el baño como si transportara una bolsa de papas.

Encendió la luz. Las piernas arrastradas de Matías golpearon estrepitosamente el bidet. El sonido se escuchó reverberado y aumentado por el silencio reinante y entre los azulejos grises y bien lustrados de las paredes del baño.

—Ni caminar sabes ya —le gritó, aciaga, enojada y encendió también la luz del espejo del lavatorio, mirándose los ojos hinchados por el sueño. No me dejan dormir en paz, pensó, no tengo un día de paz.

Matías se incorporó como pudo frotándose la cadera con insistencia y dolor. No se había golpeado las piernas sino la cadera, por eso el tremendo ruido. Con toda su alma procuró no llorar, sabía que a ella lo peor que le podía hacer en ese momento era llorar, pero las lágrimas derrotaron su férrea voluntad inundándole las cuencas asustadas de los ojos.

Marisa acomodó el pelo del reflejo que la observaba furiosa desde el espejo y acarició las arrugas de ese rostro avejentado que la investigaba. Cómo no voy a envejecer con estos dos insensibles, si no me dejan dormir en paz, se dijo; y miro desinteresadamente a Matías a través del espejo sin mover la cabeza, debatiéndose con su suplicio y el temor.

—A no mijito eso sí que no. Lágrimas de cocodrilo no eh. Soy yo quien deja el sueño por tus estúpidas ideas eh, ya estamos grande para seguir mojando los calzoncillos. Tu primo Sebastián tiene un año menos que vos y ya hace pis en el inodoro y sin que nadie lo ayude

No podía decirle nada peor. Ella lo conocía. A falta de hermanos siempre se encuentra alguien a mano con quien comparar y rebajar. Matías comenzó a frotarse las manos. Estaba asustado. Marisa recordó las verdades que un psicólogo barato y mal alineado le había dicho mientras se acomodaba los anteojos intentando parecer más culto de lo que en realidad era: "Cuando los niños continúan con las incontinencias o se chupan el dedo de grandes sufren igual o más que los padres. La mejor manera de ayudarlos para vencer el inconveniente es transmitiéndoles seguridad en ellos mismos, darles confianza, demostrarles que pueden vencer cualquier problema. Las consignas surten más efecto en los momentos de paz y alegría, no se gana nada con tortúralos en el mismísimo instante del inconveniente. Retarlos, que entiendan lo equivocado que están, pero nada más. Después, en tranquilidad, distraídamente, hablarles como a un adulto y explicarles cómo superar esos trances.

Que estúpido, pensó Marisa, tiempo perdido, te puede llevar toda la vida tratar de que no se orine encima de esa manera, pero lo pensó, e intentó tranquilizarse. No era la primera noche que la despertaba, ni iba a ser la última.

Inspiró, contó hasta diez y lo atrajo hacia sí.

—No te preocupes mi amor no pasa nada —le dijo mientras lo abrazaba con fuerza—. Mami te va a cuidar, no importa, ya vas a vencer este problema —y le pasó delicadamente un dedo por los ojos llevándose algunas lágrimas pegadas en la yema—. Mami te quiere más que a nadie —y le retiró suavemente la camiseta empapada en sudor y miedo—. Mami te va a limpiar, a secar y a llevar a la cama —y tiró la camiseta hecha un bollo contra la pared, que resbaló dejando una mancha de humedad.

—Mami ama a su nene como nadie —y lo aferró del hombro para que no se escapara— ¿Quién se levantó a cuidar a su nene eh?, papá, el vecino, no, mamita —y corrió la cortina, la bañadera apareció vacía por detrás asqueada de complicidad —. Alguien se despertó para aguantarse el olor del pipi de su amorcito, no, mamita solamente —y abrió la canilla de agua caliente, el chorro resonó en el silencio del recinto como un maremoto—. Mami siempre va a estar cuidando de su nene aunque ya este grandecito a mami no le importa, le da igual, tenga cuatro o treinta años, mami siempre va a estar ahí con su nene —y probó con el brazo la temperatura del agua que caía a borbotones apestada de vapor.

—Mami siempre lo va a bañar y secar, sí señor, aunque el nene tenga treinta años.

Treinta años; ni muerta, se dijo.

—Ya está. Ahora a sacarse el calzoncillo mojado. ¿Qué pensás de mami? ¿Hay alguna mejor? Crees que algún día tu mujer te va a tratar mejor que mami.

Matías no le contestó. Mudo en su terror, ni siquiera movía los labios, solo se dedicaba a frotarse las manos una y otra vez nervioso, asustado, empapado en miedo, observando el vapor maligno que segregaba la bañadera.

—Estas mudo mi amor. Contéstame, decime algo. Me lo merezco no.

Afuera se derramó un trueno gritando una tempestad. Era el primer sonido que se escuchaba, que le demostraba que no estaban en un lugar apartado del mundo. Comenzó a llover, fuerte, las gotas golpeaban la ventana del baño como queriendo entrar. Marisa se acordó de la ventana abierta de la habitación y fue corriendo a cerrarla. Las noches de verano contienen esa instantaneidad propia de un niño de seis años, nunca podes predecir sus estados de ánimo; y las lluvias contienen una furia y un salvajismo imposible de adivinar. Le costó cerrar las ventanas; como si alguien empujara desde el exterior mientras cientos de dedos húmedos golpeaban el vidrio con intenciones de romperlo.

No puede ser, pensó, nunca se va a despertar este hombre. Total siempre yo no... siempre yo. El cielo se está cayendo y él ni siquiera se inmuta.

—Despertate vagó de mierda —y como la bolsa de cemento no le respondía volvió al baño.

Se sentía cansada. No le respondía el cuerpo. Deseaba acostarse y olvidarse de toda la situación; como la bolsa de cemento, pensó. Había sido un día lleno de complicaciones, ruidos molestos y obligaciones. Matías estuvo de sol a sol yendo de un lado para otro gritando y saltando acribillándola con preguntas tontas. Incluso Ricardo le trajo más complicaciones aun invitando a ese horrible amigo suyo a comer.

Total, se dijo, la comida la cocino yo, la mesa la preparó yo, limpiar los platos yo. ¿Qué hiciste vos eh? Invitarlo, sonreír y nada más.

El amigo se llamaba Gauna, así lo llamaba Ricardo, por el apellido, como si le tuviera un respeto desmedido, o se tratara de su jefe. Aunque ella comprendía que Gauna merecía un poco de respeto porque fue el mismísimo Gauna quién les vendió esta casa quinta, (a un precio irrisorio muy por debajo del mercado), no estaba segura si el comportamiento timorato de Ricardo se debía al merecimiento o a una elevada cuota de respeto y sumisión

Pero se lo merecía y por esa razón ella cocinó la mejor cena que pudo y se vistió y vistió a Matías como si pertenecieran a la corona de Inglaterra; sin embargo, cuando Gauna llegó, solo se limitó a mirar por todos los rincones de la casa, inclusive debajo de la cama (como comparando el estado de limpieza actual con el de antes) y a hablar de política con Ricardo.

Y tanto esfuerzo para qué, se dijo, para pasarme la noche limpiando los calzoncillos pestilentes de mi hijo.

Y sin un poquito de ayuda.

Se dirigió al baño. Afuera el mundo se agitaba. El viento chiflaba profanador, agresivo por entre las puertas, las ventanas y las ideas.

—Ni siquiera se te ocurrió ayudarme un poco. No podías sacarte el calzoncillo solo no. No mami tuviste un día agotador pero yo no puedo bajarme solo el calzoncillo quiero que lo haga mi Mamita que no hizo nada durante el día —le dijo con ironía.

Matías seguía igual que antes; ocupando el mismo espacio en su quietud de espanto; absorto en el brillo traicionero de una baldosa; tratando de no toparse con la mirada encolerizada y belicosa de su madre.

—Vamos. A bañarse —le gritó imperativa Marisa y lo empujó ingrata por la espalda—. Bajate el calzoncillo de una buena vez querés —le dijo aleteando los brazos como un chimpancé a punto de enloquecer.

—Vamos, vamos, vamos no pierdas tiempo con lloriqueos y bajate el calzoncillo querés, no pretenderás bañarte vestido.

Matías no se movía. No podía. No sentía las piernas, no sentía las manos, ya ni siquiera se las refregaba, no sentía nada, ni las lágrimas trazando surcos de pavor en sus mejillas.

Marisa no pudo contenerse más, lo tomó del brazo y de un tirón le bajó el calzoncillo propinándole un par de cachetadas en las nalgas desnudas y lechosas de pánico. Las cachetadas no las descargó con la energía y la potencia con que ella hubiera querido. Estaba encolerizada; de eso no cabe ninguna duda, se dijo, pero todavía no me conocen... No. Todavía no saben quién soy.

Unas manchas rojizas aparecieron en los glúteos de Matías, como un guante de rubor, pero este no abrió la boca, solo se limitó a descargar su impotencia e inocencia con un torrente de lágrimas, y más saladas que las anteriores.

Otro trueno, ladino, funesto. Las ventanas temblaron, hasta el agua pareció temblar. La bañera casi rebalsaba. Marisa cerró la canilla y se arremangó el camisón hasta la altura de los hombros, los brazos brillaron como miles de estrellas por la transpiración.

Intentó probar si el agua había alcanzado la temperatura deseada.

Hervía.

—Cuanto más caliente mejor mi amor no queremos contagiarnos de ninguna enfermedad, ni de hongos ni de nada, vos sabes que el pis contiene muchas bacterias.

Terminó de sacarle el calzoncillo y lo arrojó desmedida en el bidet. Matías siguió el vuelo del calzoncillo con la vista y observó la puerta esperando que su padre apareciera, pero su madre tenía razón: nadie lo quería sino ella, nadie iba a ayudarlo, estaba solo y no podía ni gritar, ni llorar o el agua caliente podría convertirse en lava ardiente.

Marisa tiró de él para meterlo en la bañadera envuelta de vapor y sofoco, pero no pudo; Matías le ofreció una endeble resistencia y la miró como pidiéndole perdón.

—Perdón mami no lo voy a hacer más —creyó escuchar Marisa—. Te quiero mami, por favor yo te quiero.

Pero Matías no movía ni un solo músculo de su rostro blanco, sin vida, pintado de terror.

—Mami no, por favor, no lo voy a hacer más.

Y eso era lo que más odiaba Marisa: que empleara esas tácticas engañosas para convencerla. Odiaba que en esos momentos en que debía si o si administrarle una lección él intentara que desistiera apelando a esas maniobras de hijo desvalido e inocente.

—No señor conmigo eso no sirve para nada. Usted cometió un error y usted debe remediarlo solito. Ya me lo vas a agradecer cuando seas grande. Si señor esto té lo tenés merecido y es la única manera de que aprendas de una vez por todas que la vida no es tan fácil como creías.

Matías movió negativamente la cabeza mientras intentaba resistir. Pero el final era ya irreversible.

Pataleo en un esfuerzo instintivo e inútil sosteniéndose del inodoro con sus pequeños y blanquecinos bracitos; Marisa le pegó en los dedos con los puños cerrados una y otra vez intentando que se soltara, pero como no daba resultado lo tomó del cabello y empezó a tirar con furia.

Se trenzaron en una lucha feroz. Ella tirándole del pelo o clavándole las uñas en las manos tratando que se soltara y él llorando, suplicando en silencio, resquebrajado en su inocencia.

—No mami, no lo voy a hacer más por favor.

Se estaba cansando.

No puede ser que todo me cueste el doble, se dijo.

—Y tú papá eh. ¿Dónde está? Cuándo vas a venir a hacerte cargo de tu hijo eh —gritó al aire, encolerizada—, despertate. Vamos, arriba, vení a ayudarme maldito hijo de perra... y vos obedéceme lo que digo, podes hacérmela menos difícil de lo que ya es.

Hasta que Matías se soltó y Marisa como pudo aferró el cuerpo transpirado de pavor de su hijo.

—Basta. Ya es suficiente —y lo sumergió de un solo movimiento en el agua hirviendo. El rostro de Matías se desgarró en un llorisqueo incontenible. La piel se le tiño de rojo escarlata por el sufrimiento. Pero no dijo nada, no gritó ni movió los labios, se quedó petrificado en una serenidad hiriente.

—Viste que no estaba tan caliente como parecía. Mami cuida de su hijito mejor que nadie. Mami lo va a dejar limpito, limpito

Pero Marisa sabía que eso era mentira. Mucho vapor para una noche tan calurosa, se dijo.

Después de unos segundos de lastimosa quietud Matías comenzó a desesperarse y a tratar de escapar de ese destino impiadoso, doloroso, huérfano. Sus piernas golpeaban el piso de la bañadera, sus brazos se agitaban descontrolados y sin percatarse comenzó a tirarle del pelo a Marisa

—Basta Matías, basta, son unos segundos más y nada más. Compórtate como todo un varoncito.

Pero ya no podía resistir más, la piel perdía la misión de proteger la carne y le aparecieron unas ampollas de sufrimiento en el pecho.

—A no mi hijito. No. Esas tácticas conmigo no eh.

Las ampollas también germinaron en los brazos, después por las piernas y subían hasta su alma. Matías se agitaba y estiraba los brazos hacia la puerta dibujando en el aire la trama del terror; como esperando que alguien por detrás de su madre lo levantara y lo ayudara.

Pero nadie aparecía.

—Un segundo mi amor y ya estamos. Te podes quedar quieto un poco. Qué es eso. A no. Qué son esas manchas. Manías conmigo no eh. Te crees que es fácil para mí eh. No mijito nada de lloriqueos. Basta Matías. Basta.

Y lo hundió hasta el fondo en la bañadera mientras Matías agitaba los brazos como un ciego, y lo sostuvo con toda la fuerza de su cuerpo bajo el agua hirviendo, bajo el agua asesina, conspicua.

Lo hundió con vigor, sin mirarlo, tratando de acallar tanto alboroto, procurando silenciar sus ruegos.

Aunque, en realidad, Matías nunca había dicho una sola palabra en toda la noche.

El agua la salpicó con fuerza.

Luego con caricias

Después ya no.

Y Matías no había dicho una sola palabra.

Vidal.

Se mezclan unas gotas de odio y envidia, de sueños truncados y de infancias crueles, con otro poco de total falta de escrúpulos y de respeto a la intimidad y a la carne ajena y se obtiene el hombre que en esa noche cerrada y silenciosa se acercaba confiado a la casa de Marisa Márquez.

Sigilo y astucia eran su primer y segundo nombre y su apellido sangre fría; pero en su documento de identidad figuraba Emilio Vidal; argentino hasta la medula, capaz de dar la vida por su patria o de eliminarla sin miramientos, y también por su patria.

Soltero, con la piel tostada para toda la vida producto del reflejo colorado de su Posadas natal en Misiones: Emilio Vidal era de esos hombres de los que jamás se podía adivinar su fuerza. Parecía desgarbado, flaco, triste, gris, pero su delgadez contenía la fibra y la musculatura de un leopardo y la misma habilidad y ferocidad de un felino a la hora de luchar.

La mirada dura, penetrante y pendenciera, carente de inteligencia y la nariz puntiaguda como de buitre no hacían más que acentuar esos rasgos de hombre de poca paciencia y demasiado salvajismo; de un hombre capaz de recitarte un sin fin de métodos crueles antes de rematarte; de esos que jamás se detendrían hasta verte muerto, aunque la discusión hubiera sido tan banal como quién franqueaba primero por la puerta.

Pero Emilio Vidal no estaba solo. Como mínimo se necesitan dos bandidos para llevar a cabo el escabroso plan que la noche cerrada y nublada sabía de antemano pero se callaba.

Dos hombres se desplazaban acariciando la tierra recién humedecida por el roció nocturno. Las sombras astutas se movían con sigilo por el terreno; conocían a la perfección como convencer del silencio al pasto y a las baldosas o el parquet de madera de cualquier piso y esta casa era perfecta para robar; mientras sus habitantes dormían en la profundidad de la noche, en el piso superior, ellos encontrarían todo lo que necesitaban en el piso inferior. Inclusive conocían donde se ocultaba la caja fuerte, aunque en realidad no era una caja fuerte con combinaciones y alarmas sino, solamente una caja de acero empotrada en la pared y sin cerraduras.

No era la primera vez que asaltaban esta casa quinta. Casi siempre lo hacían en el verano cuando algún porteño la alquilaba para pasar las vacaciones en familia; sin embargo, esta vez, no la habían alquilado, los actuales huéspedes la habían comprado y esta podía ser la última vez que estuviera disponible para robar.

Emilio y su compañero conocían los secretos de esa casa como si vivieran ellos mismos, incluso podían recorrerla con los ojos vendados. Sabían dónde se guardaban las joyas y que la cocina tenía los electrodomésticos más modernos y caros

Pero el premio máximo era el Mercedes Benz que descansaba en la entrada. Podían entretenerse robando infinidad de joyas y dinero o ropa de calidad, pero nada se comparaba con el premio mayor, el gordo de navidad, el Mercedes Benz color gris metalizado que manejaba ostentoso el nuevo dueño de la casa.

El plan era simple: entrar silenciosamente, abrir la caja fuerte, ver si contenía algo de valor y revisar toda la planta baja buscando adornos u otro utensilio factible de vender en el mercado negro. Siempre estaría la clásica bandeja de plata con copas de cristal para el champagne y la hielera, infaltables en toda residencia de vacaciones de los ricos, pensó Emilio. En el camino revisarían los armarios, especialmente el aparador del living. Estas gentes usan camperas o sacos con los cuales yo podía comprarme diez, se dijo.

Para no hacer ruido calzaban alpargatas con suela de goma y uno por uno sacarían los trofeos hasta la camioneta que los esperaba silenciosa a media cuadra; guardando el cartón del bingo para cantarlo al final, cuando irían por el premio mayor.

Por supuesto confiaban en que el dueño cometiera el error de guardar los papeles del auto en la caja fuerte o los dejara en la misma guantera del auto; una especie de bonus track de premio al esfuerzo, porque con papeles el auto valía el doble. La idea era empujarlo en el mayor de los silencios posibles hasta la calle que no estaba a más de diez metros de la entrada.

Emilio sabía que los nuevos propietarios no hacía más de una semana que moraban en esa quinta, pero cuanto antes la desvalijaran mejor; eso también lo sabía. Los citadinos tardan en percatarse que la mejor manera de dormir tranquilo en estos barrios es con un buen par de perros bien alimentados y felices correteando y haciendo sus necesidades por todo el parque. Los perros no sufren cortes de luz, ni tienen fallas eléctricas, no son vulnerables como lo sistemas de seguridad, y los sistemas de seguridad únicamente te alertan, no te defienden.

Inclusive, con el agregado de unas gotas de cariño, un perro da la vida por su amo sin detenerse a pensarlo ni siquiera en un palpitar.

Y si son de raza doberman mejor, pensó Emilio, aunque carezcan de entrenamiento no existe nada más persuasivo que los dientes enloquecidos de un doberman.

Si todo sale bien antes del fin de semana estaré lleno de plata agradeciéndole a estos ricachones el trabajar para mí, se dijo, y entró en el living inferior seguido de su compinche y del otro... el silencio.

Marisa.

Me sentí como cayendo en el embudo de un reloj de arena conociendo el final, deseando con toda mi esencia despertarme de esa pesadilla maldita y aterradora. Lloraba y gemía del dolor. Era el último granito de arena de ese reloj. Una a una se sucedían las imágenes de esa oscura y atormentada pesadilla y no terminaban. Aunque había escuchado el llamado de alguien desconocido más allá de mi inconciencia no podía liberarme de la pesadilla. Por mucho que lo intentaba no podía detener el proceso.

Matías, mi amorcito, esto no puede estar pasando, no puede ser real, yo jamás te haría daño.

Traté de recordar sus primeros pasos, sus primeras palabras para ayudarme, pero no pude. Por alguna extraña razón no pude recordar esos momentos.

Entonces desperté sobresaltada. Ricardo gritaba a mi lado. La sabana parecía recién extraída de una pileta de agua caliente, no entendía si era por las lágrimas o por la transpiración, aunque de algo sí estaba segura: era por el dolor y la angustia.

Por dios, qué te pasa estas bien, me gritaba Ricardo; pero no podía contestarle, me era imposible decirle una sola palabra. Lloré. Lloré como nunca y lo abrasé. Necesitaba su protección, debía entender que yo era incapaz de lastimar a nuestro hijo de esa manera. Cuando por fin pude hablar se lo repetí hasta que él me contestó

—Lo sé, lo sé, fue una pesadilla Marisa tranquilizate. Te movías. Pateabas. ¿Qué pasó? ¿Qué te causaba tanto dolor? Por qué decís que jamás le harías daño a Mati.

Intenté contarle con lujo de detalles lo que había soñado, aunque las palabras se entrecortaban con mi congoja, se perdían en la bruma de mi tormento.

Esta era la segunda pesadilla que sufría desde que nos habíamos mudado a la nueva casa. Le conté de mi locura. De cómo metía a Matías en una bañadera con agua hirviendo y lo veía retorcerse del dolor, y la piel comenzaba a ampollársele y pateaba y rogaba piedad

—Y no podía ser verdad entendés. Estaba matándolo y él se defendía pero no me decía nada. Dios mío, me miraba con los ojitos llenos de dolor pidiéndome que no lo lastimara, pero no decía nada.

—En qué sentido no decía nada

—No movía la boca. Ni siquiera gritaba del dolor. Era terrible. Sentía todo su sufrimiento a través de su mirada y de cómo le temblaba el cuerpo pero no decía nada. Escuchaba su voz y sus ruegos pero los labios no se le movían y eso lo hacía más doloroso aún.

—Está bien, serenate Marisa, tranquilizate. No le pasa nada a Matías, todos tenemos pesadillas parecidas en algún momento de nuestras vidas. Yo una vez soñé que mataba a mi viejo…

Procure tranquilizarme, comprendía que solo había sido una pesadilla, pero el recuerdo de la carita de Matías suplicándome perdón no me dejaba respirar.

—Lo sé, pero es que esta no fue la primera vez que lo soñé, el otro día soñé algo parecido. Lo mataba. Aunque no con tanta crueldad como hoy. Solo lo dejaba caer de la mesa, en realidad él se caía solo pero yo no movía un solo dedo por ayudarlo. Y en las dos veces era más chico que ahora tenía cuatro o cinco años menos.

—Y por qué no me lo contaste antes —me cuestionó Ricardo.

—Porque estabas muy entusiasmado con la nueva casa y con tu amigo Gauna y la mudanza, no sé, tantas complicaciones juntas que no quería molestarte con una cosa así.

Ricardo, algo turbado, encendió un cigarrillo como buscando la salvación y las respuestas en la nicotina. Como siempre comenzó a exhalar anillos de humo que morían a pocos centímetros de sus labios. Estaba adormecido y probablemente asustado. Tratando de tranquilizarme me quedé observando por unos segundos el humo que ascendía de sus labios como los anillos de Saturno y luego agonizaba a su alrededor como... Como el vapor caliente de la bañadera. Dios mío. Dios mío

—Debiste sufrir como una bestia —me asustó Ricardo sacándome de mi tortura personal—, pero no empieces a analizar la situación como haces siempre, fue solo eso una pesadilla y nada más que eso. Tranquilízate no te hagas ideas locas y extrañas que no te llevan a ningún lugar.

—Si claro, para vos es fácil decirlo, es una pesadilla y nada más porque vos no la sufriste, vos no estuviste ahí matándolo sin piedad.

Me callé entendiendo lo inútil de mi esfuerzo por obtener un poco de interés de Ricardo y me acomodé a un costado de la cama esquivando el machón de humedad pegajoso de la sabana. Dios mío cómo transpire, cómo sufrí y Ricardo quería tratar el tema como algo menor. Es curioso como una experiencia, a mi juicio tan trascendental, puede convertirse en una mísera transferencia de palabras entre dos personas que perdieron el romance y la necesidad de comunicación sin darse cuenta de cuando había sucedido aquella merma. Pero nuestra ya menguada relación no era el tema importante de la noche, aunque él pretendiera restarle importancia a mi pesadilla.

El cigarrillo terminó de consumirse en sus labios como las palpitaciones en mi pecho. Trate de ayudarme con un ejercicio de respiraciones e inspiraciones que aprendí en las clases de yoga. Cuando me tranquilicé Ricardo me observaba inquisidor, me preguntó si me sentía mejor y le contesté que sí. Por lo menos ya no lloraba.

Me levanté.

Al principio me costó, las piernas me temblaban y sentía mareos. Como pude me dirigí hasta el aparador para cambiarme el camisón, elegí el de color marfil de algodón suave porque hacia demasiado calor en el ambiente.

La habitación reposaba rodeada de un tufo a transpiración y a noche veraniega. No era grande pero si lo suficientemente cómoda para nosotros dos, con una enorme ventana en un costado permitiendo una perspectiva de casi todo el parque de la casaquinta y un placard empotrado de seis puertas a modo de pared del otro lado

Todavía no podía creer lo que había soñado. Matar a mi hijo. Es cierto que la semana había sido una semana de locura. La mudanza, comprar muebles nuevos, traer algunos viejos, acomodar la cocina y pintar la pileta que realmente estaba en un estado deprimente. Gauna, el amigo de Ricardo, no la habitaba desde hacía dos años, solamente la alquilaba cuando se presentaba algún interesado; por esa misma razón yo pensaba que en realidad no se la había vendido barata sino, todo lo contrario: se la había quitado de encima.

—Es que la casa le trae malos recuerdos a Gauna, tenía ganas de venderla, pero no quería vendérsela a cualquiera y pensó en mí, lo demás ya lo sabes —Me dijo Ricardo por la tarde y yo no quise preguntarle a Gauna durante la cena cuales habían sido esos malos recuerdos que lo llevaron a querer desprenderse de una casaquinta tan bonita; y no por aprensión, sino solamente porque ya era un poco tarde y estaba cansada. Unos segundos después aproveché para dejarlos solos y limpiar la cocina, acostar a Matías con un abrazo y un beso enorme y darme un baño antes de desmayarme en la cama.

Y ahora este sueño maldito, abrasador que no me dejaba respirar. ¿Por qué había soñado algo así? ¿Qué razón movilizaba mi alma para tratar a mi hijo de esa manera tan impiadosa y salvaje? Si bien entendía que había sido solamente una pesadilla no dejaba de preguntarme el por qué.

Terminé de acomodarme el camisón y me dirigí hacia la habitación de Mati; debía cerciorarme que estuviera bien. El sueño era todavía muy vivido y una escena en especial me torturaba, el momento cuando Matías me imploraba que no lo lastimara. Te amo mami, fueron sus palabras, pero en realidad se trataba de un sueño dentro de otro sueño o de una realidad dentro de otra, porque yo lo escuchaba pero él no movía los labios. Ahora que lo recordaba hasta podía jurar que aquella no era su voz. Tenía un timbre distinto. No podía asegurarlo, pero así me parecía.

Aunque en el sueño Matías era cuatro o cinco años menor que ahora que tiene seis, su voz era distinta, no era él el que me suplicaba. Volví hacia atrás, hasta ese momento del sueño y no era la voz de Mati, estaba completamente segura de que no era su voz y, además, él nunca movió los labios.

Llovía. Como en el sueño, sin la misma intensidad pero llovía. Aproveche y cerré algunas ventanas de la planta superior de la casa. Me asombraba mi pasividad, no entendía como no corría inmediatamente a abrazarlo y pedirle perdón. Aunque Mati seguramente me miraría sin entender nada. Pensaría que estaba loca abrazándolo y pidiéndole perdón como una desquiciada a las tres de la mañana. Eso y el hecho de saber que solo se había sido una pesadilla y que las lágrimas y la congoja no me permitieron mover ni siquiera un dedo hasta que me tranquilicé, solo por eso no me retaba a mí misma. Sí, eso fue.

Pero no. Intuía algo más.

La aparente inacción de Ricardo fue la máxima variable para aquella falta de emotividad de mi parte. Es cierto: él me había despertado, casi diría salvado de ver morir a mi hijito entre mis propias manos, pero enseguida pateo la situación y le restó importancia al hecho y se puso a fumar su maldito cigarrillo. Esperaba algo más de él. Él me quiere, y yo también, solo estamos pasando por un mal momento, ya lo vamos a superar; creo que una de las razones para comprar la quinta era volver a unirnos otra vez, pero no me demostró ni siquiera una mínima luz de cariño. Es cierto que su personalidad es más fría y calculadora que la mía. Él no toma ninguna decisión ni mueve un dedo sin haberlo pensado antes unas mil veces. Esa era una de las cosas que más me enamoraron de él: su seguridad y aplomo, sin perder esa capacidad de soñar propia de un muchacho de veinticinco años.

Sin embargo, ahora, era solo un destello de aquel hombre soñador de nuestro noviazgo cuando nos matábamos a besos en la escalera del departamento de mis viejos, o podíamos pasarnos horas enteras mimándonos (y más también) en cualquier esquina como si nada existiera para nosotros más que el amor, nuestro amor. Y yo no estaba segura si la culpa la tenía la aparente distancia que se asomaba traicionera en nuestra relación, la costumbre, los problemas cotidianos o en definitiva lo que todos llaman el tormento de la convivencia o solamente un atisbo de su verdadera personalidad.

Dicen que nunca terminas de conocer a la persona que está a tu lado caminado en un jardín de rosas. El verdadero color del espíritu aparece en las tormentas.

Llegué a la habitación de Mati. La luz del baño lo acariciaba, parecía un ángel; era un ángel; mi angelito.

Las maderas protestaban ante cada uno de mis pasos, era imposible no hacer ruido, lo intenté pero me fue imposible, sin embargo Mati no sentía nada. Solo los niños pueden dormir sin escuchar el espíritu lascivo de la noche a su alrededor. En su inocencia no esperan la maldad. Le tienen miedo a la oscuridad, a los monstruos desconocidos pero no piensan en la maldad. La verdadera maldad la vas conociendo a medida que creces y la auténtica esencia de la humanidad se cuela en tus sentidos. El hombre es capaz de comportarse con más perversidad, envidia y crueldad que el mismísimo diablo.

Me senté a su lado ocultando la embriagadora luz que curioseaba por la puerta. La persiana de la ventana estaba entreabierta. La lluvia mermaba y los pensamientos se trasformaban en un cliché. A través de la rendija pude observar que la lluvia no había sido tan demencial porque las lajas que abrazaban la pileta presentaban algunas gotas pero no las suficientes como para estar empapadas. Lo mismo observé en las sombrillas cerradas. La luz que dejábamos encendida del parque no alcanzaba a iluminar lo suficiente como para aventurar muchos detalles, pero no había llovido mucho y aparecían unas pocas estrellas bostezando su claridad a través de las nubes.

Iba a ser un día del infierno.

Matías movió uno de sus brazos que cayó suavemente a un costado. Lo observé. Era un niño sensacional, dulce, tierno, extrovertido, no perdía tiempo en preámbulos y charlaba con el primero que se le presentaba. Desde el panadero, pasando por algún ocasional transeúnte que caminara a su lado hasta incluso otros chicos por más poco comunicativos que estos fueran. Es un chico hermoso, pensé, con su pelo enrulado, la boca chiquita y esa expresión de electricidad y expectación con que observa su entorno. Uno jamás podía adivinar cuál sería su comportamiento inmediato. Mucho menos sus preguntas tan directas e incisivas como sorpresivas y tiene tan solo seis años, me dije, y observa el mundo con esos ojos negros, nítidos, inteligentes, ávidos de información que si no le contestas enseguida puede volverte loca hasta arrancarte los pelos.

No quería tocarlo para no despertarlo, y lloré, las lágrimas me asaltaron los ojos. Nunca voy a permitir que alguien te haga daño le dije, siempre voy a estar a tu lado mi amor. No puedo creer lo que soné, pero sé que no voy a soportarlo otra vez. Te amo, quiero que lo sepas. Alguien me había dicho que cuando estas dormido y te hablan, las palabras te quedan grabadas en la inconciencia. Como una fotografía que no sabemos dónde está y cuando ya no la necesitamos recordamos donde la pusimos inmediatamente. Se lo repetí varias veces confiando en que diera resultado.

Probablemente era un sentimiento de culpa.

Me quedé unos minutos en la penumbra ordenando mis pensamientos y mi corazón. Matías respiraba como si tuviera una pesadilla y le apoyé la mano delicadamente como para decirle a su inconciencia, aquí estoy mi amor.

Surtió efecto, murmuró algo inentendible y se tendió de espaldas. No ocupaba el espació que debería ocupar un chico de su edad, y estaba flaco, pero tenía fuerza, y cuando se proponía algo lo lograba.

En la oscuridad se perdían varios de los atributos de la casa. Era hermosa, de dos plantas, con ambientes amplios y mucha madera y lajas en vez de azulejos o pintura acentuando un sentimiento de bienestar y calidez sin igual. Todo parecía hecho para descansar, desde los amplios sillones del living, que nosotros habíamos comprado dos días atrás, hasta los cuadros y el piso de cerámica rustica. Con las persianas entrecerradas y algunas resolanas de la tarde colándose entre las rendijas parecía el rostro de un anciano, la delicada sonrisa de un viejo sabio. Uno adquiría inmediatamente en los ambientes de la casa un sentimiento de paz y un sopor inusitado. Era magnifico; y lo mejor lo constituía el parque con la pileta y el quincho a un costado. Todo coronado de arbustos floreados y unos pocos pinos altos y flacuchos destilando una fragancia a eucalipto y clorofila tranquilizadores.

Hubo días en que el reflejo del agua de la pileta parecía colarse por doquier. Donde estuvieras. En las paredes, en los techos, en las ventanas inclusive en el piso. Respiraras donde respiraras, en el quincho o en cualquier habitación de la casa un reflejo celeste y ondulante empapelaba todo y te perseguía; te aseguraba que no solo los dioses podían morar en el paraíso

Cuánta razón tenía Ricardo cuando decía que en algún momento olvide mi pasado, cuantos recuerdos se me viene ahora a la memoria, las calles de Quilmes que no aguantaban una mísera lluviecita y se inundaban hasta la mismísima puerta de mi casa. Hasta recuerdo un día que me levante de la siesta y el agua alcanzaba el rellano de la puerta de entrada. Cuando la abrí parecía que estaba a la vera de un rió, sí, un rió sucio lleno de tierra y basura corría enloquecido por la calle y la vereda. Era increíble. Si te detenías a mirarlo desfilar no sabías si realmente era el rió el que se movía o la casa que avanzaba calle abajo como un barco a la deriva. Y ahora, cuando Ricardo me dijo compremos una quintita en las afueras de la capital para tener un lugar de descanso los fines de semana, yo le contesté que estaba loco, que a mí no me gustaba el campo ni los espacios abiertos; especialmente los fines de semana, que sin un cine cerca o vidrieras para recorrer podía llegar a morirme del aburrimiento.

El olvido, el olvido te puede deparar graves consecuencias, pensé. Ricardo tenía razón también cuando opinaba que Matías sería el más beneficiado con la quinta. El aire le va a borrar esa expresión de citadino hipocondríaco dibujada a fuego de todos los chicos que nacen, viven y mueren en un departamentito. Cómo y cuándo llegue a perder esa pureza de provinciana que tenía en mi juventud todavía no lo comprendo con certeza; no hay nada que se asemeje a jugar todas las tardes con tus amigos en la vereda. Es cierto que en la capital tenemos una plaza cerca de casa, que hay espacios verdes muy lindos, aunque no demasiados como otras ciudades de Europa, pero no es lo mismo. Para un chico acostumbrado al aire libre la sensación de jugar en una plaza de la ciudad debe ser la misma que estar en el medio de un estadio de fútbol pero rodeado de departamentos, almacenes, boutiques, el bullicio de los autos y ni un asomo de la música de la vida o, de la orquesta perseverante de la naturaleza; como los pájaros o la cigarra que tanto me fascinaba cuando todavía no me había liberado de las medias tipo "can can" de yérsey que me incrustaba mi madre.

Si, a Matías le va a hacer bien, pensé, muy bien. Hasta las amistades que uno junta en la infancia al aire libre me parece que son más duraderas o por lo menos más estables que las de la ciudad. Las aventuras no tienen el mismo sabor; no es lo mismo recorrer las veredas asqueadas de cagadas de perros que pisar un hormiguero o atrapar sapos. Dios, como me gustaba la crueldad con esos pequeños animalitos cuando era chica. Ahora veo una mosca y salgo corriendo. Fue una de las razones de peso para olvidar eso de comprar una quinta. Los bichos. Pero Matías lo necesita, le va apaciguar el espíritu. No llevamos ni una semana aquí y ya veo los cambios. Todos los días se empeña en mostrarme alguna adquisición nueva, una nueva especie de alimaña o flores o plantas; tiene una sonrisa que hacía mucho tiempo no le veía y corre de un lado a otro como un endemoniado. Y cómo está comiendo dios mío; dicen que el aire puro te despierta el apetito, otros opinan que es el agua. Aunque le dije que la próxima vez que me traía algún bicharraco de esos lo iba a encerrar en la habitación con el bicho el igual no dejaba de traerlos. Es más: creo que eso es lo que quiere, disfrutar la sensación de estar encerrado con un escarabajo rinoceronte entre cuatro paredes, o los chirridos de un grillo asustado en el placard.

Y... es mi hijo.

Era lógico que le gustaran los bichos como a mí cuando era una nena y mama me ataba el pelo en dos trenzas para no ensuciármelo tanto. Actualmente los detesto; aunque Matías parece que no disfruta asesinándolos como hacíamos con Claudia (mi mejor amiga) en Quilmes, eso lo heredó del padre, es un tipo duro, muy duro para los negocios, y con una seguridad envidiable, pero no podría lastimar ni por asomo siquiera a un mosquito.

Creo que me voy a acostumbrar a esta quinta y a los bichos y al sol sangrando a tu alrededor. Además este aburrimiento no tiene ni una pizca de comparación a la alegría de Matías. Anteayer, en la pileta, le llevé un vaso de chocolate con leche y unas galletitas debajo de la sombrilla para que merendara algo y, sin previo aviso, sin siquiera secarse, así nomás como estaba todo mojadito, me agarró y me abrazó como hacía mucho tiempo no lo hacía, apretándome entre sus pequeños brazos y diciéndome

—Te quiero mami. Te quiero muchisisisimo.

—Yo también mi vida, yo también.

Ahora lo observaba acostado, tierno sobre la cama y el recuerdo de ese momento mágico me ayudaba a olvidar el mal trago de la pesadilla. Trate de no pensar en nada intentado disfrutar de la sangre que corría feliz por mis venas.

Pero no pude.

Algo sucedía. Al principio creí que era mi imaginación. Pero luego lo confirmé. Alguien lloraba. Lloraba con una enorme congoja. Retuve mi respiración unos segundos para poder escuchar con más claridad y tratar de descubrir de dónde provenían ese lamento tan lastimoso.

Venía de la planta baja. Pero quién o qué podía estar llorando con tanta intensidad en mi casa, me preguntaba.

Entonces el llanto cesó con la misma instantaneidad como había empezado y unos ruidos extraños provenientes de la planta baja me asustaron.

Palpitar…

Marisa se levantó de la cama de Matías y caminó preocupada hasta el borde de la escalera, guiada como una marioneta, buscando un vestigio o el eco del sonido que había escuchado. Ya no llovía, pero una sombra se agitaba en la cocina; no sabía si era su imaginación o el movimiento de los árboles o los arbustos y descendió con desconfianza aferrándose al pasamano, tanteando con los pies antes de dar el próximo paso; en tan poco tiempo todavía no conocía lo suficiente la residencia como para moverse con agilidad. Denme una o dos semanas más y recorreré esto con los ojos vendados, se dijo.

Llegó a la planta baja. Una de las hojas del amplio ventanal que miraba al parque estaba abierta.

No recordaba si la había cerrado o no.

De pronto un presentimiento se apoderó de sus músculos e instantáneamente se escondió detrás del sillón y esperó con el corazón dándole tumbos de pánico en el pecho. Tras unos segundos el presentimiento se transformó en dos hombres. O por lo menos dos sombras pasaron sigilosamente atravesando el living, proyectándose en las cerámicas arrugadas del piso.

Transcurrió unos minutos detrás del sillón sin saber que hacer; tenía las manos empapadas de sudor y espanto; una película de agua, casi un charco separaba sus dedos del piso. Por qué no le avise a Ricardo, por qué, se cuestionó, si por lo menos me hubiera quedado arriba podía usar el teléfono y no estaría acá a punto de sufrir un paro cardíaco sin saber qué hacer.

Asomó la cabeza temerosamente por el costado del sillón y divisó una espalda voluminosa que avanzaba hacia el sector de la cocina. La espalda fue perdiéndose de vista sin levantar ningún sonido; esperaba que la segunda sombra también entrara en la cocina, pero no. Por alguna razón se detuvo en algún punto del living, desapareciendo en la bruma del miedo. Marisa buscó la sombra en ambos costado del sillón pero nada, busco en las paredes tenuemente iluminadas por la luz del parque pero nada. Se había esfumado. La sombra se había retirado o todavía respiraba dentro del living pero oculta o agachada.

Me descubrieron, se dijo, y el corazón se le paró en seco.

Dios mío, no, por favor no lo permitas.

Intentó tranquilizarse y trazar un plan por si ya la habían descubierto. No podía gritar. Si despertaba a Ricardo o a Matías los intrusos, probablemente, los lastimarían. No por favor Matías no. No permitas que le pase nada dios mío por favor. Trató de calmarse y pensar. Si ya le habían descubierto debía dejarles bien en claro que nadie en la casa sabía lo que estaba sucediendo.

No tenía mucho tiempo, si el intruso se acercaba al sillón para ver que había detrás seria el fin. Si al menos tuviera un arma, se dijo, pero qué voy a hacer, empezar a los tiros, no imposible.

Debía arrastrarse hacia la derecha, hacia los otros sillones y la puerta de la entrada o el ventanal y escapar. Era la zona más oscura del living, lo había notado días atrás como si fuera una premonición.

Debo moverme de inmediato, se dijo, pero los músculos no le respondían. Del miedo el corazón no bombeaba sangre a su cuerpo, sino terror.

Adrenalina, eso, necesito una descarga de adrenalina, se dijo; lo había leído en una de las incontables novelas de serie negra de su madre.

Una luz se encendió derramando, ahora sí, la sombra de su futuro verdugo, o del de toda la familia. Tuvo que taparse la boca para no gritar y apretarse con vehemencia (casi lastimándose los labios) para que no se le escapara el corazón de entre los dientes.

Era una linterna; lo adivinó por el pequeño círculo de luz tenue y escudriñadora que recorría el recinto.

Está buscando algo, pensó, pero no me parece que esté buscándome a mí.

Se calmó tratando de escuchar.

Nada. El hombre se movía a sus anchas por el living y, seguramente, manoseando todas sus pertenencias, pero no hacia el más mínimo ruido. Un mago del hurto pensó ella.

O un demonio.

Era el fin. Imposible escapar en silencio si el ladrón tenía una linterna, pensó, y mucho menos si eran tan efectivos para desplazarse como lo hacían por el interior la casa.

No tenía oportunidad. Eran profesionales. No recordaba donde lo había leído si en Agatha Christie, Corin Tellado o Harold Robins: pero los profesionales le rehúyen al escándalo. Si son profesionales no creo que tengan intenciones de matar a toda la familia, se dijo. La matarían solamente a ella, en silencio, en uno o dos movimientos, con las manos o con un cuchillo lo suficientemente rápido como para que su carne no se percatara del dolor antes que de la muerte.

Sintió un poco de esperanza.

En el instante en que la luz o la sombra dieran la apariencia de haberla descubierto se dejaría ver sin oponer resistencia, tratando de que entendieran su sacrificio y dejaran en paz a su hijo; y, sino lo entendían, confiaba en que su alma difunta les impediría subir hasta el primer piso.

Aunque también puedo luchar, se dijo. Los hombres no saben lo que podemos hacer las madres por nuestros hijos.

Me los voy a llevar conmigo.

Casi pudo separar el miedo de su cuerpo, invadiéndola un sentimiento de valentía y coraje que nunca creyó tener y se preparó para la batalla, pero un sonido casi imperceptible, como de metal besando metal creyó adivinar en el silencio y la oscuridad de esa locura.

Agudizo el oído. Era consciente de su pulso acelerado; lo sentía enloquecido en las manos apoyadas en el piso.

No me busca a mí, gracia a dios, se dijo, solo está llevándose nuestros adornos de plata; aunque no podía asegurar si realmente lo había escuchado o era la saturación de adrenalina, sudor y espanto que le hacían imaginar cosas.

Unos segundo después, que le parecieron interminables, la primer sombra, que catalogó como del hombre más corpulento, volvió de la cocina.

En qué estaba pensando enfrentarme a estos hombres yo sola.

Suponiendo que hubiera vencido o logrado frenar con su vida al primer asaltante, todavía le quedaba el primero, el de la cocina, que parecía una heladera con piernas a juzgar por la sombra.

Se fueron. La linterna se apagó y se fueron.

Una oscuridad la invadió. Total. Como si hubiera estado a punto de desmayarse. Todo se puso negro. La tensión la abandonaba y había sido tan intensa que sintió como si un elefante, que antes la aplastaba, ahora se levantaba llevándose consigo todas sus fuerzas, experimentando, al mismo tiempo, una sensación de que una multitud de palomas blancas revoloteaba dentro de su cuerpo.

Una alegría inconmensurable la invadió y también algunas lágrimas de emoción. Se iban; al parecer se retiraban, llevándose consigo, gracias a dios, se dijo, solo lo material, lo único que podía recuperarse.

Cuando la alegría inicial le dejó paso a la energía que regresaba intentó moverse hacia la puerta.

Al principio le costó a mares. Más que en los instantes de mayor amargura de los acontecimientos anteriores, pero por fin, cuando pudo desprenderse de la inmovilidad, sin percatarse de ello llegó hasta la puerta.

Las sombras se retiraban contentas con su botín, saltando la cerca. La luz que colgaba en la calle de tierra, a veinte o treinta metros de distancia, le permitió dilucidar algunos rasgos característicos de los asaltantes. Uno era de media estatura y grueso; la primera sombra pensó. El otro más flaco y silencioso, que parecía más alto que el primero (aunque se trataba de una sensación), era la segunda. No pudo extraer más impresiones, ni del color del pelo, de piel y ni un solo rasgo de sus rostros, pero distinguió los movimientos de sus piernas por detrás de la ligustrina de la entrada.

Se marchaban.

No recordaba si había respirado en algún momento y suspiró como nunca en su vida.

Se había arrastrado hasta la puerta casi por inercia. En esos diez o veinte minutos o una hora, (imposible precisar cuánto tiempo realmente había transcurrido desde el primer ruido que escuchó en el primer piso hasta ese suspiro de alivio), descubrió algunas respuestas físicas y mentales que hasta ese momento no se creía capaz de tener.

Pensó en un hecho tan crucial que se le había escapado hasta ese instante: el primer ruido. Esos hombres no hacían ningún ruido. Estuvo a tan solo unos metros de ellos y nunca escucho nada, sin embargo, en el primer piso, creyó escuchar sus pasos casi como un presentimiento. Como si algo dentro de su ser hubiera querido avisarle del peligro, o alguien fuera de su espíritu, pensó también. No descartaba ninguna posibilidad por más desquiciada que esta fuera.

Lo cierto fue que esa actitud detectivesca casi la lleva al desastre. A la muerte en manos de esos profesionales del sigilo y quizás también de su marido y Matías. Bajar las escaleras había sido más que una tontería, había sido toda una irresponsabilidad. Muchas de las variables que se comportaron benévolamente con ella podían haberse revelado y convertir esa aventura en la peor decisión de su vida.

Ni siquiera había pensado en las consecuencias cuando se lanzó alegremente, desafiando al destino. Incluso, ahora, podía estar lamentándose por su hijo. O podían estar los tres viviendo la peor de las pesadillas de su existencia, maniatados y encerrados por esos ladrones esperando el turno de la muerte.

Jugar a la ruleta rusa de esa manera fue una mala decisión y aún más llevar a la familia al juego.

Se lo repitió varias veces. Tonta, tonta, tonta, estúpida, tratando de que le quedara grabada en su psiquis, de que se formara como una reacción instintiva por si alguna vez se repetía. Aunque esperaba jamás volver a vivir una situación como esa.

Los cobardes viven más que los héroes, pensó.

Y no ponen en peligro a sus seres queridos.

El cuervo.

A simple vista Emilio Vidal no podía calcular cuánto habían recaudado hasta ese momento, pero no le parecía tanto como esperaba, como le habían dicho.

Arriesgar mi pellejo por tan poco, que estupidez, pensó, espero que el Mercedes salve la noche. Estaba enojado y se lo hizo saber a su compañero, el cuervo, al que le decían el cuervo por pertenecer a la barra brava de San Lorenzo de Almagro y además por la larga lista de víctimas que envió al hospital e, incluso, algunos al cementerio.

Se decía que su record como mínimo superaba los cincuenta, sin embargo Emilio no le tenía miedo; es que el cuervo podía parecer el hombre más común y bondadoso del planeta. Ancho, fuerte, de apariencia tosca, con los pómulos sobresalientes y las cejas tupidas, pero con una mirada de bondad poco común y casi al borde de despertar misericordia con solo observarlo a los ojos. Emilio conocía el secreto del cuervo: le lloraban los ojos, todo el día, en todo momento, pareciendo que recién había estado llorando o que había perdido un familiar y sumado a los rasgos de hombre de campo uno inmediatamente sentía la necesidad de ayudarlo.

Y el cuervo a veces se aprovechaba de esa benevolencia innata de su imagen para lograr la confianza de sus víctimas y asaltarlos o robarles hasta lo que no tenían. Tenía un alto prontuario de violador, y aunque parecía muy macho y aguerrido, prefería los barones.

Emilio también sabía que el cuervo podía ser muy cruel y salvaje, pero era manejable hasta el punto de comportarse como un niño, fácil de convencer y de doblar a voluntad. Emilio siempre lo manejaba como a un títere pero, desgraciadamente, también existía alguien que lo manejaba a él.

El cuervo no pareció deprimido por el botín. Ni siquiera sabe sumar se dijo Emilio, sin embargo, notó la pesadumbre de Emilio y le preguntó qué le estaba sucediendo.

—Nada. No te voy a mentir a vos cuervo pero pensé que juntaríamos un poco más. Tanto esfuerzo para estas chucherias de mierda.

—Yo también pensé lo mismo pero todavía nos queda el auto ¿No?

Emilio no le creía eso de yo también pensé lo mismo. En este negocio están los que organizan la cosa y los que la llevan a cabo y después los que acompañan a los que la llevan a cabo. Y esa era la clase de tipos a la que pertenecía el cuervo. Capaces de servirte de escudo en una refriega con la policía por su lealtad, pero nada más, ni siquiera como campana, donde las decisiones se toman en décimas de segundo.

Como el cuervo continuaba mirándolo con los ojos llorosos Emilio le dijo que lo mejor sería terminar el trabajo cuanto antes.

—Lo único que nos falta es que alguien empiece a armar lió o se despierten estos hijos de puta y no podamos llevarnos ese maldito Mercedes. Ese auto tiene mi nombre escrito en la parrilla, ya te lo dije.

—No te preocupes Emilio si algo sale mal el cuervo en algún momento va a venir y escribir tu nombre en la chapa del auto. Ya van a ver.

Emilio lo miró preguntándose cómo estaba todavía vivo un tipo tan estúpido como el cuervo, pensando en que probablemente era capaz de hacerlo. Mejor será que grabe su propio nombre y no el mío, pensó, pero no se lo comentó al cuervo, solo se limitó a decirle:

—Vamos, apurémonos —y el cuervo le obedeció, como siempre, en silencio.

Después de apoyar las cosas en la camioneta volvieron a la casa, el auto era fácil de robar, lo más difícil era abrir la tranquera de la entrada. Tenían que romper las cadenas que cerraban ambas puertas y después abrirlas de par en par y en silencio.

El cuervo llevaba un enorme alicate corta cadenas. Si alguien tenía la fuerza para romper cualquier cadena por más gruesa que esta fuera, era el cuervo pensó Emilio.

Antes, para entrar, solo tuvieron que saltar, lo mismo para irse, ahora la cosa se complicaba. Pero ya lo habían hecho otras veces sin resultados negativos.

Una vez que lograron abrir la cerca fueron hasta el mercedes. Después de unos minutos el cuervo también logró abrir la puerta del auto. Esa era una de sus pocas habilidades. Emilio no entendía cómo lograba tanta destreza con las manos si tenía los dedos como racimos de matafuegos. Por suerte los papeles del auto estaban en la caja fuerte. Tenían todo preparado, él, empujaría desde el volante y el cuervo desde el baúl. Lo sacarían casi hasta la esquina lo pondrían en marcha y listo. El cuervo en la camioneta con las chucherías y él en el mercedes. De todos los autos que había robado este parecía ser el más suntuoso, el más bonito, y por esa misma razón esperaba extraer más jugo de la casa.

Donde tienen la plata estos hijos de puta.

Estaba furioso y cuando estaba furioso le latía el bíceps del brazo izquierdo; y era capaz de matar sin misericordia, sin pestañar ni lamentaciones.

Comenzaron a empujar el Mercedes Benz, al principio les costó vencer la inercia. Es un auto pesado, bien construido, pensó, no como los de ahora que empiezan a fabricarse cada vez más delicados. Por fin las ruedas vencieron la inercia y el auto empezó a moverse. No iba a ser muy difícil sacarlo de ahí. El dueño había entrado sin maniobras de más; solo se limitó a entrar marcha atrás, derechito. Probablemente le abrieron la puerta, pensó, un burgués que no comprendía el valor de las cosas y dejaba un auto de esa cuantía a la vista de todos. Si yo tuviera un mercedes no lo dejaría tan a la vista, se dijo, es una invitación al atraco.

Emilio odiaba todo lo que tuviera que ver con los "adinerados", como él los llamaba. Nunca logró nada de lo que se propuso, tuvo varios negocios, que abrió con la plata de los atracos, pero ninguno le duró más de cinco o seis meses. Incluso en la década del setenta gozó de un buen pasar, con grandes posibilidades de crecimientos, posibilidades que no supo aprovechar y ahora culpaba a cualquiera que tuviera más plata que él. En especial aquellos afortunados con autos importados eran los que más odiaba; y este se merece que le rompa todos los dientes, se dijo, por adinerado y descuidado.

Tremenda mansión y casi nada de valor se dijo mientras le echaba un último vistazo. En ese instante se percató que una sombra se bosquejaba por debajo de la puerta de entrada y además la puerta estaba entornada. Estaba seguro que ellos no la habían abierto y estaba cerrada minutos atrás.

Apartó la vista de la puerta haciéndose el tonto y camino hasta la parte posterior del mercedes; el cuervo lo miró sorprendido.

—Seguí empujando, hacete el tonto, pero me parece que alguien nos está viendo desde la puerta. No... No mires. Te digo que hay alguien. Voy a ver si es verdad.

—¿Para qué? Rajemos con el auto y listo.

—Y si están llamando a la policía, apenas atravesamos la reja se nos viene toda la yuta encima. No dejame. Quiero cerciorarme, por si acaso

Pero ni el mismo se creía esas palabras, eso de correr asustado porque llamaban a la policía. Sabía que la policía ni siquiera se inmutaría o a lo sumo escucharían el llamado pero tardarían un mes en venir. El jefe tenía contactos fuertes con las comisarías de la zona. Incluso él conocía unos cuantos polis de la central de Escobar, varios de sus compañeros de la década del setenta trabajaban ahora en la fuerza o en empresas de seguridad privada, un negocio en insistente avancé durante los últimos años.

Tenía ganas de desquitarse con alguien. Mientras se acercaba analizaba ese comportamiento, no servía de nada asegurase si había alguien, lo mejor era tomar el auto y correr, él era un profesional (eso por lo menos le decía constantemente el jefe), y un buen profesional conocía la diferencia; era una cuestión de negocios, cuanto menos se involucrara mejor, pero hacía varios años que no lastimaba a nadie... y lo extrañaba.

Se encontró deseando con todas sus fuerzas que la tenue sombra de piernas asomando por debajo de la puerta no se tratara de una ilusión sino de una criatura de carne y huesos, carne para lastimar y huesos para romper.

El predecible juego entre el cazador y su presa.

Ya van a saber estos ricachones quien es Emilio Vidal, se dijo. Tensando los músculos de leopardo casi hasta el punto de estallar, blandiendo las manos como garras, reteniendo toda la brutalidad posible que pudiera destilar en la sangre para golpear en el momento exacto y lastimar.

Lastimar sin piedad.

Palpitar...

Marisa contempló sus piernas. Todavía temblaban por la tensión acumulada. Puso en práctica un ejercicio clásico del yoga para tranquilizarse. Apoyó la espalda contra la puerta cerrándola definitivamente. Todo había terminado con la misma rapidez con que había empezado. Inspiró y expiró relajando los brazos a un costado. Pronto amanecería, una pequeña porción de cielo despejado se adivinaba a través del amplio ventanal al fondo del living y parecía más claro que un cielo nocturno, arrimándose con miedo al celeste; pero entre un suspiro y otro comprobó que solo se trataba de una ilusión, una expresión de deseo y con la misma urgencia de los hechos anteriores se percató de su actual condición: estaba empapada en sudor. Enormes y pesadas gotas de transpiración le recorrían el cuerpo como cucarachas caminando por la espalda, los brazos y el torso alcanzando las piernas y los pies buscando abandonar su cuerpo, corriendo aterrorizadas.

El tiempo; no se puede confiar en el tiempo en situaciones como esta, se dijo. Todo había ocurrido tan rápido que estaba segura que el corazón dirigía el ritmo. Un latido, los ruidos. Otro palpitar y ya descendía por la escalera sin detenerse a pensar. Otro para conocer la verdad, "nos estaban robando", y sin tiempo para que el cuerpo reconociese entre la sangre oxigenada y la agonizante que estaba escondiéndose detrás del sillón. Una pulsación más y su vida dependía del azar. ¿La habían escuchado? ¿La habían visto esconderse detrás del sillón? Un latido semejante a una bomba destrozándole las costillas y se creyó muerta, ella y toda su familia, pero ese portentoso palpitar dejo paso al próximo y los hombres desconocidos ya se retiraban de la casa, dejándola con un sentimiento de vulnerabilidad sin parangón.

Palpitar...

Descubrió que nuevamente los latidos dirigían los hechos de su vida. El corazón una vez más le daba tumbos enardecido en el pecho. Los acontecimientos se tornaban en inevitables cuando el miedo y el pánico esclavizaban los ritmos de su vida, el palpitar de su cuerpo y el destino.

Fotografías, instantáneas detrás de instantáneas y una sombra moviéndose entre sus piernas, no puede ser, se dijo, se fueron, yo los vi correr detrás de la ligustrina, pero por alguna razón habían regresado. Ya nada podía hacer, no podía detenerse a pensar. Debía confiar en sus instintos. Entre un latido y otro actuar sin poner en peligro su vida, actuar sin descuidar lo que más amaba en el mundo: Matías.

Pero confiar en sus instintos era fatal, como lo había hecho algunas palpitaciones antes, donde los errores fueron gravísimos. No quería abrir la puerta, debía asegurarse que no entraran otra vez en la casa, sería como dictar su acta de defunción. Se agachó y observó a través de la cerradura con el ojo derecho. Le costó acostumbrarse a la distancia y los objetos en medio de la noche, pero en una tormenta de latidos distinguió los movimientos.

Regresaron por el coche, no puede ser, no nos piensan dejar en paz, se dijo. Acomodó el cuerpo y el ojo para descifrar las imágenes borrosas y oscurecidas que ingresaban por la cerradura. Forzó la órbita del ojo derecho al máximo para ampliar el campo de visión, tanto que le dolió, pero pudo comprobar que habían regresado por el auto. Sentía el pulso de la sangre en la yugular, siempre que se ponía nerviosa le palpitaba el cuello. Probablemente no ingresen nuevamente en la casa se dijo, solo se lleven el auto y se vayan. Sabía que Ricardo amaba su nuevo juguete casi o más que a ella, pero era reemplazable, la carne no.

Que se lo lleven no pienso mover un músculo por ese auto. El ojo le gruñía en oleadas de sufrimiento, pero no quería perderse ni un solo detalle. Debía asegurarse que se llevaran el auto y esta vez sí que no regresaran. Pensó en el teléfono como un pálpito, como una premonición por si no se iban de una vez por todas, ellos estaban afuera y llamaría a la policía en silencio, o a un vecino. Mientras lo pensaba su cuerpo ya había tomado la decisión por ella e instantáneamente lo tenía entre sus manos y volvía a acercarse a la puerta, por suerte tenía el cable largo y entre un latido y otro volvía a castigar su ojo derecho contra la cerradura.

No distinguía a los hombres, pero el auto ya estaba a arañando la entrada, un metro más y uno de ellos tenía que aparecer empujándolo por detrás a menos que inventaran una forma de moverlo sin empujarlo. Torció el cuerpo para mirar lo más al costado posible, la puerta abierta del conductor asomaba por detrás de la ventana trasera. Forzó aún más la vista para alcanzar a dilucidar si había alguien conduciendo o empujando a un costado, pero la penumbra y las rayas como de cuaderno escolar del desempañador de la luneta trasera del Mercedes Benz no se lo permitieron.

De pronto una mancha negra atravesó la cerradura.

Y el regreso aciago de la oscuridad y del pánico.

Casi suelta el teléfono del susto. Se apartó de la puerta tapándose instintivamente los labios con la mano izquierda, estuvo a punto de gritar, pero se contuvo. De nuevo, una sombra, y esta vez pegándose a la puerta.

Van a entrar de nuevo, van a entrar otra vez en mi casa, se dijo. No, dios mío no lo permitas. Se alejó de la puerta mientras su corazón palpitaba desenfrenado. No van a poder entrar, pensó, la cerré, está cerrada y no se puede abrir desde afuera. Pero eso no había sido un impedimento anteriormente para aquellos hombres silenciosos y aliados con los latidos de su corazón.

La sombra abandonó la puerta con la misma rapidez con que se había apoderado de su tranquilidad. El terror recorría sus entrañas y su piel como una lluvia de agujas al rojo vivo.

Que se vayan, que se vayan. Rogó con todas sus fuerzas y pareció que dios escuchaba sus ruegos. La sombra volvía a empujar el auto. Para qué van a entrar se preguntó, solo vienen por el auto, se alentó. Aunque probablemente tengan una de esas llaves mágicas de las películas y se dispone a usarla para abrir la puerta.

Tomó fuerzas; si quieren entrar por la puerta no se los voy a permitir, se dijo; ya era tarde para usar el teléfono como medio de comunicación pero todavía podía usarlo como arma. Era de esos teléfonos antiguos y pesados, una reliquia negra con incrustaciones de bronce bien lustrado; con un golpe seco seguramente dejaría uno de los hombres fuera de la conciencia, pensó.

Se percató que ya casi estaba en el medio del enorme living y sopesó la situación entre sus latidos: o me acercó a la puerta y les impido que la abran o espero aquí, para no hacer ruido por si no pretenden entrar y me lanzo después o...

El error se le hizo tan evidente como la sangre convirtiéndose en hielo.

No era la madrugada asomando en el cielo lo que había visto antes sino el efecto producido entre el exterior visto a través de un vidrio y la visión sin vidrio.

El ventanal posterior estaba entreabierto y la casa era como una isla de cemento en un océano de pasto, arbusto y flores coloridas, cualquiera podía llegar hasta la parte trasera rodeándola; y la estupidez de confiar en sus instintos se le hizo tan evidente como el error de no haberla cerrado antes; o el traspié en la apreciación de que no habían entrado por la puerta sino que se habían aprovechado del calor sofocante del verano y de la inocencia de ellos en dejar los ventanales abiertos y sin la persiana baja y habían entrado por detrás.

Palpitar...

Ya no respiraba estaba segura que no, el aliento se había convertido en piedra, el olor agrio y nauseabundo del pánico la rodeaba y más rápido que un suspiro una sombra alargada convertía el error en histeria. Entre un latido y otro miró hacia atrás, tiró el teléfono y corrió hacia la puerta. Lo único que le quedaba era gritar le había dicho su instinto. Abrió la puerta y comenzó a gritar con todas sus fuerzas.

—Auxilio, nos están robando, auxilio, policía.

Confiaba en que alguien llamaría a la policía, que alguno de los vecinos la ayudaría desde la protección del anonimato o que el berrinche asustaría a los ladrones y huirían despavoridos, pero entre gritos se percató que uno de los hombres estaba en el ventanal, no podía distinguir sus facciones pero estaba asustado y empezó a correr hacia la entrada dejando su botín más preciado recorriendo unos últimos agonizantes metros empujado por la inercia.

Estaba dando resultado. Y gritó hasta que la garganta le estalló del dolor, pero por detrás del hombro descubrió que el otro hombre ya casi estaba a su lado, por la espalda. Se dio vuelta decidida a darle batalla, sin el teléfono, sin armas más que su alma y la carne.

El hombre fue más rápido que ella esta primera vez y de un golpe la tiró hacia el interior, el dolor que experimento en la mandíbula y el rostro nunca lo había sentido en su vida, pero pudo retener la caída que hubiera sido el fin.

Palpitar...

Por la inercia del golpe, hasta que por fin se pudo detener y recuperar el equilibrio, recorrió casi la totalidad del living. Se descubrió gritando: auxilio, policía, y unas palabras nuevas que nunca se hubiera creído pronunciar.

—Ya llame a la policía maldito y al vecino de al lado, con el teléfono, fuera de mi casa hijo de puta. Fuera.

Sabía que no era verdad pero él no y el teléfono en el suelo acreditaba sus palabras. Ricardo seguramente se había despertado ya. Confiaba en que estaría protegiendo a Matías, en primera medida y después llamaría a la policía. Aunque su amenaza anterior, el teléfono, estaba desparramado por el piso y le daría ocupado.

Continuó gritando mientras el hombre se acercaba a ella. En la penumbra no pudo discernir muchas de las características de su oponente pero sintió su respiración llena de odio y maldad.

No la iba a dejar frustrarle el robo así porque sí. Ella tiro el velador, dio vuelta la mesa ratona con el empeine de uno de sus pies pateándola como una pelota de fútbol con una fuerza inusitada que la asombró. Intentó llegar hasta el ventanal abierto y alcanzar el parque trasero, confiaba en que el hombre enceguecido la seguiría hacia el exterior, no dejaría de peligrar su vida pero le daría una oportunidad a Ricardo y a Matías.

Pero los latidos del tiempo no estaban de su parte.

El hombre le propinó una patada en las costillas con tanta fuerza que habría muerto en ese instante, pero no, tuvo tiempo de caer contra una de las hojas de ventanal y traspasarla como gelatina, aunque era bastante gruesa la rompió en medio de un estruendo indescifrable de vidrios rotos costillas astilladas, sangre y el sonido de la muerte. Todo fue tan rápido. En el latido siguiente rebotaba contra la segunda hoja del ventanal. La dureza del primer ventanal abierto sobre el otro no resistió el embate de su cuerpo pero detuvo una parte importante de la inercia y rebotó cayendo con los músculos sin vida propia contra el piso.

Quedó tendida de espalda. Inmersa en un charco de sangre, vidrios y frío, mucho frío. Entre los latidos del sufrimiento escuchó un disparo y pudo ver como el hombre huía. Se alegró. Ese disparó vino de arriba. En ningún momento se acordó de la pistola que Ricardo tenía en la casa y con la que algunos sábados practicaba tiro al blanco en el Tiro Federal Argentino, incluso ella misma vació un par de cargadores contra aquellas escarapelas de puntería. No debo confiar más en mis instintos pensó. Si hubiera agarrado el arma.

Pero logró su objetivo principal. Matías estaría asustado arrinconado en algún sector de la habitación pero sano y salvo, aunque ella...

Se concentró en si misma mientras Ricardo ya estaría bajando las escaleras para ayudarla. Sintió un fluir cálido y húmedo por su pierna izquierda y no era de sudor.

Palpitar...

El corazón le latía.

Un latido.

Otro.

Frío, demasiado frío, cerró los ojos por que le dolían, le dolían los brazos, las piernas, la piel le lastimaba, la sangre parecía correr helada por sus venas. Intentó respirar pero no pudo, un peso enorme comprimía su pecho ahogándola en oleadas de congelación.

Un latido.

Y otro.

Y otro, mucho más lento que el anterior.

Que siempre.

Y el lento palpitar traía consigo un universo de oscuridad y terror como nunca había sentido en su vida.

CAPITULO DOS

Marisa despertó. Aunque en realidad no podía asegurar que se encontraba despierta; o si alguna vez lo había hecho.

Estaba oscuro. Demasiado.

No estaba sola. Algo respiraba a su lado. Una presencia extraña, perversa, codiciosa; pudo sentir cómo se movía en la negrura agobiante que la rodeaba; como la noche a través de las sombras, o el viento agitando las ventanas en la oscuridad; acechando en sus pensamientos, conociendo sus miedos más recónditos.

La sentía gemir. Casi llorar.

Intentó moverse pero no pudo. De pronto empezó a tener frío y a escuchar ruidos y voces distantes, pero cargadas de terror.

Aunque todavía no entendía por qué razón le tenía miedo a esas voces.

Lloraba y temblaba y le dolía el cuerpo, en especial los labios, como si alguien la hubiera abofeteado hasta los huesos.

Dios mío donde estoy, estoy muerta, se preguntó.

Instintivamente recogió las piernas.

Solo para comprobar que podía mover las piernas pero no las manos; lo intentó con todas sus fuerzas, pero no pudo; un dolor punzante le atenazaba las muñecas, como si una víbora llena de espinas se retorciera entre sus manos.

Entonces la verdad le llegó al mismo tiempo que el pavor. Tenía las manos atadas detrás de la espalda. ¿Por qué, qué hice yo? Sintió que decía ella misma, aunque, en realidad, no sabía si había sido ella. De pronto escuchó una serie de pasos fuertes, pretenciosos, como de caballos acercándose; y voces y risas que retumbaron dentro de su cabeza erizándole la piel hasta el ardor.

Miró a su alrededor y en la penumbra divisó cuatro paredes rodeándola, sucias, manchadas de sudor y algo parecido al vomito en el piso.

Estaba encerrada y maniatada y no sabía dónde ni por qué.

Temblaba y lloraba y gemía sin saber todavía por qué razón lo hacía.

Se miró. Llevaba puesta una remera o una camisa o un pullover, aunque, de nuevo, no pudo asegurar de qué se trataba; pero las piernas estaban desnudas y el solo contacto con ese piso asqueroso le lastimaba. Un aroma a orín acumulado por años la rodeaba, era tan vivido y penetrante que parecía mezclado con la pintura de las paredes; si aquellas paredes estaban realmente pintadas.

Las voces se hicieron más agudas, más tenebrosas; sintió el pánico recorriendo su cuerpo maltrecho, como si su espíritu conociera esas voces o sus intenciones, como si su alma reconociera la maldad secreta en esas voces.

Quiso gritar pero no pudo. Dios no, otra vez no. ¿Porque a mí? Por favor basta, basta por favor. No entendía por qué deseaba con tanta fuerza decir esas palabras, pero el pánico que sintió fue inconmensurable y doloroso. Una de las paredes, la más lejana, la del frente, pareció tomar vida y un resquemor de luminosidad asomó por la rendija.

Era una puerta y las voces la habían entre abierto lo suficiente como para que entrara algo de luz.

Se retorció del terror mientras se reían y gritaban; no podía precisar cuántas personas eran, pero los tonos le parecieron demasiado graves como para encontrar una mujer en todo ese miedo.

La exigua luz que entraba le permitió ver detalles que antes no podía de ella misma. Tenía las piernas llenas de moretones y cortes y le dolían a mares. Intentó mover las manos pero no pudo, cuanto más lo intentaba más le dolían; la remera o lo que fuese que le cubría el torso estaba rota en varios lados y pudo notarse el vientre hinchado y adolorido.

Entonces los pasos como el sufrimiento sonaron vez más fuertes y cercanos. Y una sombra eclipso por un momento la puerta.

No entendía qué sucedía, pero todo dentro de ella quería correr, huir de ese lugar maldito; sin embargo no podía; el abdomen hinchado y sudado (por los golpes pensó) se movía al ritmo de su congoja, pero nada parecía salvarla del destino que le esperaba.

Lloró.

No por favor, basta otra vez no por favor, se descubrió gritando de nuevo, aunque las palabras no salían porque, descubrió, la tenían amordazada.

Intentó moverse y un dolor punzante y vergonzoso se escapó por su alma. El dolor venía de la entrepierna. Empezó a entender qué sucedía casi al mismo tiempo que la puerta se habría por completo, pero nada de luz entraba por ella.

Unas manos frías y lujuriosas se apoderaron de su cuerpo.

No, déjenme, basta por favor, déjenme en paz, gritó, pero era inútil, nadie la escuchaba.

Déjenme, por favor, déjenme; pero por mucho que lo intentó la piedad nunca estuvo en el aire. Como si lo estuvo la vergüenza y el sufrimiento. Estaba boca arriba, con las piernas y las manos atadas en los extremos de una cama dura y fría, como si no tuviera colchón y esas voces que se reían y lo disfrutaban.

No veía el horrible cuerpo que la aplastaba, pero sentía su tufo a transpiración y lujuria.

De pronto una mano le tapó la boca sin dejarle respirar y otra mano le arrancó la ropa interior. Trató de luchar, de resistir, pero era en vano.

Ahora entendía porque le tenía tanto pánico a esas voces.

Un segundo después sintió como si una espada entrara por su vagina y sin contentarse la espada lacerante, demoníaca, libidinosa, empezó a entrar y salir; y ante cada embestida Marisa gemía del dolor, como si realmente la estuvieran serruchando por el medio.

Pero ella sabía que no era un serrucho ni una espada y que nunca jamás podía ver a los hombres a la cara y, probablemente, nunca volvería a sentir amor por uno.

O piedad.

Ricardo.

La madrugada sollozaba sus primeras luces. Ricardo no podía encontrar el consuelo ni siquiera entre las palabras alentadoras de la enfermera de terapia intensiva que parecía haber visto a dios por el brillo jubiloso de sus ojos.

—Es increíble señor Salas su mujer literalmente volvió de la muerte. Los médicos todavía no entienden como pero volvió. Ya estábamos bajando los brazos. Fueron más de diez minutos en los cuales intentamos todo y no daba resultado y de pronto ahí estaba, respirando, es un milagro. El osciloscopio bailando zamba. Los paramédicos de la ambulancia se llevaron los laureles por que comenzaron la tarea de rehabilitación y a suministrarle sangre inmediatamente mientras la traían para acá en la ambulancia. De no ser por ellos no existiría desfibrilador en la tierra que la ayudara.

Uno de los paramédicos de la ambulancia se había quedado acompañándolo mientras Marisa ingresaba como un muñeco de trapo inanimado en las manos benefactoras de la electricidad. El paramédico le había asegurado que viviría.

—Esa mujer quiere pelear por su vida. Lo sé. No se cómo explicárselo pero ella quiere vivir.

El hombre dialogaba comiéndose las "eses", con la vos gruesa y bucólica de un hombre acostumbrado al mate amargo caliente y los cigarrillos negros baratos. Parecía afeitarse con cuchillos de cocina desafilados y pesaba más de cien quilos. Ricardo no supo si escucharlo o matar a patadas al Gerente del Hospital.

Marisa estaba en coma cuando entró en la ambulancia y cuando llegaron, diez o quince minutos más tarde al hospital, se encontraba clínicamente muerta.

Le habían prevenido que ni las ambulancias ni el propio hospital de Belén de Escobar estaban preparados cien por cien para este tipo de emergencias, pero si todo era cierto y Marisa moría: Ricardo ya sabía de quien era la culpa, o a quien echársela.

El paramédico, que se llama Dionisio, intentaba explicarle el funcionamiento del desfibrilador; mezclaba las frases, entre las bondades de la medicina y la separación exacta de las barras de una parrilla para preparar un buen asado

—Esas parillas con canaletas para la grasa no sirven para nada, en vez de asar la carne la hierven —le decía; y Ricardo sentía ganas de asarlo a fuego lento vuelta y vuelta, pero en realidad el hombre hablaba sin parar para no dejarlo pensar y le hacía compañía. De hecho es el único que me acompaña, se dijo, pero el hombre no frenaba ni un segundo, y le aseguraba que en la ambulancia, mientras venían, habían hecho todo lo posible para que Marisa recuperara la sangre perdida.

—No se preocupe, antes del fin de semana va a estar tomando sol en...

Fue el momento en que Ricardo explotó y se levantó para decirle que se callara, que no se creyó una sola de sus palabras de aliento. Y en ese instante vio corridas y destellos de alegría asomando desde la sala donde se habían llevado a Marisa y aparecía la enfermera rodeada de un aura de júbilo.

Dionisio podía dar el aspecto de albañil, pintor o mecánico de carretas pero no de médico, pensó.

Pero ahora casi le debía la vida de la madre de su hijo.

—Se lo dije vio. Su mujer va a vivir cien años

Y esa noche de verano aprendía una perdurable lección sobre el prejuzgar y de quienes realmente podían ser los embajadores de la sabiduría.

Todo había sido una locura. Todavía no entendía qué había ocurrido ciertamente. Los gritos desesperados de Marisa habían sonado en la noche con mayor sufrimiento que el infierno mismo y lo único que él atino a hacer fue ese disparo. El living era un desastre como si un furioso tornado de decadencia hubiera entrado por la ventana. Todo estaba destruido o patas para arriba. Miles de pedazos del amplio ventanal adornaban el piso, los sillones y todo el recinto como una lluvia de granizo. Marisa yacía boca arriba en medio de un colchón de sangre. Intentó hablarle mientras llamaba a la ambulancia, pero ella no le respondía; si no fuera por los imperceptibles movimientos de su abdomen hubiera dicho que estaba muerta. La ambulancia tardó varios minutos en llegar, los suficientes como para que Matías la viera desde la escalera.

Los ojitos y todas las facciones de Matías parecieron extraviar repentinamente todo halito de inocencia y se puso a llorar silencioso sin atreverse a bajar un peldaño más.

Ricardo no sabía si dejar de apretar la tremenda y profunda herida que Marisa tenía en la pierna o correr y abrazar a su hijo y solo atinó a decirle:

—No te preocupes mi amor mami está bien. Mami está bien

Y a cada lagrima que Matías perdía retorciéndose por la congoja perdía un poco más de la inocencia y el resplandor de la infancia.

Claudia.

Los hospitales públicos jamás perderán esa pulcritud casi sagrada que deambula entre sus pasillos y habitaciones. No hay bajo presupuesto que pueda vencer el olor penetrante del yodo que recorre las salas de espera, o el aroma a desinfectante de las sabanas, o el tufo a remedio y el ambiente a salvación y entrega que mora entre los azulejos acostumbrados a los gemidos; en especial en un sanatorio privado; en esos templos soberanos, inaccesibles para la mayoría, límpidos como si les alcanzara para utilizar ríos de suero para limpiar las paredes; y las enfermeras y los médicos tratan a sus pacientes con el mismo cariño y con la misma falsa reverencia que él primero.

Claudia conocía ambos mundos. Tan distantes pero tan iguales al mismo tiempo, porque trabajaba en una reluciente y enriquecida clínica de la calle Arroyo en pleno barrio norte y, también, continuaba cumpliendo guardias en un hospital público, donde la diferencia principal radicaba en los pacientes. Cuantas veces le había prestado unos pocos pesos a una mujer, o a una adolescente que venía por dolores y se iba conociendo la verdad de un embarazo. Especialmente cuando cumplía guardias en el Policlínico de Haedo, en las orillas mismas de la indigencia, no más terminar los estudios y con las ganas de ayudar y salvar vidas y las ganas de curar dolencias adosadas con un clip al diploma fresquito que llevaba bajo el brazo; y la realidad era tan lejana como el recuerdo de que habían sido más las veces que escuchó un gracias por esos pocos pesos que por poner en practica la sangre abarrotada de café y libros de anatomía.

Y ahora su amiga de toda la vida se debatía entre la vida y la muerte.

En el hospital público de Escobar la habían devuelto la vida luchando contra todos los pronósticos negativos posibles y en este sanatorio ultramoderno y ostentoso esperaban que la conciencia regresara y se apoderara de su existencia.

Y Claudia le agradecía a dios que Marisa tuviera un buen pasar económico y pudiera costearse esta clínica privada antes que estar arrinconada en una cama junto con otros desconocidos esperando el turno para una operación, o que terminara la huelga de anestesistas.

Ya hacía una semana que Marisa había vencido a la oscuridad eterna, pero que todavía no se recuperaba; todavía no vencía al eco de la muerte o a la memoria perdida de un corazón que tardó casi varios minutos en volver a la vida.

Claudia estuvo al lado de su amiga algunas noches en que Marisa abrió los ojos y miró a su alrededor tratando ella misma de entender si estaba muerta o no. Incluso pareció reconocer a Claudia en la bruma de la resurrección pronunciando su nombre en un tono casi inaudible y sonriéndole con la cara hinchada y gomosa

—Está todo bien mamita —intentó decirle ese día—. No te preocupes. Ya estás bien.

Pero Marisa sufría pantallazos de realidad. Inclusive horas antes había preguntado por Matías.

—Él está bien, todos los días pregunta por vos. Vamos, apurate, ponete bien así lo vamos a ver juntas.

Pero la psicología barata no funcionaba en el estado cuasi en coma en que Marisa navegaba.

Claudia no entendía como Ricardo no aparecía a toda hora ahí. Ricardo alegaba que debía cuidar a Matías pero ella sabía que le pagaba a una muchacha que ella misma le había recomendado. Y el trabajo por suerte ni siquiera lo había puesto como excusa porque ella sabía que el dueño de la empresa no podía decir: no puedo, tengo que cumplir horarios.

Los horarios los tengo que cumplir yo y sin embargo estoy acá al pie del cañón, pensó.

Dos días atrás vino bien temprano para encontrarse con Ricardo y decírselo y la discusión alcanzó ribetes de riña entre barras bravas antagonistas. Ricardo empezó a gritarle y a alegar que no podía aguantar la espera y un galimatías inentendible mezclado con torrentes de saliva y malas palabras.

Pero Claudia prefirió guardarse la estocada porque ella sabía que los convalecientes como Marisa escuchaban el entorno y podía no querer, inconscientemente, regresar con ellos.

Ya tendría tiempo de decirle que el comportamiento de su "maridito" no tenía ninguna justificación. Cuantas veces vio hombres o mujeres quedarse días enteros al lado de sus parejas esperando un movimiento esperanzador, un guiño de la vida. Maridos que no llevaban más que lo puesto y vivían en ínfimos ranchitos de lata y pisos de tierra comprimida sin un centavo para cambiar por un pedazo de pan duro; con toda la desdicha de la indigencia aplomando sus espaldas y, seguramente, pesando que el amor de su vida preferiría la muerte, el susodicho paraíso que nos espera en el cielo, que volver con ellos a esa vida hastiada de ingratitudes. Sin embargo no bajaban los brazos y resistían. Y Ricardo estuvo menos tiempo cuidando a Marisa que el necesario para llegar hasta la esquina de su casa.

Como si escuchara sus pensamientos Marisa se movió bajo las sabanas. Las heridas del rostro habían perdido el morado y los cortes de los vidrios casi no se notaban en su brazo. Naciste para luchar, yo lo sé, se dijo, y ya te falta poco para recuperarte.

—Mira el color que tenés en esos pómulos. Vamos a tener que olvidarnos del rubor mamita

Y Marisa abrió los ojos; y Claudia supo que esta vez ya no quedaba nada para vencer. Y ante la sonrisa de oreja a oreja de su amiga lloró.

—¿Matías? Mi bichito. ¿Cómo está? ¿Dónde está? —fueron las primeras palabras de Marisa.

—Él está bien. Todos están bien mamita. Por fin despertaste, estuviste casi una semana en una especie de coma después de que volviste de la muerte —le contestó Claudia con experiencia, sabiendo que cuanto antes Marisa conociera toda la verdad más rápido se libraría de la cama del sanatorio.

—¿Qué pasó?

—¿No recordás nada?

—Si recuerdo a los ladrones y que me enfrente con uno y después... después nada más.

—Te defendiste y los echaste de la casa. Fuiste muy valiente, pero un poco irresponsable.

—Los atraparon —le preguntó con los labios doloridos, como tapizados de tierra reseca.

—No, todavía no —le contestó Claudia acariciándole la frente.

De pronto Marisa pareció recibir una descarga de recuerdos y un hilo de terror supremo floreció en su mirada y se puso a llorar desconsoladamente.

—¿Qué pasa mi vida? Ya pasó todo, nadie puede hacerte daño —intentó calmarla pero Marisa continuaba llorando al borde del terror, intentaba hablar pero no podía; Claudia temió que el llanto fuera contraproducente y comenzó a ponerse nerviosa; hasta que por fin Marisa articuló unas palabras detrás de la congoja, el llanto y el terror en sus ojos hinchados.

—¿Me violaron no?

Los últimos días en el hospital fueron en vano, pero debían cumplirse. Marisa no estaba segura de lo que había sentido en el hospital, pero una presencia demoníaca, cargada de crueldad merodeaba a su alrededor. No podía explicarse como lo sabía, pero lo sentía; lo sentía como esas sombras o asesinos psicópatas que se mueven detrás de uno y al darnos vuelta no hay nada. O el miedo irracional de que alguien desequilibrado nos acecha cuando somos más vulnerables, como en la ducha del baño, o el instante de oscuridad al sacarnos una remera o alguna prenda por la cabeza.

Pero todo quedaba atrás; ahora debía disfrutar del momento; estaba a un pasó de retomar su vida acostumbrada y Matías seguramente la esperaba ansioso, necesitado de su madre. Hacía varias noches que dormía sin que ella lo arropara. Quería verlo cuanto antes, pero Ricardo dialogaba con el Doctor Aguilar apoyado en el capot del auto. Hacía como diez minutos que hablaban y no parecía que tuvieran muchas intenciones de parar.

Se esforzó y tocó la bocina.

Ricardo y el doctor Aguilar brincaron asustados y la miraron interrogadores. Ella se señaló la muñeca como si tuviera un reloj y ensayó su mejor gesto de impaciencia. Ricardo le dijo que esperara un minuto, pero no con palabras, sino formando una letra T mayúscula con un dedo y la palma de la otra mano. Unos segundos después se sentaba al volante y ponía en marcha el Mercedes Benz.

—Que impaciencia —le espetó Ricardo un poco indignado—. El médico me estaba comentando unos recaudos de último momento. No podía darle la espalda y salir corriendo así por que sí. Se estaba tomando el trabajo de decirme qué tenemos que hacer por si tenés una recaída y vos a los bocinazos.

—Bueno, perdón, pero no aguanto más el hospital quiero llegar cuanto antes a casa. ¿Qué fue lo que te dijo exactamente el doctor?

—Que no abandones por ahora los antibióticos, que por varios días tomaras mucho azúcar y nada de esfuerzos o de levantar al nene en brazos.

—Eso te dijo. Exactamente eso de no levantar al nene en brazos —le preguntó Marisa sonriendo con ironía.

—No. Eso lo agregué yo porque te conozco y además a Matías no lo vas a reconocer debe haber aumentado como cinco quilos. Se la paso comiendo de todo, supongo que fue una manera de canalizar la situación

—Me imagino que como buen padre que sos te cercioraste que esos quilos de más estén libres de chocolates, caramelos, golosinas o helados ¿no?

Ricardo no le contestó pero por el gesto que hizo (como si hubiera metido la pata, y porque lo conocía) estaba segura que le había comprado golosinas a toda hora; y también que Matías se había aprovechado de la falta de rigidez de su padre como lo hubiera hecho cualquier niño de seis años. Ya tendría tiempo de poner las cosas en su lugar, se dijo.

—¿Fue alguno de sus amiguitos del colegio a visitarlo? —le preguntó.

—No. Ninguno. Habló por teléfono con todos y por lo que les dijo deben de creer que sos una especie de heroína o batichica o mujer maravilla.

—Batichica me gusta más, me parece más sexy ¿No?

Rieron juntos por la ocurrencia, pero ella no podía apartar de su mente la imagen de Matías devorando golosina tras golosina preso de una angustia antológica, canalizando su desesperación y el miedo de perder a su Mama en la glotonería y a Ricardo sin saber que hacer o como explicarle que Mami estaba bien.

—Todos los días me preguntaba sobre ti —señaló Ricardo como si hubiera escuchado sus pensamientos—. Y Mami. ¿Está bien? ¿Cuándo regresa, quiero ir a verla? Quería verte a toda costa, no sé cómo hice para convencerlo de que se quedara. No lo vas creer tiene todas sus armas de juguetes ubicadas en lugares estratégicos de la casa. Inclusive vinimos un día a la capital y revolvió las bolsas de su antiguo placard buscando hasta las más viejas que tenía.

—Hay pobrecito mi bichito

—Pretendía llenar todos los cajones de la casa con armas por si venían otra vez los ladrones. Seguramente te va a enseñar uno a uno los escondites. Tuve que permitirle que escondiera algunas de esas armas de juguete en nuestro armario

—En serio —Marisa no podía contener las lágrimas.

—En tu mesa de luz esta, según dice él, la más especial, la armó con el "rastri" y dice que es del espacio con rayo láser y no sé cuántos artilugios más. —Ricardo comprobó que si continuaba con el tema Marisa se largaría a llorar desconsolada y no habría manera de detenerla y decidió terminar con el tema.

—Son cosas de chicos, seguile el tren y listo.

Mientras recorrían apresurados la avenida del Libertador rumbo a la autopista General Paz, Ricardo nombró cada una de las pastillas y brebajes que debía tomar durante esos días.

Pero ella seguía pensando en la soledad de Matías. Pobrecito tantas horas sin verme, se dijo, lo primero que voy a hacer mañana será invitar a alguno de sus amiguitos a pasar unos días en la quinta. Ya sé exactamente quién no va a tener problemas en traer a su hijo hasta la casa, muchas madres tendrían miedo de dejar a sus nenes en una casa recién asaltada, especialmente con todo lo que sucedió después, yo creo que haría lo mismo. Pero Inés no va a tener ningún problema en dejarlo venir a Ezequiel.

Estoy cansada, me pesa el cuerpo, tengo que dormir un poco hasta llegar a Escobar sino, no voy a poder disfrutar de Mati.

El Mercedes circulaba como acariciando el asfalto, un silencio de iglesia reinaba entre el cuero de los asientos y los detalles de calidad de la tronera acunándola, meciéndola con suavidad ante cada maniobra que exigía el camino. El aire acondicionado fluía en oleadas de brisa helada reconfortándola, surtiendo el efecto de apaciguador de sus heridas aunque, durante los casi diez días de convalecencia, cuidados y antibióticos las heridas estaban al filo de sanar. Pero ella las sentía. En realidad era más la memoria de haberlas padecido que la profundidad y la presencia de las mismas.

Llegaron a la autopista General Paz recorriendo sus múltiples túneles y puentes adornados con fragmentos de piedra. El día fallecía; nubes de humedad descansaban en el horizonte como una cordillera de suciedad, gris, pesada y las resolanas les fustigaban en el rostro. Bajaron las pantallas de protección solar para cubrirse de los reflejos y ella aprovechó para mirarse en el espejito de cortesía. Casi no encontró signos de la batalla en su rostro y la hinchazón estaba dando paso al rosado característico de su piel. Tengo que tomar algo de sol, se dijo

Ricardo no paraba de describir y recitar la infinidad de medidas que debían tomar con respecto a sus actividades físicas y a las patologías que podrían aparecer sino las cumplía al pie de la letra.

—Por lo menos durante un mes estate lo más quieta posible que puedas. ¿Me escuchaste? Nada de batichica, ni de jugar al detective. Y además aprovecho para decírtelo ahora pero tengo una semana bastante ocupada en la fábrica. Un cliente nuevo del Brasil quiere nuestros productos y es muy exigente. Si lo conseguimos nos vamos para arriba.

— No importa, anda donde quieras yo se cuidarme sola

—Ya lo sé pero también sos un poco alocada por eso cumplo en prevenirte de todos los inconvenientes que podes tener. Igualmente me llamas y listo.

Sola, se dijo, otra vez sola. No importa, que se vaya, tengo muchas cosas que hacer, dios me dio la oportunidad de cambiar algunas de mis actitudes y acercarme a aquellos de los que estuve un poco alejada como Claudia por ejemplo que se comportó como una diosa. No sé qué hubiera pasado si las veces que abrí los ojos no hubieran visto a nadie. Le debo mucho. Tengo que decirle a Ricardo que se calle un poco, con amabilidad y debo tratar de no pensar. Quiero dormir, descansar, me pesa el cuerpo y estoy un poco mareada, deben ser los antibióticos. El día esta hermoso realmente, algunas nubes pero esta hermoso. Pensar que casi me pierdo esto y otras cosas; tengo que disfrutar a pleno del regalo de la vida y tratar de olvidarme del timorato comportamiento de Ricardo. Hizo lo que pudo con su alma y yo sé que me quiere, pero no puedo dejar de verlo con cierto rencor. Quizás haya sido ese sueño. Que terrible. Todavía siento esa repugnancia dentro de mi cuerpo, como si realmente me hubieran violado. Quizás lo hicieron en realidad y tengo una laguna.

—Cuanto tiempo pasó desde que escuchaste mis gritos esa noche. —le Preguntó a Ricardo.

Ricardo había abandonado la perorata médica previendo que Marisa deseaba dormir y se había concentrado en manejar. La pregunta lo tomó por sorpresa.

—¿Qué?

—La noche del robo cuanto tiempo crees que transcurrió desde que escuchaste los ruidos y mis gritos hasta que disparaste.

—¿Por qué lo preguntas?

—Por nada en especial, no te atajes. Estoy tratando de analizar. Viste aquello del sueño que te comente que tuve. Bueno en realidad nadie me cree pero fue más que un sueño.

—¿Qué eso de la luz y la oscuridad?

—No. No te hagas el tonto, sabes bien de que te estoy hablando, del sueño de la violación te estoy hablando, no sé por qué no querés hablar de eso conmigo ¿Qué perdés eh?

Ricardo no le aclaró la razón pero ella ya la sabia: los hombres no comprenden una violación, piensan que es como hacer el amor pero sin ganas; sino lo disfrutas no es un pecado, se dijo. Incluso algunos justifican una violación y creen que las mujeres llegamos a disfrutar o nos la buscamos con nuestras minifalda, los pantalones apretados y un escote generoso.

—Solo quiero saber si en realidad no me violaron. Probablemente sucedió y yo no lo recuerdo. Sé que hice ruido pero quizás fue después de que lo hicieran. Quizás me tenían y no podía ni gritar ni moverme. No sé pero ese sueño fue muy real. O quizás fue una premonición, en ese caso...

—En ese caso tenés que olvidarte del asunto. O nos volvemos a la capital y nos encerramos con custodia en el departamento. Vamos mi amor, si te hubieran violado tendrías algo, alguna marca en el cuerpo en... en...

—En la vagina. Sí, dale, decilo, ¿Qué te pasa?, vagina, vagina, que palabra terrible. Restos de semen o lastimaduras en la vagina. Como si nunca lo hubieras dicho.

Ricardo no le contestó, siguió concentrado en la avenida pero acusando el sarcasmo, endureciendo sus facciones.

—Te aseguro que los primeros días me dolía la, me ardía como si realmente me hubiera pasado.

—Te creo, por eso te hicieron estudios y no encontraron nada. Yo les dije que te hicieran los estudios. Pero no había nada, ningún resto ni de semen ni tejidos dañados, esos tipos no te violaron ni deben de haber tenido tiempo de mirarte siquiera. Te conozco cuando te enojas.

Marisa pensó en qué había querido decir con eso de no tuvieron tiempo de mirarte. ¿De haberlo tenido lo hubieran hecho? y el mundo diría: claro, te lo tenés merecido por andar en camisón en tu casa, aprovechaste el tiempo para seducirlos y los pobres tuvieron que violarte. Pero no se lo dijo, demasiada paranoia hacía él.

—Claudia en su locura clásica de ella —continúo Ricardo— me dijo que mientras estuviste clínicamente muerta te asaltaron tus miedos más recónditos y por eso creíste que te violaban. Dice algunas tonterías como que los primeros minutos de la muerte uno ve lo que lleva en la inconsciencia, hasta que aparece la luz y el túnel y todas esas cosas. Pero todo eso es una tontería. Ya estamos en el siglo veinte como para seguir pensando en esas bobadas.

—Que vos no lo creas no significa que sea una tontería —le impugnó Marisa levantando un poco la voz— y no sé si lo mío tuvo que ver con eso. Realmente fue tan vivido que no se si lo creí o me sucedió o va a sucederme o alguien quiere decirme algo.

Ricardo le exigió que se olvidara del tema e intentara dormir un rato. Le acarició el rostro suavemente y lo mínimo necesario como para no dejar de mirar hacia adelante y estrellarse contra otro auto. No había demasiados coches en la autopista y el viaje se hacía placentero, y por esa misma razón rápido. Tiene razón, pensó, debo descansar, Matías me necesita bien despierta.

Estaba demasiado agotada para pensar y analizar, pero todavía abrigaba un sentimiento de vació, como un regusto en la lengua, sin embargo no podía encontrar ni saber de qué se trataba. Tiempo al tiempo, ya lo voy a resolver, se indicó; y apoyó la cabeza suavemente sobre la ventanilla y buscó las vacas al costado de la ruta...

Las vacas no parecieron, solo algunos ocasionales pájaros volando en lo alto. Sintió como el cuerpo se relajaba y se le espesaba la respiración y cerró los ojos entregada al sopor y el sueño se apoderó de sus músculos y de su alma...

Segundos después bostezó y los abrió, concentrándose en las imágenes que corrían por la ventanilla.

De pequeña me dormía contando las vacas cuando viajábamos con mi papa a Mar del Plata por la ruta dos, o me entretenía sumando las patentes de los autos, pero aquí me va a ser imposible encontrar algún animal entre toda esta civilización. Fábricas y más fábricas y parillas y hoteles pero nada para ayudarme a dormir. Tendré que pensar en algo agradable. La tarde esta hermosa, hace tiempo que no veo una tarde así, o será que ahora estoy aprendiendo a disfrutarla como se debe.

Entonces unas manchas oscuras en el cielo llamaron su atención.

Qué raro esos pájaros parecen detenidos en el cielo. Me acuerdo que le preguntaba a mi mama si estaban quietos y ella me contestaba que no, que en realidad vuelan en nuestra misma dirección y de tan lejos parece que están quietos. Te miran me decía ella, con sus ojitos pueden ver muy lejos y te están viendo, te protegen, yo nunca le creía, pero forzaba la vista al máximo para verles los ojos. Creo que Matías una vez me preguntó lo mismo y yo le conteste igual que mi madre, dicen que todo vuelve, que la vida es una calesita, solo hay que detenerse unos segundos y agarrar la sortija a tiempo.

Los pájaros se acercaron tanto al auto que Marisa podía diferenciar el color de las plumas. Eran hermosos, demasiado grandes como para ser gorriones y muy chicos para gaviotas o águilas. Unos segundos después los pájaros se habían acercado demasiado, estaban a menos de veinte metros del auto, y seguían acercándose. Pensó en comentarle a Ricardo esa visión extraordinaria, pero se dijo que no. Pobre maneja todo el día de la oficina a la quinta y de la quinta a la oficina, pero él lo quiere así, si quisiera podía tomarse unos días de vacaciones no sé por qué no lo hace, ya no me quiere como antes, pero evitarme es otra cosa, tengo más intimidad con esos pájaros que con él. Pero... ¿Qué está sucediendo?... no puede ser, ya están a menos de diez metros de nosotros. Puedo distinguir sus picos curvos y el color de sus plumas; me pregunto qué son: gaviotas o cardenales, o esos chotacabras de la leyenda, palomas seguro que no son. ¿Pero qué hacen volando por acá y a tan baja altura? Pájaros como estos he visto correteando por el pasto de la quinta pero no sabía que volaban tan rápido y tan bajo, ¿A qué velocidad estaremos yendo? Seguramente 120 o 130 kilómetros por hora. No puede ser, son hermosos, no creo que estén corriendo entre ellos, el de más atrás me parece más menudo y el de adelante parece guiarlo. Ricardo tenés que ver esto, es increíble, esos pájaros, se creyó decir.

Giró la cabeza y miró a Ricardo concentrado en la ruta. A doscientos metros un camión ganadero había apilado media docena de autos particulares por detrás. El camión iba por el carril de velocidad y cuando ella miró se pasó al de la derecha, los autos lo siguieron, imitando una lombriz de metal de varios colores y con el camión ganadero como cabeza. En la claridad del ocaso podía adivinarse el cuerpo de una vaca y las maderas superiores pintadas de blanco.

Por eso los pájaros nos alcanzaron, ese camión debe de haber reducido nuestra velocidad. Ojalá Matías estuviera aquí conmigo, lo feliz que sería de ver estos pajaritos volando tan cerca de nuestra ventanilla. Ya me lo imagino en el asiento de atrás apretado contra la ventana con la sonrisa de oreja a oreja y una expresión de felicidad increíble. Me estaría preguntando qué clase de pájaros son, estoy segura, tiene espíritu de científico, seguro se va a dedicar a estudiar algo referente a eso, aunque su mejor futuro está en la fábrica, mi padre estaría muy contento de que su nieto la manejara pero todavía es demasiado temprano para pensar en eso.

Es increíble, están cada vez más cerca, qué pretenden: seguirnos hasta casa. Que mala suerte que no tengo una cámara de fotos a mano para llevarle las fotos de los pájaros a Matías, incluso a cualquiera, no creo que muchas personas se puedan dar el lujo de decir que dos pájaros volaron persiguiéndolos al costado de la autopista y tan de cerca.

Tengo que decirle a Ricardo que reduzca la velocidad.

En ese preciso momento una camioneta Studebaker roja, vieja, oxidada, con retazos de chapa apareciendo detrás de la pesada pintura los franqueaba a toda velocidad por el carril rápido. Ricardo pegó un volantazo. La camioneta lucía abarrotada de muebles de caña y otros artilugios también de caña y una lona verde atada a los apurones la cubría flameando enloquecida por la velocidad. La camioneta alcanzó el transporte de ganado zigzagueando, esquivando los dos o tres autos que todavía no lo habían adelantado. La carga se bamboleaba de un lado a otro peligrosamente pero al conductor parecía que nada le importaba, solo llegar a tiempo a su destino.

—Mierda —gritó Ricardo— Esa carcacha casi nos mata. Hijo de su madre. Lo peor es que si nos chocamos con una catramina como esa, ni seguro debe tener. Después tenés que pagarle por estúpido. Mira como los pasó a los otros. Que inconsciente.

Típico comentario de Ricardo, para él todos los pobres son unos inútiles; esa catramina, ese vejestorio, me extraña que no le grito anda laburar o su frase acostumbrada: todos los negros son iguales, dicen que no hay trabajo, pero en realidad no quieren trabajar. Y claro, para él fue todo fácil. Incluso se casó conmigo y ahora dirige una fábrica de arriba. No, dios no, no puedo pensar eso de Ricardo, en que estoy pensando, qué me sucede. Es un buen marido estamos medio distanciados pero nada más, como puedo tener ese pensamiento tan macabro. Y los pájaros. Dios mío. No puede ser están... están a menos de dos metros de mi ventana.

No, esto no puede estar pasando.

Ahora los pájaros volaban a menos de dos metros de la ventanilla. El segundo giró la cabeza y la miro fijamente, ese acto la tomó por sorpresa, pero la belleza angelical del ave la llenó de dulzura.

Marisa quiso decirle a Ricardo pero los pájaros habían elegido un mal momento para mirarla. Ricardo comenzaba ya a acercarse al camión, solo tres metros lo separaban de su cola. Marisa se percató de algunos detalles del camión, como una reseña que cruzaba la defensa trasera:

"El mejor viaje es el que se termina", y las faldas de goma de las ruedas trasera con el conocido rombo amarillo pintado con pintura fluorescente para distinguirlos en la noche. Ya estaban cerca de Escobar, a dos o tres kilómetros se divisaba el tanque de agua ovoide de Autolatina, la ex Ford Motor Argentina. Mirando los pájaros Marisa se había olvidado de dormir. Y ya era tarde para hacerlo.

Decidió que lo mejor era continuar contemplando los pájaros.

Los miró.

Uno de los animales, el de adelante, ya se perdía por detrás del camión; el otro, el que antes había girado su cabeza para mirarla, ya no la miraba pero también comenzaba a pasar el camión. En realidad el camión los ocultaba. Hasta que los perdió totalmente de vista detrás del enorme contendor. Era un camión con acoplado. Si todo salía como hasta ese momento entre el camión y el acoplado podría ver los pájaros nuevamente. Quiso decirle a Ricardo que aumentara la velocidad. La curiosidad carcomía sus entrañas pero lo pensó bien. Cuanto más aumentaran la velocidad del auto más rápido tendrían que volar los pájaros también.

Estaban llegando al centro entre el acoplado y el camión propiamente dicho. Pronto lo pájaros aparecerían.

Entonces por fin uno apareció; parecía más grande, y estaba tan cerca que casi podía tocarlo. Vio como los músculos del animal se movían debajo de las plumas o eso le pareció, podía sentir la fuerza descomunal que empleaba el animal para seguirlos, pero no parecía cansado sino, todo lo contrario… decidido.

Marisa observó hacia atrás para ver si aparecía el otro, que se le antojó que era una hembra o por lo menos más joven, pero no apareció. Si hubieran conservado la misma distancia que antes de empezar a traspasar el acoplado, el chiquitín ya tenía que haber aparecido, se dijo.

¿Dónde está? ¿Qué le pasó al otro?, pobrecito, no estará muerto, pensó y se acercó lo más que pudo contra la ventana buscándolo. El animal estaba tan cerca ya que podía distinguir las imperfecciones de las plumas y las rugosidades del pico. De haberlo querido incluso podía romper la ventana a picotazos.

Marisa enloqueció porque el otro, el segundo, él más débil no aparecía, y se vio intentando abrir la ventana.

De pronto el pájaro la miró. Movió la cabeza hacia ella y la observó directamente a los ojos.

Había perdido toda su belleza infinita y ahora parecía un monstruo mezcla entre buitre, pterodáctilo y dinosaurio con alas de murciélago.

La miraba, la observaba fijamente, con odio, a punto de abalanzarse para devorarla. Había visto ese bicho anteriormente en una pintura renacentista que representaba el infierno de la peste negra; los hombres tenían cabezas de pájaros enormes con los picos curvos y cruzados entre sí. No recordaba el pintor, pero ese animal no podía provenir de otro lugar más que del infierno.

Marisa se retiró del vidrio asustada.

En realidad una maniobra furtiva de Ricardo fue lo que la apartó de la ventanilla.

Lo escuchó gritar.

—Cuidado.

Entonces distinguió como una lluvia de pedazos de mueble de caña se les venía encima. En su carrera enloquecida la Studebaker roja perdía parte de su carga y los bultos pasaban tan cerca de ellos que no les daba tiempo para esquivarlos. Los trozos de caña rebotaban en el asfalto como piedras en un estanque y venían en oleadas y cada vez más.

Luego: el freno y el desastre.

El mercedes chocó de costado contra el camión. Por un segundo pareció que Ricardo tenía todo controlado, que solamente debían lamentar algunas magulladuras y un choque menor, pero fue como la calma que precede a la tormenta, o el ojo de un huracán. Marisa sintió como el auto se levantaba en el aire, para incrustarse luego contra el asfalto metiéndose debajo del camión. Todo sucedió tan rápido y con tanta violencia que el parabrisas estalló en su cara y en la de Ricardo, pero todavía estaba viva.

Entonces escuchó como el camión clavaba los frenos firmando su acta de defunción con ese accionar. El Mercedes, descontrolado, se incrustaba debajo del camión. El mundo comenzó a envolverla en un retorcimiento de metal, cuero, plástico y destrucción; y, en lo inevitable del proceso, Marisa, por un segundo, pudo ver el rostro desfigurado por el terror de Ricardo.

Cerró los ojos para no presenciar su muerte ni la de él.

Luego: el silencio y la oscuridad.

La maldita oscuridad que manejaba su vida.

Abrió los ojos. La tronera del auto estaba irreconocible. El frente lucía todo doblado delante de ella como abrazándola. La puerta era un amasijo de encierro. No podía moverse, por mucho que lo intentó no podía moverse. Un olor penetrante a nafta y goma quemada la asfixiaba. Miro a Ricardo, parte del techo irracionalmente retorcido sobre él lo cubría, pero pudo ver su cabeza como disociada del cuello en una manera inmunda y aberrante. Está muerto, se dijo, era imposible sobrevivir en esa condición. Escuchó voces y gritos de desesperación desde los alrededores, incluso divisó unas piernas corriendo con desesperación; pero les va a ser imposible sacarnos de aquí abajo, pensó. Se imaginó al auto hecho un bollo de muerte debajo del camión con dos cuerpos destrozados como manteca en su interior.

Pero la muerte todavía no la envolvía.

Una llamarada comenzó a alcanzarla desde el piso.

Sus piernas se quemaban.

Gritó.

El dolor era insoportable, imposible de aguantar. Con una de sus manos se golpeó la pierna intentando apagar el fuego pero casi no podía moverla. Miró hacia arriba, el fuego se enrulaba en el techo. Después el fuego pareció brotar en una llamarada de ardor y la oprimió desde el techo retorcido. El auto se quemaba indefenso, casi al punto de explotar; y eso era lo que ella quería: que el auto explotara de una vez por todas. O que algo pasara. Deseaba morir. El fuego le quemaba la cabeza, las piernas, las manos y al olor a pelo quemado le siguió el terrible y nefasto sufrimiento y dolor de la piel calcinándose.

Quería morir, solo la muerte inmediata podía liberarla del terrible dolor.

—Estas decidida a que me vaya contigo hija de puta.

2001

Mariel.

19 de diciembre del 2001, seis de la tarde: Mariel no recordaba cuantas veces lo había acompañado antes hasta el Cementerio de la Chacarita. Creía saber que como mínimo cada tres meses. Pero fueron más. Estaba segura de eso.

Ella ya sabía que hacer: esperar; esperarlo a un costado y acompañarlo, en silencio, sin tristezas, sin el clásico pésame o el río incontenible de las lágrimas. Porque para Matías esas visitas al cementerio no constituían un luto o un sufrimiento inacabable. Todo lo contrario.

Eran como una salvación para su alma.

Visitar la tumba de su madre era para Matías algo más que un deber o una deuda del corazón hacia un ser querido. Podía tratarse del peor día de su vida. Podía estar triste, agobiado, de mal humor, incluso cansado físicamente que después de un rato mirando el mármol y el cielo; y otra vez el mármol y el cielo y alguna vez ocasionalmente a Mariel recuperaba la vida.

Algo incomprensible para cualquiera que no fuese Matías le ocurría a su alma.

Mariel conocía la historia de la madre de Matías al pie de la letra, pero este era demasiado pequeño cuando la perdió. Difícilmente podía tratarse del clásico recuerdo de la costumbre. De no tener ya a alguien que ocupaba un espacio físico en el corazón de uno. Alguien que, además del amor, se lo recuerda principalmente por sus acciones o sus costumbres y se hace imposible olvidar o por lo menos de sentir tanto dolor. Como mi padre, pensó Mariel, con sus camisas blancas almidonadas o su persistente olor a colonia "Old Spice" que usaba todas las mañanas después de afeitarse. Olores y gestos que aún hoy, a menos de cuatro años de su fallecimiento, la perseguían como una fotografía vivida y perenne de su adolescencia. Especialmente el dulce y añejo aroma del Old Spice que lograban que todas las colonias para hombres del mundo olieran igual o fueran horribles. Un atavismo indestructible todavía con movimiento propio. Los primeros meses había intentado que Matías la usara regalándosela, pero a él no le gustaba.

Si querés la uso los fines de semana solo para vos le había dicho, pero no quería forzarlo y le obsequió otra. Luego, algunas veces, habría el botiquín y ella misma se embadurnaba con la colonia. Momentos en que casi podía ver el reflejo de su padre en el espejo con el rostro lleno de pedacitos de papel higiénico por afeitarse siempre a los apurones. Matías ocasionalmente entraba más tarde en el baño y sonreía lo suficientemente fuerte como para que ella lo escuchara. Pero no se decían nada.

Esos momentos son más perdurables sin palabras.

No, decretó Mariel, el apego al recuerdo de Matías con su madre era distinto.

Único.

Por esa misma razón de exclusividad es que ella había insistido en llevar a su hija Carolina al cementerio de la Chacarita. No fue una decisión fácil de tomar. No era un lugar agradable para llevar a tu hija de solo cuatro años, como si se tratara de un paseo por el jardín zoológico o una tarde a los lagos de Palermo. De habérselo comentado a otra persona le hubiera dicho que los riesgos psicológicos para un niño tan pequeño podía dejar secuelas; podían alimentar una zona oscura de su imaginación que a la larga no se puede esquivar, pero que es mejor tener un poco más de seguridad emocional entes de ese momento. Pero ella estaba segura que los chicos a esa edad todavía no entendían la muerte como una falta irreversible; un saber que los seres queridos jamás volverán aunque el alma los necesite más que al agua. Eso lastimosamente se aprende con los años y con el dolor, sentenció. Y para los chicos siempre quedaba el recurso de la fantasía. Está en el cielo, con los ángeles, o como un hada quizás.

Pero Mariel intentaba que algo, un poco aunque más no sea del inquebrantable amor de Matías hacía su madre fallecida cuando él tenía tan solo seis o siete años y hace casi dieciséis quedara grabado o se le contagiara a Carolina. Una enseñanza que le ayudaría en la vida, pensaba Mariel. Si alguna vez ella le faltaba sería fácil explicarle que en realidad ella no se iba del todo. Que siempre estaría cuidándola desde allá arriba o desde donde le tocara estar. Que no dudara ni un segundo que la encontraría ahí donde nunca iba a dejar de estar "en tu corazón mi amor" quería decirle; igual que Matías contaba siempre con su madre.

Y este era el día más apropiado de todos. Las cosas económicamente no iban para nada bien. En realidad la Argentina no estaba bien. Se avecinaba una enorme y furiosa tormenta sobre el país. Aciaga después de décadas de torpezas, de errores, divisiones y corrupción.

Se vienen tiempos difíciles, decía Matías; y lo expresaba el vecino, el carnicero, el taxista, incluso lo decía también el político que suele venderte un trozo de madera como si fuera de oro, para luego enterarte que solo se trataba de un pedazo de carbón.

Adivinándolo por las cenizas.

El rumor constante de robos y saqueos durante las últimas semanas del año, incluso en el centro neurálgico de la ciudad, no dejaban trabajar a nadie. Las terribles diferencias entre pobres y ricos, marginados y engreídos iluminados y la falta de dinero efectivo en la calle cercenaban la sociedad en sus bases... el trabajo, la familia. Matías estaba a los tumbos. Tanto que ella creía que la larga marcha de la decadencia y la corrupción del País lo estaba cubriendo todo, inclusive la esperanza.

Nunca había visto a Matías tan derrotado en los dos años que llevaban de noviazgo y convivencia.

Jamás.

Incluso habían discutido días atrás y esa misma noche y Carolina había escuchado todo sin que ellos lo supieran, aunque ella sabía que en esos momentos era imposible resguardarla.

—Se van a dejar de querer —le pregunto Carolina por la noche mientras se destornillaban de la risa mirando la televisión; con esa capacidad única de los chicos de sacar temas tan comprometidos en los momentos menos esperados.

—No mi amor. Nada que ver. No. Los grandes a veces discuten. Pero no es para tanto

—Pero papi está mal ¿No? Hoy ni siquiera probó las milanesas.

Mariel sonrió. Era cierto. Casi imposible que Matías rechazara un buen par de milanesas. Pero Caro había notado la tensión de Matías en un acto tan simple y claro como esquivar la comida que más le gustaba y, justamente, ella, las había preparado con mucho ajo y perejil porque a él le fascinaban así, con mucho sabor; y lo había hecho para darle aunque más no sea una pequeña alegría.

La miró con un cariño inconmensurable. Tenía dolor en su mirada y eso de Papi cada día le gustaba más aunque habían abandonado sus labios con cierto tono de sufrimiento.

Decidió que Caro ya estaba grande como para entender y era una nena muy inteligente e independiente y, sino lo estaba, "la verdad siempre es el mejor camino le decía su padre", mientras intentaba encajar las ballenitas en el ojal del cuello de sus camisas.

—Mira mi amor. Las cosas no están bien. Vos sabes que el negocio va de mal en peor y casi tuvimos que mantenerlo cerrado durante todo el mes

—Cómo el cole.

—Exacto. La gente está asustada. No tiene plata. No se vende nada y eso lo tiene de mal a traer a Matías. Él cree que...

—Papi. Papi ma — le cortó Carolina imperativamente —. Matías se llama uno de mis compañeros.

Era cierto y la velocidad con que Carolina había comenzado a llamarlo "Papi" a Matías no terminaba de asombrarla y mucho más el convencimiento de que ese título no podía pertenecerle a otra persona más que a él. Le gustaba eso, pero al mismo tiempo pensaba que los novios y las parejas van y vienen; y en especial ella que se había separado casi al nacer Carolina y el padre se marchaba desconsideradamente a Formosa, según él, a buscar un futuro más oneroso para su carrera de ingeniería.

Nunca más apareció y Carolina no tenía intención por ahora de necesitarlo. Menos ahora con Matías, se dijo.

"Papi"... estaba completamente segura que él se lo había ganado con su cariño y dedicación.

—Tenés razón, perdoname. Pero para vos es papi para mis es Matías...

—Sí Matías mi papi

—Sí Matías tu papi mi amor. Pero no te preocupes que a veces discutamos no quiere decir que ya no nos queramos o que dejemos de quererte. Incluso vos y yo a veces nos hemos peleado y vos sabes muy bien que cada día te quiero más.

Carolina sonrió moviendo la cabeza afirmando y al mismo tiempo ocultando el sentimiento de amor hacía su madre como si le diera vergüenza.

—Bueno ahora vamos a dormir que mañana te voy a llevar a un lugar muy especial para Matías. Y vas a ver como todo cambia.

—¿A qué lugar?

—Mañana vas a ver, es una sorpresa. El corazón de Matías necesita ir a ese lugar cada vez que se siente un poco "bajoneado". Es como un lugar mágico para él. Siempre le hace bien, nunca le falla. Vas a ver como Matías recupera la alegría y vuelve a ser el mismo de unos días atrás.

Era también una expresión de deseo. Aunque ella estaba tan segura de la influencia benéfica de esas visitas al Cementerio de la Chacarita como de que a él le fascinaban las milanesas.

Mariel se incorporó como para acompañar a Carolina a la cama pero esta se había quedado mirándola, como con cierto disgusto entre los ojos, como retándola.

Tenés razón otra vez, se dijo.

"Papi"...

Y se contuvo las lágrimas pero no las ganas de comerla a besos.

Carolina.

Carolina bajó del auto y no podía creer lo que veían sus ojos. Tantas flores juntas; amalgamadas en fardos; o formando círculos con bandas. Coronas, se llaman coronas le había dicho su madre. Y el aroma le encantaba. Antes de cruzar a través de unos enormes arcos compraron algunas. Ella eligió unas de color blanco perlado cuyo perfume le fascinaba. Recorrió los casi quinientos metros dentro del predio sin quitárselas de la nariz. Llegaron a una zona donde un sin fin de cruces parecían crecer desde la tierra como flores de piedra. Preguntó porque había tantas cruces juntas.

Se lo explicaron lo mejor que pudieron.

Ya no le gustaba tanto el aroma del ramo.

Mariel la tomó del brazo y le solicitó que aguardara unos minutos.

—Esta primer parte él debe estar solo. Dejémoslo un rato.

—Va a hablar con su mama.

—Algo parecido.

Aguardó un tiempo hasta que la paciencia comenzó a abortársele. No sabía qué hacer con el ramo. Si dárselo a Matías. Si debía imitarlo y depositarlo a los pies de esa enorme cruz de mármol o tirarlo a la basura porque ya estaba pesándole un poco. Decidió alcanzárselo a Matías.

—Te pedí que esperaras un poco —le retó su mama.

—Pero.

—Ya te vas a dar cuenta cuando podemos acércanos. Quédate quieta. Paciencia, paciencia.

Pero sin que Mariel se diera cuenta de nada. Mientras observaba a Matías sin apartarle un segundo la vista para que cuando él la mirara ella siempre estuviera presente: Carolina se había acercado. Pasito a pasito, sigilosamente, con una maestría envidiable, como quien no quiere la cosa. Como en el fútbol, cuando se patea un tiro libre y la barrera se va acercando de a pasitos hacia el que está por ejecutarlo. Empezando a nueve metros o más y cuando el árbitro mira para otro lado se van acercando como si fueran una sola persona. Al final están a menos de cinco metros del ejecutante y ya es tarde para empezar otra vez.

Ya estaba hecho: Mariel no podía hacer nada al respecto y gritarle empeoraría las cosas, se dijo. Más tarde la retaría por no hacerle caso. Además Carolina ni siquiera la miraba. A propósito, pensó. Se hace la distraída. Olía el ramo: un pasito. Lo bajaba a un costado: otro pasito. Miraba a Matías otro. Y volvía a oler las flores hasta que estuvo a pocos centímetros de Matías.

La situación le arrancó una sonrisa. Carolina lo amaba. Casi tanto o más que ella. No, pensó, era otra clase de amor, pero Caro quería estar al lado de él, se moría por saber qué le sucedía, por preguntarle cosas.

Y estar cerca de él era la única forma de cumplir el objetivo por lo que la había traído hasta el cementerio. Solo al lado de Matías podía recibir un atisbo de ese increíble hilo de amor imaginario que unía a ese hombre con su madre muerta hacia tantos años.

Decidió que ella también se acercaría. Ya era hora.

Matías le sonrió mientras se acercaba. Tenía los ojos rojos. A un suspiro entre el lloriqueo y las lágrimas.

—Dónde te parece que debemos poner tu ramo Caro —le preguntó Matías que se arrodilló para estar a la altura de Carolina

—No sé, al lado del tuyo

—Si… Ahí lo va a ver mejor.

—Ella te ve a vos —le preguntó Carolina al mismo tiempo que le acariciaba las mejillas secándole distraídamente una lagrima.

—Sí, y a vos también. Debe estar muy contenta. Estoy seguro que piensa que sos hermosa.

—¿Qué le pasó porque está en el cielo y no con nosotros? Tuvo un accidente.

No sabía cómo empezar. Ni por dónde. Mariel le había dicho: trata de decirle la verdad, pero no seas tan detallista. Pero cómo contarle la historia sin detalles macabros se preguntó. Era imposible.

Lo intentó. Empezar por lo más importante debía ser la clave se dijo.

—No. No fue un accidente. Ella me amaba como nadie lo ha hecho nunca. Le debo más que la vida. Estoy ahora acá gracias a ella. Era muy valiente, demasiado para pertenecer a este mundo.

—Era linda.

—Era hermosa, como las mañanas. Embellecía cualquier cosa, no sabes cuan hermosa era.

Matías estaba de cuclillas y Carolina se sentó distraídamente en una de sus rodillas mirándolo de costado, con los ojitos habidos de información, con el brillo de la niñez y la dulzura de la inocencia. Mariel ya frenaba al lado de ellos; su sombra alcanzaba las flores y un brazo parecía acariciar el hombro de Carolina. Se miraron y sonrieron. El sol dibujaba sus rasgos, le aclaraba los ojos, la hacía irresistible. Acariciada por la tarde parecía más joven, pero también más resistente. Era una mujer dura, porfiada, luchadora, como casi todas las mujeres de su vida. Estaba destinado a estar siempre protegido por una gran mujer. O por una gran madre, pensó.

Examino la placa de bronce que el mismo había cambiado unos años atrás. Una placa que estuviera más de acuerdo con la valentía y el amor incorruptible de su madre.

FEBRERO DE 1985
TU HIJO QUE JAMÁS OLVIDARA
TU VALENTÍA

No se había percatado que hablaba en vos alta y Carolina parecía esperar que aclarara eso de tu valentía.

Inspiro. Le acarició la frente retirándole un mechón de pelo que le tapaba el ojo y se lo sostuvo detrás de la oreja.

—¿Era muy valiente tu mama?

—Más que eso. Dio todo por mí. Luchó contra todo. Si existe el mal ella solita luchó y lo venció.

—Sola —no era una pregunta era admiración. Al mismo tiempo que lo dijo miraba la tumba como si fuera a salir desde ahí abajo. Y probablemente lo haga se dijo Matías. Si alguien podía astillar el cajón con las uñas. Escarbar los metros de tierra que la separaban de los vivos solo con sus manos y sus ansias no podía ser otra que su madre.

—Tuvo un poco de ayuda. Pero como explicarte, no luchó contra otra persona, luchó contra… contra…

58

—¿Un monstruo?

No sabía cómo decírselo. Los monstruos no existen le decían cuando era pequeño; como a todos los niños. Pero el mal si existía. Lo diabólico también. Y así había sucedido. Si alguien había conocido al diablo y sus acólitos y les había vencido solo con el cuerpo: era su madre. Y no sabía cómo explicárselo a Carolina. Como decirle sin causarle miedo o pesadillas que la maldad puede tomar muchos aspectos. Estar donde menos la esperamos. Agazapada detrás de la ventana. Jadeando oculta entre lo miserable y la oscuridad. Observándonos, analizando nuestras debilidades para aprovecharse de ellas y que el sufrimiento nos fuera imposible de soportar. Incluso hasta el punto de querer morir. De desear que el sufrimiento nos dejara tranquilos. De no poder verle la cara. De atacarnos de a gotas. Una y otra vez, oprimiendo nuestra resistencia y nuestra alma al máximo, siempre con un rostro distinto. Los rostros del diablo y del dolor en su máxima expresión.

Su madre había luchado contra la maldad más aterradora y una terrible oscuridad y mucho más también. Contra todo, sin bajar jamás los brazos. Y en algún momento había dejado de sufrir todos sus padecimientos liberándose de los demonios que la atenazaban, entregando su vida para que él pudiera gozar de este momento, del atardecer, del aroma de las flores, de Mariel, de Carolina y del recuerdo. Lo único con lo cual podía agradecerle semejante sufrimiento.

Transpiraba. No estaba seguro de su silencio. Carolina lo miraba y no podía adivinar si había pensado en vos alta o no. Pero Mariel ya la alzaba observándolo sin apartar ni un segundo la mirada de la suya. Con dulzura, casi con un gracias flotando entre los ojos. No estaba seguro qué había dicho, pero adivinaba que algo bueno por los gestos de Mariel. No es una mujer que se guarda los pensamientos, se dijo.

—Vamos —le dijo ella suavemente— se está haciendo tarde.

—Sí tenés razón. Se viene la noche.

Empezó a caminar no sin antes darle una última mirada a la tumba. Podía encontrar esa tumba entre todas las del cementerio aun con los ojos vendados. Si un día la cambiaban de lugar él estaba seguro que la encontraría.

Un hombre mayor se acercaba por la derecha y se detenía frente a una pequeña cruz. La más pequeña de esa fila. Aunque Matías sabía que las dimensiones no tenían nada que ver ni con el dolor de la perdida ni con el amor del recuerdo. No llevaba flores solo su presencia y creyó verle un rosario resbalando entre los dedos.

El recuerdo. Lo único que él podía hacer para retribuirle aquel salvaje sufrimiento a su madre.

Y el recuerdo, como siempre, subía por sus venas como un rió de furia; le erizaba la piel como una brisa de primavera, cálida y viviente; lo llenaba de fuerza y de dulzura al mismo tiempo.

No existía en la tierra nada que podía derrotarlo.

Lo había aprendido en el verano de 1985.

Y su alma no quería olvidarlo.

Matías cruzó el umbral del cementerio. Había venido buscando consuelo y fuerza. Como otras veces.

El sol ya se perdía detrás del muro que separaba los vivos de los muertos. Algunas hojas amontonadas a un costado del muro se arremolinaban con vida propia. El día agonizaba dejando su sofoco oscuro y cansado entre las nubes. Había sido un día de furia, pensó. Por la mañana la Argentina le aterraba, avecinándose un futuro sombrío, una crisis de proporciones bíblicas.

Ahora, aun antes de enfrentar la noche, sentía la esperanza galopando emocionada en su corazón.

CAPITULO TRES

1985

El empujón asustado de Ricardo la despertó.

—Marisa despertate, Marisa, es una pesadilla.

Abrió los ojos.

Estaba en el auto. Viva. Todavía la inercia del sueño no la abandonaba y estuvo a punto de gritar por las quemaduras.

—Qué estabas soñando, gemías, gritabas y te golpeabas la pierna como si quisieras liberarte de un bicho.

—Fue terrible, dios mío, estoy cansada de estos sueños. No voy a poder vivir así.

—No te hagas tanto problema. Fue una pesadilla y nada más.

—Vos porque no lo viste, me queme viva, me estaba quemando viva y vos también.

—Bueno... está bien, tranquilízate. Cuando lleguemos a casa lo hablamos con tranquilidad, ahora estoy manejando y no quiero que me pongas nervioso. Podes esperar hasta que lleguemos. ¿Puede ser?

Marisa no le contestó porque sabía que él tenía razón.

Se acordó de los pájaros y los buscó por detrás de la ventana. No estaban. Miró el cielo buscándolos, pero tampoco aparecieron.

—Los pájaros.

—¿Qué pájaros?

—Nada olvidate hablo sola

No podía decirle que unos pájaros la habían acompañado medio viaje. Que eran hermosos hasta que uno de ellos se convirtió en una criatura abominable, en algo maligno; y que después terminaron chocándose contra un camión de ganado como aquel de adelante.

Un momento, se dijo, ese camión es igual al de mi sueño, es un transporte de ganado. Pero eso solo no significaba nada, se dijo. Buscó los pájaros nuevamente, si aparecían no había más que analizar, pero no encontró nada.

Un segundo después Ricardo sacudió el auto con un volantazo que asustó a Marisa.

—Mierda. Esa batata casi nos mata. Hijo de su madre. Lo peor es que si nos chocamos con una catramina como esa, ni seguro debe tener. Después tenés que pagarle por estúpido. Que inconsciente.

Lo miró sorprendida y observó también la camioneta que pasaba zigzagueando a un costado. Era la misma del sueño. Vieja, roja, y oxidada y con los mismos artilugios de caña y la misma lona bamboleándose frenética al viento.

El mismo camión, la misma camioneta, iguales palabras de Ricardo, se dijo. Aunque notó una sola diferencia. En el sueño había otros autos ahora solo estaban la camioneta que ya adelantaba al camión y ellos que se acercaban también al camión.

Sintió como el miedo se apoderaba de su sangre. Mucho miedo.

Si el sueño había sido una premonición. No había manera de asegurarlo hasta sufrir el accidente y quemarse viva en esa prisión de acero retorcido y lenguas de fuego.

No, tengo que asegurarme antes, se dijo.

Buscó los pájaros. Ahora despierta lo entendía. Pájaros tan pequeños y volando tan cerca del auto que ella podía sentir como respiraban era imposible. Nada más fuera de la realidad y si podía encontrar esa irrealidad no había más que decir, era una premonición.

Los buscó en el cielo. Si solo estuvieran cerca volando como cualquier otro pájaro pero fueran dos, solo con eso me alcanzaría.

Ya estaban a metros de camión. Comprobó que era con acoplado y del mismo color que el del sueño. Inclusive la vaca marrón adivinándose entre las rendijas.

Todo encajaba: la camioneta, el camión, todo tan parecido, pero algo le faltaba, algo como la frase que en eses instante leía en la defensa del acoplado.

"El mejor viaje es el que se termina"

—¡No! —gritó— No Ricardo por favor no lo pases, por favor. No lo pases.

—Qué pasa, no grites, qué te pasa.

Y grito, y trató de parecer lo más loca posible; Ricardo no iba a hacerle caso pero probablemente le daría miedo su locura.

—No lo intentes. No lo pases, vamos a morir. Para... para yo quiero bajarme del auto, me muero, para por favor o abro la puerta y me tiro.

La reacción de Ricardo fue instintiva: redujo la velocidad y se puso detrás del camión casi sin darse cuenta.

Marisa volvió a leer la frase en la defensa trasera del camión.

"El mejor viaje es el que se termina"

No le cabía ninguna duda, prefería el manicomio que franquear ese camión.

Un suspiro después empezaron a aparecer los trozos de muebles de caña rebotando contra el asfalto. El camión clavaba los frenos, pero ellos tenían el espacio suficiente y poca velocidad como para frenar también.

Mientras reducían la velocidad seguían apareciendo y rebotando contra la calzada pedazos de caña irreconocibles. Hasta que por fin apareció la camioneta volcada a un costado.

Se habían salvado. Ricardo no podía tratarla de loca aunque lo estuviera; el sueño, los pájaros, la camioneta el incendio, la premonición, todo era de una demencia de atar pero su locura les había salvado la vida.

Nadie podía decir que no.

Ricardo no abrió la boca desde ese instante hasta que llegaron a Escobar.

Si no quiere hablarme que se fría en aceite hirviendo, se dijo, pero no me lo puede negar. No entiendo qué le pasa. Con lo del sueño de la violación no quiere saber nada, como si yo le estuviera recriminando algo, con lo del robo lo tomó como un problema menor. Hasta retiró la denuncia de la policía diciéndome: "Cuanto antes nos olvidemos de esto mejor. Cuanto más tranquilos sigamos con nuestras vidas mejor". Y lo de accidente ¿Qué?, ¿Qué me va a decir sobre esto? Algo pasó con esa visión y esos pájaros maratonistas tan reales, no puede pensar todo el tiempo que estoy loca soy su mujer, pero son todos iguales, solo te escuchan y tratan bien cuando quieren sexo, otros ni siquiera para eso, pero los hechos están de mi parte esta vez.

Otra vez lo mismo, se dijo, nuevamente pensando que los hombres son una basura por qué, qué me está pasando, yo no era así, cuando una amiga decía algo parecido yo se lo discutía y ahora parezco una de ellas. Tengo que tranquilizarme y analizar la situación. Hay muchos cabos sueltos y otros muy aferrados. Por lo pronto volví a salvar mi vida, esta vez por una especie de premonición y de verdad escrita:

"El mejor viaje es el que se termina"

Llegaron hasta el cazador. Ricardo se bajó del auto para abrir la reja de entrada. El aire acondicionado estaba apagado y Marisa abrió la ventana.

Aspiró. Era la primera bocanada de aire puro de los últimos días. Ya estaba cansada del olor a desinfectante del hospital y de sus vendas. Notaba la diferencia entre el aroma insípido, antiséptico, pero artificial del hospital y este aliento cargado de naturaleza con ramalazos de eucaliptos, flores silvestres y pasto recién cortado. Aspiró de nuevo atestando sus pulmones de libertad. En el aire libre se podía sentir la diferencia de aromas entre la madrugada, el mediodía y el ocaso. En la ciudad todo era lo mismo. Cerró los ojos y se imaginó el sol fatigado buscando refugio detrás del horizonte.

Es impagable. La vida es impagable, se dijo.

Ricardo le pidió que esperara dentro del auto, mientras comprobaba la ubicación Matías. Tenían todo planeado para darle una sorpresa. Sonia, la empleada que le recomendó Claudia, lo entretendría en la pileta o detrás de la casa y ellos se acercarían haciendo el menor ruido posible. Primero aparecería Ricardo y después Marisa. Primero Matías creería que su Mama otra vez no venía y después la alegría infinita de verla. Las emociones adquieren mayor potencia cuanto mayor es la distancia o la diferencia de polaridad entre ellas, se dijo.

No aguantaba más las ganas de verlo

Por un instante la temperatura del auto comenzó a disminuir y Marisa empezó a sentir frío. Sacó una mano al exterior y comprobó que afuera la temperatura era agradable, más recostada hacía el calor que al fresco.

Pero tenía frío, tanto que la asaltaron unos escalofríos y la piel se le tensó. Comprobó que el aire estuviera apagado. Lo estaba. Sopló y el aliento se condensó en vapor por la diferencia de temperatura. No puede ser, se dijo, el auto parece una heladera.

Un vaho a podrido empezó a abarcarla, una pestilencia como de carne en descomposición mezclado con tierra húmeda. Eran sensaciones insoportables el frío y el olor a...

A muerte, se dijo.

Intentó calmarse pero no pudo, algo respiraba desde el asiento trasero. Algo maligno jadeaba con la suficiente vehemencia y poder como para que ella se diera cuenta.

Un sentimiento de que tarántulas y alfileres crecían en sus entrañas la asalto.

Tenía miedo, estaba al borde de desmayarse del pánico.

Quería ver qué o quién necesitaba asustarla de esa manera, pero sentía como el terror circulaba asustado por su sangre. Era evidente que esa malignidad quería subyugarla, quería mostrarle todo su poder por la forma espesa y vehemente como respiraba.

El frío ya le taladraba los huesos y la hediondez la piel.

Por un costado de la casa apareció Ricardo haciendo círculos entre el pulgar y el índice de sus dos manos, como diciéndole está saliendo todo bien.

Entonces sintiéndose acompañada tomó valor y giró la cabeza con temor.

No había nada, ni nadie. El frío desapareció casi al instante y la fetidez dio paso instantáneamente al tufo ácido de su pánico.

Miró a través de la luneta trasera esperando encontrar alguna presencia o una sombra pero no halló nada.

Para su alma desacostumbrada al terror fue peor aquella falta de imagen, ese sentimiento de vulnerabilidad que la embargó, que el haber visto algo, que el saber contra qué estaba luchando.

Sin embargo, el asiento izquierdo, el de atrás del conductor, se movía. En realidad donde antes había un hueco (como si alguien hubiera estado sentado) ahora se inflaba lentamente retomando su posición acostumbrada.

Ricardo apareció por un costado sonriendo, se sentó y puso primera.

—¿Qué te pasó estas blanca? ¿Qué tenés estas bien?

—Si estoy bien no pasó nada locuras mías.

—Pero parece que fueras a desmayarte, estas pálida, seguro mira que si no nos olvidamos de la sorpresa. Querés que te traiga un poco de agua, con azúcar. Eso, un vaso con mucha azúcar te va a hacer bien.

Suspiró. El miedo dio paso a la bronca y el odio. Estaba segura de lo que había sentido. Y justamente eso lo hacía tan real como ella sabía que fue. Habían sido solo sentimientos, frío, fetidez, la presencia de la muerte o algo perverso en el asiento trasero pero nada visual; inclusive la imagen del asiento no estaba segura de haberlo visto o sentido, y no podía contarle nada a nadie. Algo quería volverla loca; pero no te va a ser nada fácil, se dijo.

Entraron a la quinta y se descubrió caminado, rodeando la casa sigilosamente para darle la sorpresa a Matías. Esperando verlo, confiando en que la expresión de felicidad de Matías podía derrotar cualquier sentimiento negativo.

Se quedó corta en la previsión.

Se abrazaron despacio, por sus heridas, pero como si aquella fuera la última vez que fueran hacerlo en sus vidas.

Ayer fue uno de los días más felices de mi vida. Con Matías y Sonia, estuvimos jugando al "TEG" hasta tarde matándonos de la risa. A propósito tengo que darle las gracias a Claudia porque Sonia es bárbara y cocina como los dioses, aunque es un poco callada e introvertida. Creo que es integrante de la familia de la segunda esposa del padre de Claudia. De ahí la conoce. Es una suerte que viva por aquí cerca en el centro de Escobar. Matías se destornillaba de la risa porque a Sonia le costaba entender el desarrollo del juego y por la manera graciosa como pronunciaba los nombres de algunos países. Es una lástima que Ricardo no se quedara con nosotros, no entiendo porque tiene esa actitud, si antes, cuando Mati era más chico, solíamos juntarnos y reír juntos. Si hasta se mataban a almohadonazos con Matías en la cama mientras yo cocinaba. ¿Qué le pasa? ¿Qué le estará pasando? Era tan alegre y dedicado antes. Lo extraño. Extraño sus besos y sus caricias. ¿Cuándo

lo va a entender? Después de lo que paso lo lógico sería que estemos
más unidos que nunca pero él prefiere alejarse.

No importa él se lo pierde.

A la mañana se levantó, se vistió y se fue temprano, demasiado
temprano, sin siquiera desayunar; me pregunto para qué necesita llegar
tan temprano al trabajo. Dijo que hoy primero debía ir a la fábrica y por
la tarde a la oficina, pero hoy era el día para quedarse con Mati, y
conmigo; lo necesitaba hoy.

Mati me despertó con el desayuno en la cama. Estaba tan feliz. Dijo
que lo había preparado él solito aunque se notaba la mano de Sonia en
algunas cosas. Por la mañana llame a Inés para que trajera a Ezequiel.
Yo sabía que con ella se podía contar, vino casi al instante, como en
helicóptero, me dijo que hacía varios días estaba esperando la invitación
para que Ezequiel le hiciera compañía a Matías y que incluso había
hablado con Ricardo enseguida que se enteró de mi convalecencia, pero
Ricardo le contestó que no, que después la llamaba. Que estúpido. Que
comportamientos de macho tiene a veces. Seguramente si Inés no fuera
una descocada divorciada como él la llama, o se lo hubiera ofrecido el
picaflor del ex marido le hubiera dicho que sí.

Estoy segura de eso.

Para ellos una mujer separada que le pidió la separación ella misma a
su esposo es una víbora y él marido un pobre diablo que laburó toda su
vida. Inclusive piensan que la ex mujer se separó solo para dejarlo en
camiseta, para sacarle toda la plata al pobre tipo. Lo peor sucede
cuando nos juntamos varias parejas y se habla del tema, se enloquecen,
se comportan como en bloque y al final o le das la razón o arruinan la
velada.

No sentí dolores durante el día solo un poquito en la pierna. Por suerte
las costillas no se habían fracturado y solo me quedaron unos cuantos
magullones pero nada importante. Me la pase el día devorando todo lo
que estuvo delante de mí, si sigo comiendo de esta manera cuando este
cien por ciento bien voy a andar rodando por el pasto.

A propósito tenemos que preguntarle a Gauna quien era el jardinero
que cortaba el pasto porque ya está creciendo igual que la ligustrina, a
mí me gusta bien parejita, el pasto y la ligustrina es la primera
impresión de una casa quinta. Si es el mismo hombre mejor, parece
bueno y debe conocer todos los misterios de este parque. Le voy a decir
a Ricardo que le pregunte a Gauna y después lo llamamos, sino Sonia
debe conocer a alguien por la zona para hacer el trabajo.

Ese Gauna no me gusta mucho. Es verdad que le dejó la quinta a un
precio menor que el del mercado, pero algo de él no me gusta, debe ser
que mira todo como con aires de superioridad y no habló mucho, a mí
en realidad no me dirigió la palabra en casi toda la noche que vino a
comer. Tiene una mirada como de cuervo y creo que me observaba
como con desdén, como si fuera de una raza inferior pero con lujuria,
no me apartaba la vista de las tetas, cuando nos levantamos y ellos

fueron al living y yo a la cocina él se quedó atrás y me desnudo con la mirada. Ricardo no se dio cuenta, o lo intuía y se hacía el tonto. Yo a propósito gire mi cabeza y lo pesque justito, pero el tipo no solo no apartó la vista sino que se detuvo más en mi trasero, como buscando la marca de la bombacha a través de la tela de la pollera pantalón que me había puesto.

No creo que Ricardo sea tan amigo de Gauna como ellos dicen sino se hubieran seguido viendo. Me contaron varias de sus aventuras en el liceo. Cuando Ricardo terminó el liceo militar se dedicó a otra cosa por suerte, pero este Gauna, por lo que entendí, continuó, pero ahora está retirado y abrió una empresa de seguridad con otro amigo suyo también ex milico. Ricardo se mueve en un ambiente muy distinto al de ese Gauna por lo tanto confió en que no lo va a invitar más a comer con nosotros, si él desea verlo que lo vea, pero conmigo que no cuente más.

Todavía hay cosas de las que me sucedieron que no les encuentro explicación. Los doctores dicen que es muy difícil estar clínicamente muerta, en realidad estuve realmente muerta, mi corazón estuvo quieto casi once minutos. Es una barbaridad dijo el doctor Aguilar. Pero lo más increíble, según ellos, es que por ahora no me quedaron secuelas ni musculares, ni nerviosas, ni de otro tipo. Hay personas que sin irrigación sanguínea en el cerebro por más de dos o tres minutos quedan hemipléjicos o con graves problemas de locomoción, muchos no se recuperan ni con ejercicios. Otros al volver de esa muerte regresan con varios grados menos de lucidez, para no ser tan agresiva y decir que quedaron con graves deficiencias mentales.

También fueron insólitos mis tiempos de recuperación. Los cortes y los golpes sanaron a un ritmo propio de una película de ciencia ficción.

Pero el hecho que se lleva el primer puesto en mi *extrañometro* fue la premonición que experimenté en la Panamericana cuando salimos del hospital.

Revise una enciclopedia y los pájaros que volaron y me avisaron del accidente eran loros. No estamos acostumbrados a ver volar a los loros porque siempre los vemos encerrados en jaulas, pero vuelan. Lo que sí averigüe es de la imposibilidad de que alcancen esa velocidad y la mantengan durante tanto tiempo.

La explicación ya la sabía incluso antes de investigar en la enciclopedia. Fue un sueño; o una experiencia paranormal; o, realmente, los médicos tienen razón y esa veintena de minutos sin irrigación sanguínea terminaron por afectar mi cerebro.

La misma explicación le doy a la experiencia de la violación.

Quede clínicamente loca.

Pero bueno, la vida continúa.

Matías se pasó todo el mediodía correteando con Ezequiel de un lado para el otro. Apenas llegó Ezequiel lo tomó del brazo y le contó lo del robo como si yo fuera la hija de superman. Llenó de fantasías y exageraciones clásicas de la edad. Me miraba como embelesado hasta se pusieron a jugar al ladrón y la mama vengadora, así me llamaron. Con Inés estuvimos de acuerdo de que a partir de mañana a la tarde Ezequiel viniera a quedarse uno días con nosotros.

Por la tarde llamó Claudia por teléfono y hablamos hasta que me ardía la lengua. Me dijo que tratara de olvidarme de todo e intentara disfrutar de Matías. Y tiene razón ya voy a tener tiempo de analizar los hechos.

Cuando Ezequiel se fue Matías vomitó la comida del mediodía. Tenía la piel hirviendo; probablemente se insoló. Le dije que hasta la noche se quedara en la habitación tomando jugos y agua fría, pero el no quiso. Tuve que traerle una colchoneta y dejarlo toda la tarde a la sombra. Debía sentirse muy mal porque mucho no se movió de la colchoneta. Gran parte del tiempo se la pasó quietito mirando los aviones y los ultralivianos que pasaban por el cielo.

Espero que no sea nada grave, solo insolación. Tiene fiebre y dice que le duele el pecho. Voy a esperar hasta mañana y si sigue mal llamo a un doctor.

Está claro que no puedo disfrutar de nada.

Que nada sale como yo quería desde que llegue a esta casa.

Sonó el teléfono.

Marisa atendió.

Era Claudia.

—Claudia tengo que agradecerte todo lo que hiciste por mí esta semana.

—Qué decís Marisa por favor estás loca. Lo menos que podía hacer por vos era estar a tu lado sos mi mejor amiga, vos lo sabes.

—Pero no, en serio. Sin vos no hubiera sido lo mismo. Estuviste genial.

—Bueno las habitaciones de ese sanatorio son más cómodas que la habitación de mi casa además me trataron como a una reina. Mientras vos estabas postrada en la cama a mí me traían café cuando quería o lo que yo quisiera comer. Y no te olvides de la tele y el cable, no conozco muchas personas que tengan cable todavía, pero en ese sanatorio tuyo sí.

—En serio mira vos.

—En un hospital público eso no pasa Marisa. No te quiero decir nada, todo lo contrario, solo que realmente la pase bien.

—Pero estuviste ahí, a mi lado, otros no hicieron lo mismo.

—Lo decís por Ricardo. Escucha no te hagas tanta mala sangre sobre eso. Creo que se siente un poco, no sé, como disminuido en su condición de hombre. No te olvides que para todos, especialmente Mati, vos fuiste la heroína que pateó a los asaltantes mientras él dormía. Creo que tenés que verlo desde ese lado también.

—Puede ser, pero no volvería a hacerlo otra vez más y creeme tampoco se lo pediría a él que lo hiciera. Fue una estupidez enfrentarse con esos tipos de esa manera. Lo mejor es hacerse el dormido o salir corriendo.

—Crees que se hizo el dormido.

—No. Para nada. Todo lo contrario. Los tipos no hicieron el más mínimo ruido. Todavía no sé si yo escuché un ruido o fue como una premonición de que algo raro sucedía. Eran profesionales. Yo noté como iban de un lado para el otro de la casa y nada. Me pareció que estaban descalzos, empujaron el auto casi hasta la verja de entrada y te puedo asegurar que no se escuchaba nada.

—Mientras estabas en la cama del hospital me pareció que luchabas contra ellos otra vez, me pareció que en sueños te debatías contra ellos ¿Puede ser?

—No sé, eso sí que no lo recuerdo. Solo recuerdo lo de la aparente, porque no quiero pensar en eso de otra manera, lo de la aparente violación que soñé.

—Cuando me lo contaste me intrigó mucho eso. Dijiste que fue muy real.

—No. No fue muy real, olvídate de ese término, me violaron y punto. Así de real fue.

—Bueno, está bien, entiendo. Ya me contaste los dolores y todo eso, pero mi pregunta es porque razón tuviste ese sueño o mejor dicho esa experiencia paranormal. ¿Puedo decirle así?

—Por supuesto. Además yo creo lo mismo. Fue como una experiencia paranormal. Creeme cuando te digo que hasta en algunas de mis actitudes y sentimientos actuales son como de una mujer violada. Si, psicológicamente me siento violada. No sé realmente como queda la psiquis de una mujer así, pero yo no tenía algunos de los pensamientos o actitudes como los que tuve estos días.

—Como cuáles. Sé más específica.

—No sé, no importa. Bueno si importa pero no quiero pensar en ello.

—Yo te aconsejaría que visites un psicólogo. No pongas esa cara. En serio. No por lo de tu experiencia sino por lo del robo y todo lo demás. Vos sabes que la inconsciencia nos juega malas pasadas. Cuanto antes te desligues psicológicamente de todo esto mejor.

—Quizás vaya cuando este al cien por cien físicamente.

—Creo que el tema de los sueños es como ajuste de la inconsciencia. Cuando dormimos y soñamos la inconsciencia nos está diciendo algo

—Sí, puede ser.

—Son como ramalazos de asignaturas pendientes que la conciencia se encarga de mostrarnos.

—Te gustan estas cosas no Claudia.

—Vos sabes que sí.

—Siempre tuviste ese espíritu de analizar todo y de llevarlo al terreno de lo espiritual.

—Vos todo lo contrario, lo reducías todo a su mínima expresión. Recuerdo que mi mama me decía esa chica Marisa es un poco salvaje. Eso porque no vio lo que hacías con los sapos, o las gatas peludas, te acordás, en tu casa en Quilmes. Y no te digo con los chicos. Con cuantos te agarraste a trompadas en la vereda. Te cargaban y te decían marimacho. Te acordás, algunos hasta te tenían un miedo bárbaro.

—Es verdad, yo era la peleadora y la asesina de bichitos y vos la que sufrías por todos y quería ayudarlos a todos y estudiaba todo. Por esa razón eras mi amiga no. Vos querías ver el interior de los sapos o presenciar el alma saliendo de las gatas peludas y necesitabas alguien que las matara o los abriera al medio por vos.

—Ay qué mala sos.

—Sí, era así. Y mira en lo que nos convertimos: yo en una inútil dependiente del marido, y vos en una gran cardióloga.

—Ay que decís Marisa, no sos ninguna inútil yo cambiara todo lo que soy por tu vida. Matías, un buen Marido.

—Eso de bueno está por verse.

—Como quieras, pero en un momento fuiste muy feliz con él. Yo los admiraba. Para mí eran la pareja del año. Y todo lo que tuvieron que luchar para superar aquello

—De que hablas

—Hasta que apareció Matías. No muchas parejas lo hubieran resistido. Para mí son lo mejor y tienen que tratar de limar estas diferencias que ahora los embarga. Yo discutí con Ricardo esta semana, pero me pareció un hombre infeliz, en serio, me parece que él siente este alejamiento de Uds. tanto o más que vos.

—Como quieras pero ahora no quiero hablar de ese tema.

—Y cuando entonces. Creo que si soy tu amiga podemos hablarlo no

—Por supuesto que sos mi mejor amiga, no es que vos no seas la indicada, todo lo contrario, pero ayer me pasó algo terrible cuando llegamos. Fue horrible. Esto no te lo conté en el teléfono ayer a la noche porque estaba Ricardo a mi lado cuando hablamos. Llegamos, Ricardo bajo del auto y yo me quede dentro un instante. Empecé a tener frío, más que frío estaba helado, el auto literalmente estaba detenido en la Antártida. Segundos después empezó a sentirse un olor horrible, como a podrido, a muerte.

—Quizás se trataba de algún animal muerto. Te fijaste bien por alrededor

—No lo necesité. El olor era de adentro, de adentro del auto. Yo tenía la ventana abierta y no solo hacía calor afuera sino que hasta se sentía olor a eucalipto. Era increíble la diferencia de temperaturas y olores entre el interior del auto y el exterior. Después sentí que algo o alguien respiraba detrás de mí. Era terrible.

—Dios Marisa.

—Era maligno estoy segura. Después me di vuelta y no había nada solo el rastro en el asiento. Como si alguien estuviera sentado y se hubiera levantado cuando yo mire. Ya sé, estoy loca, puede ser, pero fue todo muy real.

—Yo no digo que estás loca todo lo contrario. Creo que hay algo en tu interior, probablemente producto del tiempo que estuviste muerta.

—Y súmale lo de esa presencia a lo que te conté ayer a la noche por teléfono, lo de que evite un accidente por que unos pájaros me lo dijeron y después me decís que pensás al respecto. Ricardo estuvo presente y vio como sucedió todo, él sabe que evite un accidente. Él está de testigo. No sabe cómo llegue a esa conclusión, pero sí que lo evite. Eso lo hace real.

—Yo lo sé. Todo esto es muy extraño, a mí me fascina todo lo paranormal mi vida, pero tengo miedo que probablemente hubieran quedado zonas lastimadas en tu cerebro después de tantos minutos sin irrigación de sangre…

—Zonas lastimadas o muertas quizás.

—Sí, células muertas, en realidad desconectadas, pero habría una gran diferencia en ese caso. Si tuvieras células desconectadas te faltarían recuerdos o te fallarían como el mal de Alzeimer. O alguna actividad como caminar o los movimiento del rostro algo que dependiera de un impulso nervioso te estaría fallando. Muchos que sufren paros cardíacos quedan hemipléjicos o con partes del rostro desencajados. En tu caso no pareces sufrir esos síntomas. Podes tener células nerviosas muertas pero nada…

—Pedazos de muerte en mi cerebro —agregó Marisa—. Solo pensar en eso me asusta.

—Y sí… Dicho de esa manera tan macabra a quien no le asustaría

—Pedazos de muerte en mi mente. Dios mío.

Ricardo llegó tarde, comió frugalmente y se fue a acostar. Le dijo que estaba cansado. Que había sido un día terrible. Marisa se quedó un rato con Matías en la habitación de él antes de irse a dormir. La habitación tenía la cama debajo de la ventana y Matías se había encargado de alfombrarla de juguetes, juguetes que había esparcido por todos lados como enojado con si mismo por no haber podido disfrutar completamente del día. Marisa no le dijo nada solo se limitó a sonreír y a calzarle el termómetro debajo de la axila.

Matías tenía fiebre y respiraba con dificultad. Los labios se le estaban resecando y vomitó por segunda vez en el día. Marisa le preparó unos jugos con mucho azúcar y eso pareció aliviarlo un poco. Qué le estará pasando, se preguntó. Un médico vino a visitarlo antes de que el sol se ocultara totalmente y le había dicho que eran los síntomas clásicos de una insolación. Pero ella estaba asustada. No sabía por qué razón, pero lo estaba. No era la primera vez que Matías se enfermaba. Una se va acostumbrando a ver a su hijo enfermo, se dijo. Habían pasado varios años desde su primera tos y la locura que le generó en su alma esa primer enfermedad. Recordaba el haber corrido como una enloquecida, como si no conociera la diferencia entre una simple tos y el cáncer. Pero a todas las madres primerizas les ocurre lo mismo. Ahora ya debía estar más acostumbrada; debía obrar con más tranquilidad; llamar de inmediato al médico y no subestimar ningún síntoma, pero tampoco asustarse de esa manera. Además es un chico fuerte, se dijo, chiquito, pero fuerte. Ojalá mi Mama estuviera viva. Ella sabía cómo tratarlo y además como tranquilizarme.

Trató de recordar, pero en realidad no recordaba si mientras su madre estuvo viva Matías tuvo alguna enfermedad grave, en realidad no recordaba muchas enfermedades graves de la infancia de Matías, ni siquiera de bebe.

Es un chico fuerte y sano, gracias a dios, se dijo.

Pero esta vez abrigaba una cierta aprehensión en su alma.

La casa estaba en silencio. Afuera la noche lucia enamorada de sus estrellas y en total mutismo abstraída en su propia belleza.

Marisa había observado desde el parque de la quinta el cielo nocturno plagado de luciérnagas aprisionadas de negrura. Hacía mucho tiempo que no veía un cielo como ese. Las luces de la ciudad no te permiten diferenciar las estrellas en la noche, se dijo. Varias veces tuvo que forzarse desde el balcón del departamento para asegurarse si la noche estaba despejada o nublada y aunque estuviera despejada las estrellas se perdían luchando inútilmente contra la claridad y el olvido. Acá, en la quinta, hasta pudo distinguir el arco lechoso de la vía Láctea como si fuera la enorme varita mágica de un Hada Madrina hubiera cruzado el cielo esparciendo los destellos de su magia solo para ella. Y era hermoso.

Después de corroborar que Matías ya estaba dormido se fue a acostar. Antes de acostarse se cercioró que todas las persianas estuvieran bajas y las puertas cerradas, incluso fue hasta la cocina a asegurarse que la puerta al parque también estuviera bien cerrada con llave.

Soñó con un Matías de cinco años corriendo alegremente por las escaleras del tiro Federal cuando acompañaban a Ricardo a sus prácticas de tiro. Soñó con las olas y la playa de Mar del Plata en punta Mogotes y cómo Ricardo le cubría todo el cuerpo con arena a Matías y reían. Soñó tantas cosas lindas que se lamentó cuando despertó. Le había perdido el gusto a los sueños lindos; todo había sido pesadilla tras pesadilla y necesitaba aunque más no fueran unas pocas gotas de sueños placenteros.

Le costó abrir los ojos; y todavía entre los brazos del sopor una pregunta le vino a la mente ¿Por qué razón Ricardo no había acertado el tiro si era tan buen tirador? Practica tiro casi desde la cuna. Tuvo tiempo suficiente coma para pensarlo y apuntar, se dijo restregándose los ojos. El me aseguró que el ladrón ya estaba saliendo cuando le disparó.

Pero algo no le cerraba.

Intentó recordar cómo habían ocurrido los hechos. El ladrón la pateaba y ella se estrellaba contra el vidrio. Estaba segura que el ladrón, inmediatamente después de que ella chocó estrepitosamente contra el vidrio comenzó a fugarse; lógico con tamaño alboroto salió escupiendo fuego, pensó, Ricardo tuvo tiempo suficiente para apuntar. Creo que después se equivocó al decir que le apuntó pero falló el tiro, si hubiera dicho, tire al aire, ahora no estaría con esta duda. Se dejó llevar por el machismo; no podía decir que tiró al aire como un timorato mientras su mujer se enfrentaba sola contra los asaltantes, que estúpido, pero fue verdad tiró apuntar y falló; la bala debe estar en algún lugar por el parque, de haber tirado al aire estaría en la casa, o tendríamos un agujero en el techo o puede que no... Pero qué cuernos estoy haciendo todavía no terminé de despertarme y ya estoy creyéndome toda un detective, se dijo.

Alguien gemía.

Alguien sollozaba casi al punto de la muerte.

Era un llanto atormentado y doloroso y provenía del exterior, del parque. Podía sentirlo. Estaba absolutamente segura de eso.

Caminó hasta la habitación de Matías asustada.

Los gemidos no se perdieron en el pasillo o entre las habitaciones ni bajaron de tono sino, todo lo contrario, parecía que ella los llevaba consigo.

Los gemidos la perseguían.

Ya en la habitación Matías estaba totalmente destapado y se retorcía y pronunciaba palabras inentendibles, como los síntomas de una fiebre de más de cuarenta grados. Parecía delirar o sufrir por una pesadilla terrible. Los llantos del exterior no cesaron, todo lo contrario, no subieron de tono, pero se hicieron más desgarradores. Apoyó la mano al revés en la frente de Matías para comprobar la temperatura, pero estaba frío. Muy frío.

Se asustó. Se contuvo de llorar pero experimentó como la congoja se apoderaba de su cuerpo.

Era imposible que sintiera tan frío. Deliraba gesticulaba y se retorcía; Marisa podía sentir el sufrimiento de su hijo recorriéndole la piel como pirañas hambrientas.

Después instantáneamente dejo de delirar y se quedó quieto.

Y Sonrió.

Sonrió con una dulzura infinita.

Espero que este soñando conmigo, se dijo Marisa. Pero seguía helado y ahora respiraba acelerado por la boca liberando volutas de vapor. Los gemidos continuaban atormentándola y aumentaban su carga de terror a medida que transcurría los segundos.

Debía ir. Sentía la oscura obligación de ir hasta el parque y ver qué producía ese sonido. También sabía que nadie más escuchaba esas lamentaciones. Era una tontería despertar a Ricardo o llamar a un vecino y preguntarles si también escuchaban esos gemidos. O estaban en su mente o dirigidos solo a ella. Los gemidos tenían la intensidad necesaria como para escucharse en varias manzanas, en el silencio de la noche, era imposible que ni siquiera los perros de los vecinos los escucharan.

Tomó fuerzas y decidió ir. Por un momento le pareció que alguien la observaba. Creyó que un hombre la miraba fijamente desde una de las ramas del pino más alejado de la casa, el que daba sombra a la pileta. Apuntó sus ojos hacia el lugar exacto donde le pareció haberlo visto trepado y mirándola, pero no había nadie ni nada, solo el viento entretenido con las ramas.

Es paranoia, se explicó a sí misma, pura y desquiciada paranoia.

Pero los llantos desde el exterior continuaban al borde de desgarrarle el alma. Descendió las escaleras, con pavor, como esperando que los ladrones aparecieran en el living, pero ella, esta vez había cerrado las persianas. Llegó hasta la cocina, se acercó a la puerta y dudó, entre un gemido y otro dudó de su próxima movida, pero lo hizo, quitó el cerrojo y abrió la puerta que rechinó en sus goznes.

Una intrascendente brisa le sacudió el camisón y le regaló los olores del parque a su alma asustada. Avanzó con decisión bajo la noche estrellada, bajo la mirada furtiva y protectora de la Vía Láctea, armada solo con el miedo y la necesidad de terminar de una buena vez por todas con todos los terrores que la atormentaban. Mientras se adentraba en las entrañas del miedo sopesó la situación; los gemidos parecían provenir desde el interior del quincho.

Se acercó dubitativa temiendo por lo que pudiera encontrar. Lamentándose, otra vez, por no haber traído consigo el arma de Ricardo y contestándose de nuevo: ¿Qué voy a hacer con un arma?

No le gustaba nada el cariz que había tomado su existencia y en especial los últimos acontecimientos. No estoy preparada para heroína, se dijo, ni mucho menos para la aventura. Odio no saber qué va a pasar el segundo siguiente. La incertidumbre la agobiaba y prefería la vida ordenada y rutinaria (mi vida de madre todos los días), que el miedo a la aparición de un violador o una presencia maligna por detrás de las puertas, o en los asientos de los autos, o pájaros mutantes, o cualquier criatura capaz de llorar y gemir de esa manera tan aberrante y dolorosa.

Quiero recuperar mi vida, no quiero esto, basta.

Rodeo la pileta, no quería acercarse tan rápido al quincho. La pileta tenía un fino cobertor de plástico extendido cubriéndola lado a lado y aunque no había luna, pero si muchas estrellas, el plástico brillaba en las esquinas.

Se detuvo y miró detenidamente el quincho. No tenía más de siete metros de largo por tres o cuatro metros de ancho, no era demasiado grande ni chico, aunque la pileta si era más grande. Estaba bien construido, con ladrillos y cemento, pero con el techo de paja y pilares de madera barnizada a modo de adorno en los vértices. Lo habían construido justo en una de las esquina de la quinta. La quinta era la única construcción de la cuadra rodeada de terrenos baldíos. Gran parte de la zona posterior del parque de la casa quinta se asentaba en una leve elevación del terreno y el quincho cortaba de lleno esa elevación. El quincho por adelante, mirando a la pileta, tenía amplias ventanas corredizas. Y el otro costado era el más extraño, ahí estaba la enorme chimenea de la parrilla justo donde terminaba la elevación del terreno que se perdía por detrás. Marisa pensó que debían de haber trabajado como locos para sacar tanta tierra, cortar el montículo y luego construir el quincho. O había sido al revés.

Mientras observaba el quincho creyó ver movimientos en el interior, como una sombra moviéndose de un lado a otro. Se movía despacio con cierta cadencia, como un león enjaulado.

Había alguien o una presencia maligna dentro. No quería entrar. Quería correr, volver a la capital, a la seguridad aparente de la ciudad, pero un sentimiento dentro de ella la impulsaba; una leve impresión de que podía contra todo y de que debía alimentar su curiosidad. Si el ser o la criatura maligna que está jugando los últimos días con mi vida lo hubiera querido ya me habría matado, se dijo.

Tomó valor y se acercó.

La sombra, súbitamente, desapareció internándose con perversidad dentro del quincho.

El aire a su alrededor continuaba llorando, gimiendo de dolor y angustia. Era imposible no acercarse a ver. Por momentos los gemidos parecían provenir de alguien soportando un dolor terrible y ella deseaba ayudarlo, por otros los gemidos se tornaban en gruñidos lacerantes y ella quería correr.

La puerta de vidrio corrediza estaba abierta y un vaho a putrefacción entró por sus fosas nasales. Tuvo ganas de vomitar pero se contuvo. Era el mismo olor que el del auto, olor a carne en descomposición mezclada con tierra húmeda y orín.

Desde la orilla de la puerta oteó el interior del quincho. El corazón le daba tumbos dentro del pecho a punto de estallar. El pánico le comprimía el estómago y el miedo cada una de sus costillas, le faltaba el aire y debía forzarse para respirar. No quiso prender la luz aunque llegó a manotearla. Dejó la mano posada en la perilla por si necesitaba prenderla, por si algo la atacaba. Espero unos segundos que fueron como horas mientras la vista se le acostumbraba a la penumbra. Unos ínfimos destellos de luz se colaban desde las ventanas del costado, recordó que había encendido las luces del porche y se alegró de haberlo hecho.

Una vez que el instinto no me falla, se dijo.

Agudizó la visión y justo en el vértice lo encontró. Era un cuerpo, recostado justo entre las dos paredes, agachado, doblado en si en una actitud retorcida y escabrosa. Estaba segura de eso y se movía, ante cada gemido se expandía y comprimía como los fuelles de un respirador artificial.

Los gemidos no parecían provenir de la criatura, en realidad, la abrazaban y rodeaban como si tuviera auriculares en las orejas.

Tenía miedo, tanto miedo que no podía respirar y ahora sí le dolían las magulladuras de las costillas y cada una de las pequeñas heridas producidas anteriormente por los vidrios le ardían. En la penumbra reinante pudo dilucidar que se trataba de un cuerpo, pero a esa distancia no podía asegurar si era un hombre o un animal. Debo acercarme un poco más, se dijo, el maldito está esperando que yo me acerque. Apoyó la espalda contra los ventanales y empezó a caminar de costado. Sin haber metido su cuerpo no más de una baldosa dentro del quincho. Empezó a deslizarse despacito, sin apartar la vista de la esquina. Quería llegar hasta la parrilla y agarrar una linterna que recordaba colgada junto con el cuchillo y el tenedor largos especiales para el asado. Se lamentó el no haber traído consigo una linterna ella misma o algo para defenderse.

De pronto la visión dejo de gemir y se movió imperceptiblemente. El contorno superior de la criatura había cambiado.

Estaba mirándola, estaba segura que la miraba, había levantado la cabeza o el hocico o lo que fuera y la investigaba.

A Marisa le faltaba menos de un metro para alcanzar la linterna.

La cosa comenzó a insinuar unos ruidos extraños y siniestros, como si masticara o escupiera o estuviera relamiéndose; tac, tac, tac.

Marisa tenía la garganta seca y el tufo a podrido la asqueaba, pero como ella no podía detener el ritmo desesperado de sus respiraciones le era imposible restringir el acceso de esa asquerosidad a sus pulmones. Tuvo que contener unas arcadas, arcadas que fueron tan poderosas que le dolieron los abdominales. Ya estaba al lado de la parrilla. Sin quitarle la vista de encima a la criatura malvada tanteó la pared en busca del gancho donde estaba colgada la linterna.

La encontró. Entre los dedos sintió la linterna y el metal de uno de los dos utensilios para el asado en el mismo instante en que la figura ladina y putrefacta se erguía sin dejar de apoyar la espalda en la pared.

Es un hombre, se dijo, no me cabe la menor de que es un hombre, o una criatura morfológicamente parecida al ser humano. Tenía piernas y brazos y al erguirse dejó de hacer esos ruidos extraños con sus mandíbulas; tac, tac, tac.

Marisa lo pensó y primero tomó el utensilio de hierro y se lo pasó hacia la otra mano, la derecha; en ese soplo la figura se movió hacia ella y Marisa gritó y se protegió blandiendo el hierro hacia adelante como una espada.

Las piernas le temblaban y el artilugio le pesaba más de lo que ella pensaba; vibraba silencioso en su mano zurciendo el miedo en el aire como la aguja en una máquina de coser. Le pesaba tanto que estaba segura que no iba a poder pegarle con una sola mano si el engendro pretendía atacarla. Pero el engendro se detuvo a menos de metro y medio de ella y pareció observarla y observar su arma y hasta casi podía jurar que se estaba riendo de ella y de la situación, como si estuviera diciéndole: eso pretendes usar contra mí.

Marisa se descubrió gritando: Atrás, atrás por favor, basta, pero le salió ahogado y demasiado temeroso como para intimidar ni siquiera a un pichón de gorrión.

Tomo la interna. La linterna era de metal y de cuatro pilas grandes y por suerte tenía dos intensidades; ella sabía que al máximo la luz sería demasiado fuerte, suficiente como para iluminar un objeto a cien metros; recordaba a Matías jugando la noche anterior apuntando el cielo y los árboles del otro lado de la cerca y decidió que si la prendía usaría el interruptor en mínimo. Era bastante pesada. Podía utilizarla como arma también, probablemente sería más dañina que el hierro que blandía en la mano izquierda, pero con el hierro hacia delante le impedía el paso a la criatura.

De pronto la criatura tomó el extremo de la punta del cuchillo de parrillero y se lo apoyó en su estómago como invitándola a clavárselo.

Marisa ya no podía más se iba a desmayar en cualquier momento, no tenía ninguna duda ya, iba a prender la linterna.

La prendió.

No estaba preparada para lo que vieron sus ojos.

Era una figura salida de películas de terror americanas. Una especie de esqueleto mal formado con retazos de carne colgando de los tendones. El olor que ahora desprendía la criatura era insoportable, aunque Marisa no sabía si se trataba de un sentimiento psicológico porque ahora sí veía que la criatura estaba realmente podrida. Respiraba con agitación. Las costillas se fregaban unas con otras de una manera perversa y maligna. Por alrededor de la figura había trozos de tierra cayendo o fluyendo. No provenían de la figura sino que pululaban a su alrededor; como si recién se hubiera levantado de la tumba, como si uno o dos metros cuadrados de tumba la acompañaran; como si nunca dejara de salir de la tumba. Eso era exactamente lo que era, pensó, un continuo movimiento de tierra y piedras a su alrededor. Un constante recordatorio de la muerte.

Marisa continuó escalando con la luz y alcanzó la cabeza de la lacerada y horrenda criatura y en el mismo instante que la luz alcanzaba el vació malicioso, ladino de esos ojos, la criatura se cubrió y gritó.

Gritó de una forma tan aberrante y cargada de intensidad que Marisa comprendió que podía matar solo con esa voz.

Le gritó directamente a la cara y avanzó moviendo el brazo que sostenía el hierro sacándoselo de un tirón a Marisa.

Entonces Marisa corrió. Salió a toda velocidad del quincho, pero mirando hacia atrás. Estaba asustada y del pánico los ojos se le llenaron de lágrimas, pero vio como la criatura venia tras de ella con su tumba de tierra rodeándola.

Despacio, con una cadencia lenta pero decidida, aberrante y retorcida.

En su desesperación Marisa no se percató y chocó contra una de las reposeras cayendo hacia la pileta como una rama arrancada por el viento.

El plástico que cubría la pileta retuvo su caída un instante pero rodó y terminó cayendo al agua por el costado. Golpeándose contra el borde.

Un segundo después flameaba bajo el agua, en la peor oscuridad de su vida. El agua estaba fría y al principio atenazó sus músculos. Cuando por fin logró calmarse se dejó flotar y alcanzó la superficie. La lona no le permitía casi respirar, a duras penas podía asomar la nariz entre la lona y la superficie del agua.

Empezó a gritar del pánico.

Una oscuridad de muerte la rodeaba. Solo un fino hilo de luz se adivinaba a un costado; debe ser el borde entre la lona y la pileta, se dijo.

Por un instante creyó que moriría ahogada y gritó y pataleo y trató de romper el plástico cobertor pero no pudo. A quien se le había ocurrido poner un plástico así tapando la pileta se preguntó. Tengo que nadar, vencer el pánico y llegar hasta una orilla y subir. Recordó que la lona era como una cortina que se desplegaba a lo largo. Y solo podía salir del mismo lado que había caído o del lado paralelo, en los otros no, en uno enrollaba la lona y en el otro se sostenía por medio de unos ganchos.

Se tranquilizó; trató de no hacer ruido para escuchar si el monstruo estaba en el agua o en los alrededores de la pileta. Pero no se escuchaba nada solo su cabeza rozando contra la lona y sus manos arañando con desesperación, como abriendo y cerrando infinidad de cierres relámpagos al mismo tiempo.

No veía nada, y empezó a nadar, a moverse suavemente hacia un costado, hacía la línea de luz, el costado contrario al que había caído o eso creía. No podía ver sus piernas, ni siquiera las vendas de la pierna derecha que ahora debía cambiarse. Sintió una puntada de terror al imaginarse que la criatura la tomaría de las piernas desde el fondo del agua y las acercó hacia su pecho instintivamente.

No debía perder más tiempo y apurarse; se sentía como una hormiga, tan vulnerable como una hormiga solitaria frente a un oso hormiguero, consiente de la futilidad de su inocencia.

Puso una mano por delante para no chocarse hasta que sintió la pared rugosa de la pileta. Ahora debía utilizar todas sus fuerzas para levantar su cuerpo y para acomodarlo por los costados de la lona. Con la misma mano tanteó el extremo de la lona, pero en ese mismo momento algo le rozó el pie, después la pierna y más tarde sintió como si una anaconda comenzara a rodear su cintura.

Gritó.

Gritó como nunca lo había hecho y pataleó y pegó con todas sus fuerzas mientras intentaba mantener la boca fuera del agua, mientras buscaba oxigeno entre la lona y la superficie del agua. La anaconda pareció soltarla, ella pensó que el monstruo la rodeaba con sus brazos asquerosos. Apoyó las manos en la orilla de la pileta y comenzó a aplicar todas sus fuerzas para subir.

A duras penas pudo sacar la cabeza y parte del cuerpo, el filo de la lona apretaba sus omóplatos contra la pared de la pileta y nuevamente algo la tocaba desde abajo, algo le acariciaba la pierna. Del susto se encontró fuera totalmente de la pileta. No podía creerlo. Cómo había hecho para salir de ahí abajo de un tirón. Era imposible, se dijo.

Se levantó como pudo, exhausta, al borde de la muerte, sin detenerse a llenar sus plumones de aire.

El monstruo se movía debajo de la lona, podía ver su cabeza como una rata corriendo debajo de la alfombra, y se acercaba hacia la orilla.

Marisa tomó fuerzas y corrió. Esta vez corrió sin mirar atrás en ningún momento llorando por el pánico. Llego hasta la puerta de la cocina y la cerró dejando atrás la criatura, la noche estrellada y toda su angustia. No quiso saber nada; subió las escaleras y corrió mojada como estaba hasta la habitación de Matías.

Se preguntó porque razón estaba viva. Estaba segura que la criatura, de haberlo querido la habría ahogado sin piedad. Y nadie se enteraría de su muerte hasta que la encontraran por la mañana apretada contra la lona. Por un instante creyó que cuando la criatura la tocó por última vez en realidad la estaba ayudando a subir, pero la hipótesis murió incluso antes de nacer.

No respiraba desde que había abandonado la pileta corriendo.

Lo hizo.

Al otro día fue la primera en levantarse, solo había dormido unos pocos minutos sentada en el piso y apoyando la espalda en la cama de Matías. Salió y comprobó que la linterna estaba tirada en el medio del cobertor plástico de la pileta y el cuchillo largo de hierro volcado a un costado del quincho.

Con estar semi—mojada no le alcanzaba.

Marisa estaba segura que la sola presencia de la linterna y el cuchillo no significaban exactamente que la pesadilla había sido real. La sensación de haber vivido esa experiencia era muy fuerte pero tenía dudas, quizás se trató de sonambulismo, se dijo. Había leído que algunos sonámbulos suelen prepararse un café y se sientan y lo beben e incluso hablan, mantienen las conversaciones que están soñando. Dicen que es mejor no despertarlos porque puede ser traumático, pensó. Desde pequeña le habían enseñado que los monstruos no existen. Son inventos y que las apariciones de fantasmas o espíritus obedecen a estados de ánimo. No existen como escuchó por ahí porque no pudieron despedirse o tienen asignaturas pendientes, en realidad los crea la propia necesidad de verlos, la asignatura pendiente las tenemos los vivos.

También le parecía una locura la imagen de bajar la escalera, caminar hasta el quincho y después tirarse a la pileta con el cobertor tendido como si fuera un zombi. Sin embargo todo había sido tan real, se dijo, aunque no tan real como la experiencia de la violación; es increíble, pongo en duda una experiencia tan real como la de anoche como si fuera un sueño y no tengo la más mínima duda de que algo que se lo soñé o que fueron imágenes o vivencias de cuando estaba inconsciente en terapia intensiva fue real.

Ricardo había terminado de bañarse y comenzaba a vestirse. Sin mirarla en ningún momento le preguntó

—Sentí que te levantaste por la noche y me pareció que bajabas la escalera. ¿Qué paso?

—Nada, no podía dormir.

—¿Pasó algo? ¿Seguro que no pasó nada raro? Veo que te cambiaste las vendas de la pierna.

—Si te cuento lo que me pasó ni siquiera me vas a escuchar, o vas a decir que estoy loca, o que debo preocuparme por otras cosas, y te vas a ir trabajar sin decirme nada, como si hasta ahora no hubiera ocurrido nada.

—¿Cuándo dije yo que no había pasado nada? De donde sacaste que a mí no me preocupa todo lo que nos pasó —le contestó Ricardo todavía sin haberla mirado ni un solo segundo.

—De tu actitud, vos no notas realmente tu actitud, pero no me prestas atención. Te necesito, necesito que estés a mi lado y me ayudes a superar este momento. Sufro de pesadillas que nunca sufrí en mi vida. Vivo experiencias para las cuales no estoy preparada y vos lo único que haces es irte, huir de mí.

—No huyo de vos Marisa, tengo que trabajar.

—No... Basta de eso de tengo que ir a trabajar —agregó ella con ironía—. A mí no me digas eso.

—Pero es la verdad, te crees que tengo tiempo para pensar en estupideces —le contestó Ricardo lamentándose inmediatamente por haberlo dicho.

—Te parecen estupideces que a tu mujer casi la matan —Marisa levantó la voz, no quería gritarle pero estaba muy enojada— Me vas a decir que no podes ir por la mañana y regresar temprano, que no podes dejar a alguien encargándose de la empresa. Mi viejo hizo la empresa de la nada, y si a mi madre le pasaba algo por el estilo te crees que el la dejaría abandonada a su suerte. Y no me vengas con esas cosas, él podía tener alguna excusa, hizo la fábrica de la nada, pero vos que excusa tenés Ricardo. ¿Es tan difícil lo que te estoy pidiendo?

—Yo sabía. Nuestras discusiones siempre terminan en lo mismo ¿Por qué pones la fábrica en el medio y me tratas como un inútil? Y Siempre yo, esto yo, lo otro yo, no pensás en otra cosa más que en vos misma. Por esa razón prefiero irme.

—Vos pusiste la fábrica como excusa no yo —le cortó Marisa y bajo la voz, no quería discutir, quería recuperarlo y le estaba saliendo mal— Lo que pasa mi amor es que necesito que estés a mi lado, que me escuches. Sabes que podes venir más temprano, no me digas que no podes. Ayer viniste tardísimo y te comenté que vino el doctor por Matías y ni siquiera te inmutaste.

—Eso no es cierto. Estuve con Mati todo el tiempo. Vos no te diste cuenta porque te quedaste hablando con Claudia como una hora pero estuvimos jugando en su habitación.

Entonces fuiste tú el que dejó todos los juguetes tirados, pensó Marisa. Querías que yo me diera cuenta por eso no los recogiste. Y yo en ningún momento me percate. Puede que esté tan metida en mis cosas que no le presté atención, se dijo. Quizás tiene razón al huir de mí.

Matías apareció debajo del marco de la puerta. Los dos se miraron. No estaban seguros de sí recién había llegado o hacía rato y los había escuchado. Ricardo fue el primero que se le acercó, dejando la corbata sin anudar colgándole del cuello. Se agachó y lo tomó entre sus brazos y la corbata se deslizo suavemente al piso. Marisa observó la escena como atornillada a la cama. Matías se restregó los ojos y bostezó adormilado en los brazos de su padre y la imagen enterneció a Marisa. Pensó que probablemente Ricardo tuviera algo de razón y ella no prestaba atención a nada, o le exigía demasiado.

—No tiene fiebre, fue solo una insolación —la sacó Ricardo de sus pensamientos.

—Puedo quedarme en la cama de ustedes —preguntó Matías bostezando y ensayando su mejor mímica de ternura.

—Por supuesto mi vida. —le contestó Ricardo y lo acostó suavemente; mirando a Marisa con un gesto de: "qué iba a decirle, que no".

Marisa observó a su hijo y llegó a la conclusión de que Matías había escuchado todo. Aunque en si no había sido una gran discusión; probablemente si Matías no hubiera aparecido a tiempo lo hubiera sido. Y la mejor manera que tenía Matías de asegurarse de que sus padres no discutieran mas era quedándose entre ellos. Inconscientemente o consciente Matías les había enseñado una lección de cómo ser una familia feliz. Como se pueden resolver las cosas con tan poco y casi sin palabras solo con un: puedo quedarme en la cama de ustedes

Marisa acompañó a Ricardo hasta el auto y le dio un beso.

Hacía mucho tiempo que no lo hacía.

—Estuve pensando en lo que me dijiste de que querías tu auto para moverte —le dijo él— Puedo pasar por casa agarrar los papeles y la llave de tu Falcon y enviártelo con Fabio, el muchacho alto de la fábrica, te acordás de él.

—Si, como no me voy a acordar de Fabio mi amor.

—Y bueno el ya manejo el Falcon otra veces antes de que compráramos el Mercedes. Así que no tendría problemas, te lo trae y después se vuelve en micro a la fábrica, lo único que te pido es que lo alcances hasta la estación de ómnibus. Va a estar chocho de dejar la fábrica por unas horas.

Marisa no le contestó ni le dio las gracias, no creía que él lo hiciera para darle las gracias, pero lo miró a los ojos como si todavía estuviera enamorada y descubrió que no necesitaba forzar esa emoción. Ricardo había encontrado una manera de demostrarle que la escuchaba y que pensaba en ella.

Si hoy regresa del trabajo antes de las cuatro de la tarde me hago pis encima, se dijo.

La mañana transcurrió tranquila. Matías dormía y Ricardo la llamó a las diez en punto para decirle que Fabio llegaría a eso de la una de la tarde. Marisa le explicó a Sonia todo lo que debía hacer en la casa, que comerían a eso de la una y que tendrían un invitado. Marisa sabía que Sonia ya no se quedaría a dormir; vendría por unos días más hasta las cinco o seis de la tarde hasta que ella se recuperara. No es que no podían pagarle, sino que Marisa disfrutaba de criar a su hijo y de los quehaceres de la casa. Se sentía una inútil sino lo hacia ella misma.

Ya estoy totalmente recuperada, pensó, no siento ningún dolor, ni siquiera me molesta la herida de la pierna. Se había recuperado tan rápido de las heridas que nadie lo podía creer. Incluso algunos cortes en el brazo y el rostro habían desaparecido por completo y el doctor Aguilar, antes de despedirla del hospital, le había dicho que estaba anonadado, no solo porque no entendía cómo no se había fracturado una sola costilla a juzgar por el enorme y oscuro moretón que tenía en el torso sino que, además, a esa ritmo de curación el moretón desaparecería en tres o cuatro días como mucho.

Como si su sangre corriera más rápido que lo normal, le había dicho.

Lo más extraño de toda la situación era que Marisa estaba segura que había sentido cómo se le fracturaban las costillas cuando el intruso le propino esa tremenda patada; aunque ya hacía varios días que no encontraba la línea entre la realidad y la imaginación, que no podía encontrar la diferencia entre un sueño y una experiencia real.

A las once de la mañana Matías se levantó y bajó a desayunar. Se veía perfecto, él también se había recuperado rápidamente de la insolación. Marisa recordó la expresión de infinita alegría del rostro de Matías cuando deliraba y sufría en su cama por la noche. Cuando de pronto todo pareció cambiar, instantáneamente pasó de una pesadilla a un sueño hermoso y mientras lo veía ponerle manteca a una tostada le preguntó si se acordaba de algo de lo que le había sucedido por la noche, pero él le contestó que no.

Lo dejó desayunando y como tenía tiempo hasta la una del mediodía decidió que quería conocer a sus vecinos y salió a la calle de tierra convencida de que, debido al calor, se transformaría en un pollo rostizado antes de llegar a la esquina.

El sol se desangraba y unas pocas nubes luchaban para conservarse enteras en medio de un cielo despejado y alabador.

Solo se erguían dos construcciones en los alrededores. La mayoría de las casas quintas se amontonaban a orillas de la ruta, en la entrada del "Complejo residencial el Cazador" y ellos estaban bien en lo profundo del barrio.

El Cazador debía su nombre a una hostería que, según le habían dicho, servían un asado de costillar de primera. La hostería se encontraba a pocas cuadras y el aroma de la carne asada se sentía algunos días ventosos. Con Ricardo pensaba visitarla apenas se mudaron, para festejar, pero después de lo ocurrido la idea pasó al olvido. A la noche le voy a decir que tengo ganas de ir cuanto antes, se dijo, volví de la muerte y me parece un buen motivo para festejar.

Miró alrededor. La elevación del terreno se notaba perfectamente desde el exterior. Pensó que la loma dificultaba la construcción y por esa razón la cuadra estaba vaciá, solo la parcela de ellos parecía desafiarla. Enfrente, hacia la derecha se alzaba una casa quinta de casi media hectárea con un muro de casi dos metros de altura y una gran verja de metal en la entrada. Uno no podía ver el interior de esa quinta, además del muro en la parte delantera la ligustrina tenía casi la misma altura y aunque no se divisaban árboles muy altos ni frondosos en el interior tampoco ninguna construcción. Llegó hasta la entrada. Arriba de un gran portón se líe el nombre de la quinta en enormes letras blancas: "Estancia los Descamisados". A un costado un artista había intentado retratar a Eva Perón en sus mejores momentos. A

Marisa le causó gracia el nombre. Primero porque le faltaba mucho terreno para llamarse estancia y segundo porque qué loco fanático usaría un nombre tan cargado de connotaciones históricas en una quinta construida para el descanso.

Se acercó a la verja de entrada y miró el interior. No pudo ver nada, ni la vivienda, ni ninguna construcción debido a una serie de frondoso arbustos estratégicamente ubicados para dificultar la visión.

Tocó el timbre.

Esperó un rato y nadie apareció; volvió a tocar y nada. Un sin fin de pájaros de distintas clases se contestaban alegremente unos a otros y una cigarra chillaba como queriendo coronarse la reina de la cuadra.

Cómo no la atendían decidió visitar la otra casa, mucho más humilde que la primera. Y volvió sobre sus pasos que resonaron sobre el pasto reseco, abrazado por ese sol de enero que no le permitía levantar la mirada ante tanto reguero de luz.

Llegó. La casa no tenía ningún nombre en la puerta y parecía una vivienda construida para la vida cotidiana más que para una casa de fin de semana. Al parecer a los habitantes les gustaban las plantas. El porche de la entrada podía confundirse con un jardín botánico.

No necesitó tocar el timbre; un hombre de pelo canoso vestido con una camisa estilo hawaiana hasta las rodillas se acercaba.

Oscar.

Oscar Laurenti regaba sus plantas bajo el sol lacerante del mediodía. Aunque pensaba que ya no tenía edad como para seguir haciendo esos esfuerzos, y le costaba sostener la manguera, cavar la tierra con la pequeña pala de jardinería, y cortar aquí y allá: la lucha de sus plantas por ganar un espacio de belleza era también la lucha de su vida y de esa manera la vivía.

Cuando era joven e inexperto en el arte de la jardinería muchas de las plantas morían ante sus ojos, o las flores se secaban apenas vencían la resistencia de sus capullos; aunque las regara o les cambiara la tierra, o las fumigara, parecían envejecer a velocidades grotescas y el creía que era un castigo por su condición de homosexual. Me gustan los hombres, le decía al aire, no salí como querías y te vengas con mi jardín. Sin embargo, ahora, más experimentado, las cosas habían cambiado. Pero sabía que eso no era cierto, no sufría de ninguna antipatía divina, dios no le guardaba rencores, y menos por su condición de homosexual; y además él todavía no estaba viejo y a la muerte no le temía; solo tengo que adaptarme, se dijo, es solo que las cosas ya no me pesan lo mismo. Lo que se espera de la naturaleza, como de las personas es que los rencores pierdan su fuerza y su veneno a medida que se envejece, y ante la perspectiva de la muerte se gane en equilibrio y se pierda en osadía.

Se secó el sudor de la frente y miró hacia la calle

La mujer se acercaba. La había visto salir de su casa y dirigirse a la de los vecinos; ahora venía derechito hasta su puerta, cabizbaja, enlatada en sus pensamientos. Oscar corrió hasta su pieza y se puso una camisa, se arregló los pocos pelos blancos que aún resistían en su cabeza y salió a su encuentro. No era por seducción que se arreglaba, sino porque no le gustaba andar por ahí mostrando sus carnes cremosas y flácidas a nadie y mucho menos a los nuevos vecinos y en especial a esa mujer tan valiente que llegaba hasta la puerta.

—Lo molesto soy su nueva vecina —le dijo suavemente la mujer.

—Sí, ya lo sé. Esta no es una manzana muy concurrida.

—Me di cuenta, estamos solos —agregó la mujer riendo, y se quedó inmóvil fustigada por el aire caliente del mediodía sin saber que decir.

—Pero pase. Adelante. Estaba arreglando mi jardín, aunque la verdad ya no creo que necesite tanto de mis cuidados. Pase, que tonto fui, perdón.

La mujer entró transportando consigo su aparente flaqueza física y observó asombrada la colección de pelucas que Oscar tenía por toda la casa como si nunca hubiera visto una.

—Tengo una peluquería en el centro de Escobar y también fabrico pelucas. Compro el pelo que los demás ya no quieren y luego los pego. Bueno no es tan así pero ya sabe, cuando se canse de ese pelo largo que tiene me viene a ver; tiene un lindo pelo sabe, debe costarle bastante mantenerlo.

—En realidad no me cuesta nada —le contestó ella— es así, fuerte. Mi madre me decía que nunca me lo tiñera, ni lo llenara de líquidos extraños y eso hago, lo peino y nada más.

Y se lo acarició casi con veneración, con un justificado agradecimiento.

—Su madre tenía razón, siga haciéndole caso, se lo digo yo que de pelos sé casi tanto como de plantas; cuanto más productos se pone uno en el pelo más productos necesita después para combatir los efectos colaterales de los primeros y es una rueda sin fin en que el único dañado es el pelo; a propósito mi nombre es Oscar Laurenti.

—Un gusto Oscar. El mío es Marisa Márquez.

Oscar le tendió la mano con mucho afecto como si la conociera de toda la vida.

—Te invito con un café, o con un jugo, o lo que quieras, vos decime que preferís —le preguntó servicial.

—Bueno un jugo estaría bien, si no es mucha molestia vengó de asarme en la calle.

—No para nada yo también quería un poquito de jugo bien frío, hasta el mediodía trató de tomar mucha agua y no comer casi nada, para mantener la figura entendés. Marchan dos vasos de jugo —grito. Y corrió hasta la cocina alegre por tener compañía sabiendo que a la mujer le parecería extraño un hombre vestido con una camisa hawaiana hasta la rodilla, meneando las caderas con una música femenina, rodeado de infinidad de cabezas grises y blancas de plástico engalanadas con pelucas de todos los colores, pero cuando regresó con la bebida la vio con la mirada perdida en las pelucas, como esperando que estas le contaran donde se había metido.

—Ya se lo que estás pensando mi hijita, este seguirá la ley del peluquero o no, le gustan los hombres, o es como esos otros peluqueros de cuarta, que se hacen los maricones pasa ganarse la confianza de sus clientas, pero dejame aclararte que a mi fascinaban los hombres mucho antes de gustarme los peinados —y la vio sonreír por primera vez; y tenía una sonrisa envidiable; con la que habrá seducido a unos cuantos, pensó Oscar.

Esperó que la mujer probara su jugo, tratando de dilucidar si le gustaba o no en algún gesto involuntario imperceptible de sus músculos faciales, pero al parecer le había gustado. Luego miró sus pies y disparó:

—Dígame Oscar usted me dijo que...

—No por favor tutéame hermosa —le cortó Oscar— por favor que tampoco tengo ochenta años.

—Tenés razón perdóname, me cuesta entrar en confianza, pero cuando entro agarrate catalina.

—Tengo una silla cerca —le dijo Oscar y agarró la silla con una mano— Así que entra nomás en confianza de lo contrario me voy a entristecer.

—Bueno... quería preguntarte... me dijiste que tenías una peluquería en el centro de escobar y me preguntaba ¿Hace mucho que vivís acá? —Oscar sonrió imperceptiblemente, solo para él. No perdía tiempo iba derechito al grano, se indicó. Las mujeres no damos tantas vueltas como los hombres cuando queremos algo. Él ya sabía qué buscaba ese mujer Marisa en su casa cuando la vio entrar; tenía la necesidad escrita en sus facciones, información, y él estaba dispuesto a darle la información hasta donde su conocimiento se lo permitiera... o su miedo.

—Acá en el cazador vivo hace uno o dos años nomás, antes vivía en la peluquería, era la casa de mis padres siempre viví con ellos y cuando envejecieron puse la peluquería en la planta baja y pasamos a dormir en el piso superior —como el jugo se evaporaba entre las palabras trajo otra jarra, esta vez saturada de cubitos de hielo y sirvió otro poco de jugo de limón en cada uno de los vasos — Lo preparo yo mismo al jugo sabes, con los limones de mis limoneros, es una receta de mi madre, hiervo los limones con un poco de azúcar y de esa manera el jugo aguanta más tiempo en la heladera y no es tan agrió como la limonada común. Como te decía, junte algo de plata, compre este terreno, construí esta casa, y ahora hace un año más o menos agrandé la peluquería y me vine a vivir acá, este es el primer verano en quince años que me tomó vacaciones aunque igualmente voy todas las tardes a la peluquería. Las clientas me lo piden.

La mujer se relajó instantáneamente dejando de lado esa posición almidonada, se acomodó en el sillón y le contó parte de cómo había comprado la casa y de que al hijo le venía bien un poco de aire libre y terminó de tomarse todo el jugo y Oscar le sirvió otro vaso y bebió del suyo para no incomodarla. La verdad es que esta bueno este jugo, y con este calor es ideal, le dijo aduladora, pero Oscar sabía que en cualquier momento se venía la pregunta principal, una treta que no parecía planificada, pero que a él gustaba descubrir en las personas; siempre, desde chico, era muy observador, confiaba a rajatabla en los ínfimos e imperceptibles gestos que transparentaban los pensamientos, de cómo el alma se revela a través de la carne.

—¿Vivís solo en esta casa? —le preguntó ella. Se había equivocado no era la pregunta que él esperaba.

Le gustaba la mujer, mucho, parecía una de esas mujeres que habían caminado toda su vida con tapados de visón pero que no perdía la capacidad de hablar con la plebe; y al parecer no se inmutó cuando le dije que era homosexual, se dijo, como si fuera cosa de todos los días, incluso le causaron más sorpresa las pelucas que eso.

—Vivo solo, sí. Pero estoy en pareja. Esa foto, la de ahí arriba del hogar, ese que está en las cataratas, es la de mi Beto cuando era más joven y musculoso, por supuesto, estamos algo así como novios desde hace más de diez años.

—¿Y tus padres vivían cuando conociste a tu pareja?

—Mi mama si, el viejo nos dejó casi cuando puse la peluquería, pero ellos sabían que me gustaban los hombres, creo que ya a los cinco años lo sabían, después cuando mi viejo murió estuvimos varios años con mi mama envejeciendo juntos. Pobre la vieja decía que para ella era una bendición terminar los últimos días de su vida con una especie de hija y no con un hijo, decía que conmigo tenía una intimidad que con un hijo no hubiera podido tener.

—Y tu pareja —arreció ella — ¿Por qué no viven juntos? Diez años es una barbaridad de tiempo, yo estuve de novia con mi marido cuatro años y si no me hubiera casado viviríamos juntos de eso no me cabe duda.

—En realidad con Beto no aguantaríamos más de un mes viviendo juntos, entonces decidimos que lo mejor era continuar así, además me asusta la visión de dos viejos con las cachas caídas correteando por la casa quejándose de los dolores de la próstata.

—Todos envejecemos en algún momento. Dicen que no es bueno que el hombre este solo —Las palabras no sonaron a reproche, pero

Oscar las sintió revolviéndole el alma, sacando a la luz viejas heridas, viejos enconos.

—Es que no es fácil para nosotras sabes. La mayoría vivimos con nuestros padres o solos gran parte de nuestras vidas, recién ahora la sociedad, el argentino machista en realidad, se está acostumbrando e ver gays por todos lados, pero décadas atrás era una locura estar de novio con otro hombre, teníamos que amarnos a escondidas. Incluso en la década del setenta ser homosexual era como ser un guerrillero, así que lo mejor era que nadie se enterara de nada, pasar desapercibido y pretender ser lo que uno no era, lo que uno no quería ser.

Se consumieron unos segundos en blanco, donde el aire se cargó de pensamientos y verdades y mentiras por venir.

—Entiendo lo que querés decir —le dijo Marisa; y él retomó el hilo de la conversación más para limpiarse el alma él mismo y convencerse a sí mismo del hecho que para ampliar la respuesta.

—Por todas esas razones ya es un poco tarde para irnos a vivir juntos. Ya tenemos muchas mañas de viejo. No aguantaríamos más de dos noches juntos. A mí me gusta acostarme tarde, ver la tele o leer un libro hasta casi la madrugada y el a las doce ya está roncando. Pero no te dejes engañar nos amamos y mucho.

Siguieron hablando por más de media hora. Marisa era una mujer agradable y alegre y debajo de esa aparente fragilidad física se escondía un lobo feroz, pensó Oscar, y un espíritu muy valiente. Lo había demostrado el día del robo, se dijo, o era una irresponsable desacostumbrada y desconocedora del peligro.

—En realidad vine hasta tu casa para preguntarte si habías visto algo, algún movimiento el día del robo

—No, en realidad no, no vi nada. Y recién te conozco pero me agradas, y te aconsejo que lo mejor que podes hacer es olvidarte del tema

—Por qué. ¿Vos sabe algo? —le preguntó ella frunciendo el ceño.

—No, pero en este país la justicia no existe y nadie ayuda a nadie, vos ya estuviste al borde de la muerte para qué poner en peligro otra vez tu vida. ¿Tu marido qué piensa al respecto?

—Nada, qué va a pensar, está muy ocupado en lo suyo, pero igualmente estoy decidida a averiguar algo más, si sabes de algo me vendría bien una ayudita

—Me encantaría poder ayudarte, en serio te lo digo Marisa, pero lo único que puedo decirte es que no es la primera vez que roban esa casa.

No esperaba oír eso, notó Oscar, fue la primera revelación que pareció producirle algún efecto en su aparente tranquilidad; notó como se movió inquieta en el sillón y se miró por unos segundos las manos.

—¿Hace mucho qué esta mi casa en la cuadra?

—Creo que hará menos de cinco o seis años. Por lo que se antes había un muro en dos o tres cuadras a la redonda y esta zona del

Cazador era la única que no estaba edificada, me parece que pertenecía a la municipalidad, después comenzaron a dividirla en lotes y a venderla. Tu casa fue la primera después la de la familia Achaval, la de la esquina, pero ellos no vienen casi nunca, y después vine yo.

—A vos alguna vez te robaron desde que vivís acá —le preguntó ella.

—No por suerte a mí me conocen, saben que no tengo un peso. Y a los Achaval tampoco porque es concejal provincial; y ya sabes, robarle a un concejal es lo mismo que robarle a un comisario.

La mujer se quedó absorta en sus pensamientos, mirándose las manos. En qué estará pensando esa cabecita, se preguntó Oscar y ella, después de meditarlo, le preguntó:

—Y al anterior dueño Gauna lo conoces.

—Si ya sé quién es Gauna lo conozco —le cortó Oscar— pero olvidate lo que estás pensando. A él jamás lo robaron. Siempre alquilo la casa.

—En serio, que raro —dijo ella frunciendo otra vez el ceño.

—Marisa si querés meterte en líos averigua algo de los robos, pero trata de no andar por ahí abriendo mucho la boca, yo sé por qué te lo digo.

Un sentimiento a verdad inconclusa flotó en el aire. La mujer se quedó esperando algo más, pero Oscar solo se limitó a mirarla para que entendiera que no ganaba nada con esa actitud que lo mejor era continuar con su vida y dejar que el verano vaporice las dudas.

—Está bien, te voy a hacer caso —le contestó ella— en realidad no creo que haga nada. Solo quería saber si alguno de los vecinos escuchó o vio movimientos, pero por simple curiosidad, nada más que por simple curiosidad. A propósito ayer a la noche escuché algunos ruidos extraños, vos escuchaste algo como gritos o gemidos.

Por fin le había preguntado lo que él creía que era lo que la había traído hasta su casa.

—No, ayer a la noche no, nada. Pero no te preocupes Marisa, no creo que vengan a robarlos otra vez, por lo menos por un tiempo, cómprense un buen par de perros grandes y listo.

La mujer se retiró no sin antes invitarlo a la pileta, le dijo que fuera cuando quisiera, incluso que mañana mismo lo esperaba y que si quería venir con Beto mejor; y se fue como había venido, con la cabeza gacha sumergida en sus pensamientos. Oscar esperaba que ella cumpliera su palabra y no averiguara nada; él no quiso decirle que había visto las sombras el día del robo ni tampoco nada de lo que sabía; pero la mujer pareció retirase intuyendo que él sabía más de lo que decía, estaba seguro de ese sentimiento y enseguida se dio cuenta cual había sido la razón por la cual ella se retiró bañada con tantas dudas.

Que tonto fui, dios mío, le dije que me acuesto tarde; debe pensar que la traté como una estúpida. Metí la pata. Debe estar más intrigada que antes, preguntándose porque tanto recelo de mi parte. Que estúpido fui, si solo le hubiera dicho que había escuchado unos ruidos y nada más, la habría dejado más tranquila. Mañana voy a ir a visitarla y cerciorarme que no meta las narices donde no debe. Me gusta esa mujer, sería una pena que le suceda algo, creo que no sabe con qué fuerzas oscuras está jugando.

Fabio me trajo el Falcon a horario. Amaba ese auto, igual que lo amaba mi padre. Para mi padre no existía un auto más fuerte y noble que el Ford Falcon; y fue comprándose todos los modelos que abandonaron la línea de la fábrica, hasta este, que para mí es uno de los autos más cómodos del momento; es cierto que gastaba mucha nafta, pero valía la pena el gasto de más. Mi viejo también decía que con el cinturón de seguridad puesto dentro del Falcon podías sobrevivir sin un rasguño al choque con un tren. A mí me fascinaba.

Fui hasta el pueblo, Escobar, un poco para conocerlo y otro poco para visitar la jefatura de policía y averiguar algo de la historia del terreno de nuestra quinta.

Matías presentaba signos de recuperación, le dolía un poco el estómago pero la insolación desapareció superada por el anhelo de pileta. Igualmente hasta después de las cuatro o cinco de la tarde le prohibí bañarse.

El pueblo estaba repleto de gente visitando los negocios, o paseando, o tomando helados. Incluso visité la peluquería de Oscar que estaba repleta de mujeres, señal que trabajaban bien, aunque también estaba segura que la personalidad y el espíritu jovial de Oscar ayudaban. Después fui hasta la comisaría.

Por fuera era increíble, un gran chalet de tejas rojas con un precioso estacionamiento a un costado y un par de patrullas en perfecto estado de conservación. Una de las patrullas era un Ford Falcon. La entrada tenía un jardín propio de una residencia de campo, con canteros atiborrados de flores de todos los colores y bien cuidadas; por algo Escobar era llamada la ciudad de las flores, incluso se festejaba la primavera y se elegía una reina: "La reina de la primavera". Era una ciudad tranquila. En todas las bocacalles había lomos de burro; o reducías la velocidad de marcha del auto, o podías destruir el tren delantero o el chasis aunque se tratara de un robusto Ford Falcon.

Dentro de la comisaría me atendió un muchacho bien parecido; si no fuera por la cantidad de marcas propias de un acné severo y de no habérselos tratado más que con remedios caseros y horas de luchar y reventarlos frente al espejo, podía modelar para las grandes marcas de ropa. Tenía los ojos celestes pero faltos de brillo e inteligencia y caídos, como derrumbados, se me antojo desilusionado por estar detrás del mostrador. Presumí que en su adolescencia quería ser policía para atrapar ladrones y vivir al borde de la aventura y lo único que hacia ahora era dedicarse a tomar nota de quien llegaba y firmar el cuaderno. Detrás del mostrador había una antigua y máquina de escribir tapada con un plástico protector y varios distintivos de la policía y un casco que supuse se pondría el muchacho en caso de tiroteos y nada más; un ambiente frío y nada acogedor.

Le conté quien era y por la forma en que me felicitó pude jurar que hubiera dado la vida por ser yo, por haber vivido aquel momento.

—No estamos acostumbrados a estas cosas —me dijo. Sus ojos ahora tenían el brillo que le faltaba a su vida— La verdad es que es bastante aburrido. Ahora a partir de la llegada de la democracia hemos tenido algunos delitos y problemas menores pero nada de aventuras —dijo confirmando mis sospechas.

Le pregunté con quién tenía que hablar sobre los robos de la quinta dando por sentado que sabía la verdad. El muchacho llamó a otro oficial de mayor rango que me invitó a pasar a sus oficinas y recorrimos parte de las instalaciones, inclusive una sala donde había cuatro de ellos tomando mate con bizcochitos de grasa y charlando; cuando pase sentí lo mismo que se sentiría caminando en minifalda por delante de una barra brava un domingo de partido, aunque estos no abrieron la boca: solo me desnudaron con la mirada.

El establecimiento en contraste con la fachada exterior era austero y de bajo perfil, solo dos escritorios con máquinas de escribir de mil años atrás y un enorme armario de ficheros pulcramente aseado. En el pasillo había algunas fotos y mapas.

Al parecer el presupuesto solo alcanzaba para mantener la fachada del edificio.

Nos sentamos en el despacho del oficial y este se presentó amablemente. Se llamaba Benjamín La Delfa; tenía el pelo bien corto y el clásico bigote castrense y la mirada acostumbrada a dar órdenes y no a recibirlas.

—En que puedo servirle Señora Salas.

—Márquez, Marisa Márquez —le aclaré— Verá mi marido no quiere que continué con lo del robo, insiste en que lo olvide y no haga denuncias, pero yo quiero sacarme algunas dudas.

—¿Como por ejemplo? —preguntó el oficial y prendió un cigarrillo

—Bueno sé que ya han robado otras veces esa misma casa. Eso me hace dudar de si debo callarme o continuar con la denuncia.

—Quién le dijo que la casa fue robada otras veces

Noté cierto tono a interrogatorio en la voz y en la mirada de sabueso del oficial, pero el hombre no se dio por aludido; probablemente era su forma de hablar o de hacer ese tipo de preguntas, sin embargo opté por no decirle toda la verdad.

—Varias personas me lo dijeron. Incluso recién estuve en la peluquería y una mujer me comentó lo mismo.

Me miró como diciendo, me estas mintiendo, con quién te crees que estás hablando.

—Bueno y qué quiere saber exactamente —espetó.

—Si hubo otros heridos en los robos anteriores. Si tienen las fechas o por lo menos saber más o menos cuando sucedieron y cuantos fueron esos robos.

El oficial dio una profusa bocanada al cigarrillo y se tomó su tiempo.

—Usted no vino a preguntar si hubo robos; usted está asegurando la existencia de los mismos —dijo esperando una contestación de mi parte, pero me hice la distraída para no confirmar su pensamiento— Mire señora Salas mucha de esa información no se da así porque si a cualquiera que venga preguntando.

—Pero yo no soy cualquiera entraron en mi casa y casi me matan, tengo miedo por mí y por mi familia.

—Eso se arregla fácil hagan la denuncia y puede que le enviemos uno de nuestros oficiales a cuidarlos por algún tiempo.

—Parece que no me entendió bien yo no quiero armar tanto lió solo quiero saber algunas cosas. Tanto problema hay en eso

—Disculpe pero es usted quién no parece entender —me dijo el oficial a la defensiva y levantando la vos— Para darle esos datos hay que presentar escritos y seguir una serie de pasos, no es mala voluntad de nuestra parte y si tiene miedo o piensa que los ladrones pueden volver tenga presente que nosotros no podemos actuar así porque sí. Necesitamos el permiso de un juez y toda una serie de permisos judiciales.

Me guarde de decirle varias cosas, no ganaba nada enemistándome con la policía del pueblo o con uno de sus integrantes más elevados.

—En realidad vine por un consejo nada más —le dije como quien no quiere la cosa— Recibí esos comentarios y pensé que aquí justamente me iban a ayudar. No quiero armar lió solo le pido un consejo pensé que si era cierto lo de los robos reiterados podía ser una señal de alerta. Estuve al borde de la muerte no tiene por qué tratarme mal. Yo solo vine por un consejo.

El hombre se encogió un poco ante la acritud de mi tono, pero no cambio el vació y la ironía de su sonrisa

—Nadie la trató mal señora Salas y si quiere un consejo hágale caso a su marido y deje todo tranquilo. Para qué se va a meter en problemas por nada.

—Discúlpeme oficial pero no son por nada los problemas —y me levanté ofuscada mirándolo fijamente a los ojos. El oficial me contempló con sarcasmo, parecía burlarse de mi actitud—. Unos hombres entraron en mi casa y casi asesinan a toda mi familia y usted se burla de mis problemas. Si eso le hubiera pasado al vecino yo ya estaría movilizándome o ayudándolo de alguna manera y no sentado en mi escritorio esperando la oportunidad para burlarme de él. Tiene algo que ocultar que no quiere decirme nada.

Toqué una fibra y el oficial se levantó de la silla como impulsado por un resorte; tenía el rostro colorado y sospeché que me estaba pasando de la raya, pero no podía contenerme

—Discúlpeme señora pero no le permi...

—Después de todo ese es su trabajo —le corté antes de que me largara su reguero de palabras— velar por los ciudadanos civiles y hasta el día de hoy nadie de la policía se presentó para darme una mano o ver como estoy. ¿Cuál es el problema? Todo el pueblo parece saber algo de los robos y en la comisaría de ese mismo pueblo nadie es capaz de decirme nada. Y le dije que me llamó Marisa Marquez; tan difícil es acordarse de eso.

Me retiré. Lo dejé enojado, pero sonriendo como una hiena. Si me quedaba y lo enfrentaba seguramente iba a dormir varios días en un calabozo. Me había ofuscado esa actitud de presunto encubridor. Qué le costaba decirme un par de verdades. Me retiré oprimida en un abatimiento profundo, mayor que el que sufría antes de entrar, sabiendo que después de este día podían estar violándome en medio de la calle, enfrente de la comisaría, que nadie movería un solo dedo para ayudarme.

Sin embargo no había sido en vano; algo nuevo sabía; los robos habían existido y la policía no había hecho nada por resolverlos, o probablemente, formaban parte.

Regresé a la quinta empapada, con la espalda soldada al asiento. Matías se sentía mal de nuevo, le dolía el estómago y tenía algunas líneas de fiebre. Lo llevé a mi cama, prendí el ventilador y le puse unos paños fríos. Sonia limpiaba el quincho y la tarde nos afligía con su calor. El aire olía a viejo, a quemado y a tormenta al anochecer.

Estaba agotada y me dolía el cuerpo debido al periplo por el pueblo dentro del auto.

Llamé a Ricardo. Deseaba contarle lo que me había sucedido en el destacamento de policía.

Corté al segundo pulso.

Decidí que no lo molestaría por ahora. En realidad tenía miedo que no me prestara atención.

O no me atendiera.

Subí repleta de presagios virulentos, temiendo como nunca por nuestro futuro; el futuro de mi familia en todos los órdenes posibles, desde el físico, pasando por el mental, hasta llegar al espiritual. Sin embargo una sensación a reinventarme a mí misma me traía esperanza; ya no iba a ser la misma Marisa en ese futuro; ya no era la misma en realidad que ayer.

Matías gemía. Me acomodé a su lado. No entendía lo qué le sucedía, a la mañana estaba perfecto, con las ansias de pileta golpeándole el pecho, pero cuando regresé de Escobar tenía el alma en el piso y la mirada extraviada, enfermiza, entristecida. Le había decretado que no estuviera bajo el sol hasta bien entrada la tarde y Sonia me confirmaba que me había hecho caso, incluso había bebido litros de gaseosa. Lo examiné. Respiraba con dificultad y deliraba, me dolía en el alma encontrarlo en ese estado, peleando con su inconciencia de esa manera. Traté de hilvanar alguna frase entre la catarata de palabras inconclusas y dolorosas que expresaba en su angustia. Pero nada.

Me concentré apartando de mi mente los sonidos del exterior.

Entonces, entre una serie de lamentos, dijo algo con un tono de vos más grave. Al principio no entendí, pero lo expresó nuevamente y entonces lo comprendí.

"Putita".

No podía ser, era imposible; debe ser un error mío de apreciación, pensé, pero lo repitió de nuevo con mayor claridad y volumen.

"Putita".

No me lo estaba diciendo a mí me parecía; sonaba más bien a amenaza, ronco, grueso, no podía ser la voz de Matías. No era la voz de Matías, estaba segura.

Matías no podía hablar con tanta perversidad y animosidad.

"Putita".

Entonces en un parpadeo Matías levantó los brazos y los movió en un gesto como si se cayera por un precipicio y estuviera estirando los brazos buscando de dónde agarrarse. Como si de pronto se hubiera caído en un precipicio.

Lo abracé, le pedí a gritos que se despertara sacudiéndolo con violencia y pasión.

En mi desesperación llegué casi a levantarlo varios centímetros del colchón; hasta que él gritó con energía "Mami" e inmediatamente giró el cuerpo hasta quedar boca abajo y se tranquilizó.

El corazón me latía desaforado dentro del pecho. Demasiadas presiones en tan poco tiempo; por un instante experimente un susto mayor que el del quincho por la noche. Esto era distinto. Lo vi sufrir, estaba segura que sufría y expresaba un sin fin de palabras inentendibles, pero que denotaban una severa lucha interior sin parangón y yo no podía hacer nada para ayudarlo. Después empezó a repetir otra vez "Putita", como si un animal estuviera dentro de su cuerpo. Es un niño, me dije, solo es un niño.

Me quedé un minuto interminable mirándolo fijamente, por suerte la pesadilla o el sueño ya lo había abandonado.

Dudé entre bajar a llamar al doctor o quedarme con él y decidí quedarme a su lado. Me dolía el cuerpo, en especial la columna vertebral, después de pelear con la dirección del Falcon en la ruta y en el centro de Escobar. El traqueteo del ventilador me acunaba y me concentré en la cadencia de las respiraciones de Matías. Dormía apaciblemente y me relajé. La modorra me vencía y me pesaban los ojos. A medida que fallecía el día el calor arrollaba con menor ímpetu, pero también traía consigo un perfume a rió y a tormenta nocturna que asustaba. Cerré los ojos un instante entregándome a los brazos de un letargo silencioso y apesadumbrado. Sin embargo, pese al cansancio, no quería dormirme todavía y forcé mi espíritu de entre las arenas movedizas del sueño.

Abrí los ojos y miré por la ventana: unos pájaros jugaban alegremente bajo la sombra de uno de los raquíticos pinos del parque. Teníamos cuatro pinos; tres a un costado y uno justo detrás de la pileta, con su sombra internándose en el espejo azulado del agua de la piscina.

Me concentré en dos pajaritos que discutían entre sí y entre la maraña de cánticos, de tonos y cadencias posibles de todos los que seguramente estaban en los arboles pero no se veían. Como mínimo deberían cantar diez especies distintas al mismo tiempo, pensé, pero esos dos me llamaban la atención. Saltaron de una de las ramas más altas a otra inferior, persiguiéndose y moviendo sus pequeñas y coloridas cabezas en actitud de guerra, o eso me pareció.

De pronto uno de los pájaros voló hasta nuestra ventana y se posó en el pequeño saliente de madera que sobresalía en el borde inferior. Segundos después empezó a correr enloquecido de una esquina hacia otra picoteando el piso como lo hacen las palomas en las plazas comiendo maíz; pero no podía haber comida en mi ventana, era imposible. Debe ser un acto reflejo, pensé o está marcando su territorio.

El otro también levantó vuelo y se dirigió a mi ventana aterrizando directamente al lado del primero; casi lo aplasta, pero se detuvo milimétricamente a un lado mostrando sus vividas tonalidades como si se tratara de una pintura impresionista.

Eran loros. Lo supe por los picos ganchudos y las patas con dos dedos atrás y dos hacia delante y esos colores azules y verdes tan característicos de los loros y además porque lo había leído en la enciclopedia.

Los loros pelearon entre ellos durante unos segundos, en realidad no peleaban, se empujaban imperceptiblemente, como dos niños celosos. Matías seguía durmiendo, respirando con dificultad, pero su cuerpo estaba levantando temperatura como si una estufa en su interior se hubiera despertado en ese instante.

Lo miré espantada, buscando explicaciones a semejante acceso de calor. Los ojos le bailoteaban debajo de la piel de los parpados... estaba soñando nuevamente.

"Putita... volvió a decir, pero esta vez no fue tan claro, pero sonó como a amenaza.

Entonces lo volvió a decir, pero esta vez fue terrible:

"Putita, te va a gustar, vas a ver, te va a gustar, putita de mierda...

Un escalofrío de terror supremo me subió por la espalda.

Los loros habían abandonado sus juegos de poder y ahora parecían debilitados, achicharrados. A uno de ellos se le soltó una pluma del cuello y entró acariciada por la brisa dentro de la habitación. Me erguí para verla caer suavemente sobre el piso. Un segundo después otra pluma ascendía hacia la tarde perdiéndose de vista por detrás de la pared de la ventana. Me concentre en los loros, acomodando la enorme bolsa de agua caliente en que se había transformado Matías entre mis brazos.

Varias plumas de distintos tamaños y colores empezaron a desprenderse de los loros y desfilaban alimentadas por un leve soplo de aire caliente.

Se estaban desplumando delante de mis ojos como si una invisible y omnipotente fuerza los prepara para meterlos en una olla. Una por una se desprendían las plumas, volando por doquier. De uno de los loros comenzó a emanar un vapor viscoso y oscuro y un vaho a pelo chamuscado y rotisería.

No podía creer lo que estaba viendo, hacía calor, mucho calor, pero los loros parecían estar metidos dentro de un horno; el mismo que rodeaba a Matías.

Solté a Matías y, pese a que el cuerpo no me lo permitía, me moví hacía un costado de la cama. Tenía miedo, mi hijo ardía en fiebre, tanto que mis brazos estaban calientes aún después de haberlo soltado. Contemplé los loros calcinándose sin luchar, entregados completamente contra esa terrible fiebre interior que los incineraba sin resistirse al destino final; como sabiendo que todo esfuerzo era inútil. Entonces una sensación de tristeza infinita me embargo; no podía ayudarlos, como tampoco podía auxiliar a Matías, ni entender qué le estaba sucediendo a su alma.

Hasta que los loros, ya irreconocibles, de pronto, estallaron.

Estallaron sin sonido, de la nada, en una nube de plumas y escombros de carne, delante de mis ojos.

Entonces desperté.

Desperté desde las aguas pesadas de la inconsciencia, como si abrieran la persiana y un cálido rayo de luz entrara a empellones por mi retina.

Cuando logré acostúmbrame a semejante claridad me miré; estaba empapada, abrazando a Matías que sonreía dormido.

Era increíble; todo había sido un sueño, los loros quemándose, Matías agredido por la fiebre, las plumas danzando, pero algo era real, muy real, mi sensación de desnudez espiritual. De sentirme vulnerable frente al destino; de no soportar más el arrebato de esas pesadillas y visiones, pero no poder hacer nada para evitarlas; como los loros ante la expectativa de una muerte dolorosa y grotesca.

O no había sido un sueño en realidad.

Los ojos se me llenaron de lágrimas. Hasta cuándo iban castigarme de esa manera tan cruel. Cuál era la idea para semejante sufrimiento. La muerte, me dije, la muerte que me buscaba hambrienta, enfurecida por haberme escapado días atrás de sus garras; o la misma muerte que me prevenía, como lo había hecho en la Panamericana usando imágenes y angustias parecidas.

—No tengas miedo —me dijo Matías de repente.

—¿Qué? ¿Qué dijiste?

Lo mire, seguía dormido.

—Quiero ayudarte.

Movía los labios pero estaba dormido, hablaba como un sonámbulo, pero con la impresión de que no soñaba nada de lo que decía, sino que estaba divirtiéndose feliz entre amigos.

—No me temas. Quiero ayudarte.

Fue lo último que dijo y despertó levemente y me miró sorprendido de encontrarme a su lado.

—Amor dijiste algo. ¿Qué fue lo que dijiste?

—Nada —y me miró preguntándose si estaba loca, diciéndome con el gesto: "si vos acabas de verme despertar"

Rebobiné en mi mente esas palabras. No me temas. Quiero ayudarte.

No me temas. Quiero ayudarte. Y observé a Matías que continuaba mirándome confundido detrás de la hinchazón de la somnolencia. No fue él quien había dicho esas palabras, me dije, él simplemente había sido el receptor y el transmisor de alguien más allá de su conciencia.

Pero quién o qué tenía el descaro de utilizar a mi hijo como su títere personal, me pregunté.

Eran las cinco de la tarde y al calor se le había zafado un tornillo. Pretendía matarnos a todos sin piedad. Me dirigí al baño y abrí la canilla fría de la bañadera, pensé que lo mejor era sacarle el calor del cuerpo a Matías que estaba recuperado, pero todavía tenía unas líneas de fiebre. Puse el chorro en mínimo y baje a la cocina para traer unos hielos y enfriar aún más el agua que salía tibia del tanque.

Ya en la cocina aproveché que Ricardo había tirado una extensión del teléfono hasta la mesada de mármol negro y llamé a Claudia; necesitaba desahogarme de tanta presión; entregarme en los brazos de una voz amiga. Le conté lo de la policía; de los loros, preferí no decirle nada; ni yo misma lo podía creer todavía.

—Siempre igual —me dijo— la victima termina siendo el victimario. Cuando vamos a crecer en Argentina.

—Además el oficial me trató con una fanfarronería y un desprecio hacia mi persona sin igual. Creo que oculta algo.

—Seguro que oculta algo. Hay una guerra constante en la policía entre los que quieren hacer bien las cosas y los que se quieren aprovecharse de todo. No tengas la menor duda de que conocen a los ladrones y les cobran una especie de peaje para cometer delitos. Inclusive les avisan donde está la papa grosa.

—No sé si es para tanto. Hubieras visto a los oficiales de menor rango, sus sueldos no les deben alcanzar ni siquiera para comer. Menos en el exterior toda la comisaría destilaba pobreza y abandono.

—Yo te hablo de los de más arriba. De esos tenés que tener cuidado.

Seguimos la charla durante varios minutos, por suerte entró Sonia con un balde y el secador de piso en las manos empapada en sudor, trabajo y responsabilidad. Le pedí que se fijara en la bañadera y cerrara la canilla antes de que rebalsara.

Claudia continuaba hablando y dándome ideas de qué hacer al respecto, pero yo la corté y le pedí perdón por tantas molestias, pero ella me dijo que era un placer y que más tarde me llamaría si no lo hacía yo.

Corté después de dejarle bien en claro cuánto la quería.

—No en realidad te amo —le dije— Como una hermana... más que a una hermana. —y ella me envió un "chuic" aturdidor a modo de despedida.

Es una gran amiga, pensé. La mejor. Sin ella me sentiría sola y desamparada en estos momentos tan extraños y crueles.

Sonia regresó del piso superior asegurándome que Matías estaba despierto y había prendido la televisión y que la bañadera ya estaba llena.

La observe, era muy solicita y avispada, no demostraba esa imagen, pero lo era. La noté cansada, agotada y le dije:

—Sonia no limpies afuera, y aquí dentro poco y nada. No quiero que te desmayes por el calor. Tomate algo frío y comete unas frutas, si el calor no amaina no importa, mañana lo harás tranquila, pero haceme caso toma asiento y prepárate algo frío. Lo que quieras. ¿Qué te gusta? Un jugo, gaseosa, una taza de chocolate frío.

—Puedo preparar Terere.

—Por supuesto. Claro. A mí también me gusta. Termino de refrescar a Matías y bajo a acompañarte. No, mejor prepáralo bien y subí que lo tomamos juntas.

Subí. Pensando en las palabras de prevención del oficial de policía.

Tenía razón, me dije. El oficial estaba en lo cierto. Y Ricardo también. No ganaba nada metiendo las narices donde no debía. Pero cuanto más pensaba en el tema mayor era mi curiosidad. Las palabras de Ricardo me taladraban la cabeza. Por qué razón no quería continuar con la denuncia. Y también por qué la policía no actuaba por su cuenta. Y pensando me vinieron a la memoria las palabras de Oscar, el vecino, el parecía temerle a algo. Dijo que no había escuchado nada, pero también que se acostaba tarde. Haciendo un fuerte hincapié en que me quedara quieta y no averiguara nada; como si le tuviera miedo a las represalias.

Todo el mundo sabía o le tenía miedo a la verdad. Menos yo.

Por qué, me preguntaba. Por qué razón esa verdad, al parecer, era tan cruel como para que todo el mundo le temiera.

Llegué al baño; puse los hielos en la bañadera y me senté en el borde.

Sentí un mareo terrible; tuve que sujetarme de la canilla o me caía dentro de la bañadera. De pronto empezó a hacer frío, la piel de mis brazos se contrajo defendiéndose, erizando los pelos. Me sentía mal, muy mal y un cosquilleo me subió por la columna vertebral; me pareció que alguien estaba detrás de mí esperando que me levantara de la bañadera para golpearme.

Mire por encima del hombro y nada. Solo mi estupidez me acompañaba. Intenté pararme, pero me fue imposible. Las piernas estaban atornilladas al piso; y el frío se hacía más agudo, pero era una especie de frío interior, inclusive los azulejos me parecieron calientes debajo del cuerpo, con una diferencia de potencial calorífico entre mi cuerpo y el entorno. Los músculos se agarrotaban, los pechos me dolieron debajo de la camisa, era un dolor terrible, como si unas pinzas de hielo seco los estrujaran y estiraran. Y de nuevo esa sensación de no estar sola, de que alguien detrás de mí se acercaba despacio cual cocodrilo acechando silencioso en la orilla, oculto en lo profundo de un rió de frialdad y sufrimiento.

Giré mi cabeza y otra vez descubrí la nada, la nada de mis miedos.

Sin embargo en el silencio algo se escuchaba.

Lloraba, alguien lloraba a mí alrededor.

Me asusté, primero pensé en Matías, pero luego me percaté que los lamentos venían de adentro del baño.

Tiritaba, mis pies martillaban el piso al ritmo de mis escalofríos. Una sombra pasó dibujándose en la pared y el agua paralizada de la bañadera.

Es Sonia, pensé, trayendo el "Terere". Estoy salvada, cuando vea que no estoy en la habitación vendrá hasta el baño y me rescatara de este frío gélido y lacerante. Y pondré fin a esos lloriqueos, esos lamentos que me dolían tanto.

Intenté llamarla pero mis mandíbulas se peleaban entre ellas por el frío haciéndome imposible emitir una sola palabra. Como estaba cerca del frasco del Champú procuré tirarlo al suelo. El ruido la alertaría. Necesitaba que viniera ya o me desmayaba dentro de la bañadera.

Debo tener un acceso de fiebre, pensé, por eso tantos escalofríos y estoy alucinando que alguien llora.

No pude levantarme, los brazos no me respondían. Un tufo a encierro me asaltó, seguido de un penetrante y repentino hedor a putrefacción, como de un animal en descomposición y tierra humedad revuelta.

No, me dije, otra vez ese bicho demoníaco no.

Los loros intentaron avisarme del peligro, pensé, son como mi alter ego, los enclaves de mis premoniciones.

La sombra; pensé en la sombra dirigiéndose hacia la habitación y en los lloriqueos.

No, con Matías no, maldito engendro.

Mi cuerpo a esa altura tocaba la pandereta y toda la batería de un recital de rock. Procuré tranquilizarme y no pensar en el frío, como me decía mi madre: Pensá en algo agradable y caluroso y se te va el frío.

Jamás me había dado resultado.

Pensé justamente en los loros calcinándose en la ventana y en Matías que me necesitaba sí o sí; y, momentáneamente, deje de tiritar y pude levantarme.

Sonia subí el "Terere" que te necesito, por favor, me dije, y salí al pasillo temblando, con todos mis músculos comprimiéndome por el frío.

Lo encontré ahí, en la puerta de la habitación, desafiándome, con su tufo a podrido asqueándolo todo.

Me miraba. No tenía los ojos en las cuencas, pero yo sabía que me miraba.

No te metas con mi hijo o…

¿O qué? Pareció decirme, pero era mi imaginación.

Presentaba varios cambios desde la noche anterior. Ya no era un esqueleto con pedazos de carne colgando. Ahora parecía tener más carne, más músculos, que se movían con depravación en su panza hinchada. El rostro también estaba mejor construido, parecía esas imágenes de los afiches del sistema muscular del colegio en las horas de biología.

Me asustaba. El pánico sumado al frío no me permitía mover ni siquiera mis ansias.

Era una mujer.

Estaba segura. Dos atisbos de pechos femeninos le colgaban en el torso y se agitaban bajo la piel transparente en una cadencia grotesca y retorcida.

De pronto giró y entró en la habitación. Seguida de la tierra que revoloteaba a su alrededor como una tumba perenne y anhelante. Grité para que no le hiciera ningún daños a Matías, pero ni siquiera se detuvo, desapareció y la puerta se cerró con un estrépito.

No podía moverme. Quería llegar hasta la habitación pero no podía moverme. Luego de unos segundos interminables el frío mermó y los músculos tomaron un poco de la vida que los había abandonado y di un paso arrastrando pesadamente los pies. Luego otro y otro.

No más de tres metros me separaban de la puerta cerrada; metros que se fueron consumiendo durante una eternidad.

No le vas a hacer daño hija de puta, le grité, que es lo querés de nosotros; y Sonia que no aparecía

De un simple y maldito "Terere" dependía mi fortuna.

Por fin llegué a la puerta y en último esfuerzo agotador la abrí y encontré a Matías arrodillado en un extremo de la cama, riendo a carcajadas, jugando con las palmas de sus manos aplaudiendo y chocándolas con el aire, como si un compañerito, o compañera del colegio, estuviera delante de él. Cuando entré me miró e inmediatamente dejó de hacerlo, se acostó y tomó el control remoto del televisor.

Creo que caí en la cama y después de unos segundos entró Sonia con una bandeja, el mate, una jarra con hielo y algunas galletitas.

—Escuché que una puerta se cerró con violencia —dijo desconocedora de mi vía crucis—. Hoy por la noche va a ver tormenta señora Marisa.

Me sentí una estúpida. El mundo continuaba con su perpetuo girar desconocedor de mis terrores; Matías jugaba con un amigo imaginario; Claudia estaría trabajando en el hospital, ocupada en ayudar a la gente a superar sus aflicciones; Ricardo estaría en algún lugar de la fábrica o en la oficina del centro enfrascado en traer el pan a la mesa, como decía mi padre; Sonia cumplía con sus obligaciones, hasta presagiaba la lluvia con esa sabiduría propia de la gente del aire libre, acostumbrada a reconocer las señales del clima en las cosas más simples; y yo envuelta en un sin fin de terrores y presagios y demonios y la muerte, la muerte burlada, que se me hacía más dulce y benévola ahora que este desconsuelo; que este sufrimiento solo mío.

Era de noche, llovía, la lluvia traía consigo discusiones y enconos y desencuentros.

—Qué harías si conocieras el futuro. —le preguntó Marisa a Ricardo sentada en la cama— Qué harías si de antemano supieras todo lo que te va a pasar; si supieses que un amigo tuyo, o no tan amigo si querés, va a morir en un accidente y sabes el día exacto y la hora y el modo en que va a morir. Pero para hacerlo más difícil no estas completamente seguro de que en realidad es el futuro lo que estás viendo... ¿Qué harías eh?... le avisarías a tu amigo. Intentarías cambiar los hechos para que no le pasara nada o simplemente te sentarías a contemplar el momento de su muerte, solo para comprobar que estabas en lo cierto y veías el futuro...

—No sé Marisa, pero que tiene que ver esto con nosotros —le increpó Ricardo— Ya pasó... olvidemos lo que ya paso. Fuiste muy valiente el otro día, yo sé que viste cosas, pero creo que estas como...

—Como loca no... —le cortó ella levantando la voz— Eso es lo que pensás no, decilo de una vez por todas así te sentís mejor

—Por qué crees que siempre te quiero hacer daño. O que pienso mal de vos. No creo que estés loca. ¿Yo dije estás loca? ¿Yo dije o digo mi mujer es una loca? ¿Lo dije? Contéstame.

Marisa no le contestó solo se limitó a mirarlo a los ojos. Buscaba la respuesta en la mirada de él. Solo la mirada de él le diría la verdad, se dijo.

Pero lo que descubrió en su mirada no le gusto.

—Mira Marisa. Tenés que tranquilizarte. Pensar en Matías, dijiste que puede estar enfermo y te pones a jugar a la detective, o te crees Nostradamus, quiero que dejes esas cosas y esas estupideces y te dediques a tu hijo.

Esas palabras fueron como brasas cadentes derramadas en su espíritu.

—De todas las cosas que pensaba escuchar de vos Ricardo esta es la única que jamás me hubiera imaginado que me ibas a decir. Que yo no me preocupo por Mati. Yo... y vos qué eh.

—No dije que no te procuras por él. Digo que ahora estás perdiendo el tiempo en tonterías en vez de hacerlo. Vos qué crees. Qué a Matías no le sucedió nada ese día. Qué a él no le dolió ver a su madre tirada, sangrando en el piso. No sabes lo que sufrió cuando estuviste en el hospital

—Ahora me echas la culpa a mí por estar en el hospital —gritó y se dirigió al baño pateando la puerta.

Intentó calmarse, no vale de nada discutir pensó, ella no cambiara de idea y él estaba decidido a que lo hiciera. Se miró al espejo un instante y recordó la mirada de él, vacía, desdichada, una mirada que le faltaba el brillo del amor. Se tranquilizó y regresó, se sentó en la cama, le acaricio el hombro y le dijo.

—Ricardo, es inútil, digas lo que digas creo que en el futuro alguien va a salir lastimado y no me voy a quedar con las manos quietas. Tengo miedo de que sea yo y listo.

Ricardo suspiró como si hubiera perdido la guerra.

—Hace lo que quieras, después no digas que no te avise. De tanto jugar con fuego se amanece quemado.

—Sabes no entiendo a qué le tenés miedo, realmente no lo entiendo y me asusta.

Qué oculta, pensó, a qué le tiene miedo. Que regresen. O tiene algo que ver con la violación. No puedo decir esa palabra que sale corriendo, por qué, por qué.

—Quiero hacerte otra pregunta —le dijo Marisa.

—Disparame dale

—Qué harías, y escúchame bien, si conocieras el futuro, si supieras como se van a desarrollar las cosas. Si supieras que va a llegar este momento en que nuestras vidas o mejor dicho la persona con la que te casaste y tuviste un hijo y que amabas… y supieras que esa persona ya no te ama, y todos los sueños de formar una familia y de amor de por vida parecen difuminarse. ¿Eh? ¿Qué harías? Dejarías las cosas así viendo cómo se destruyen todos tus sueños o intentarías cambiar, intentarías salvar algo de lo que te unía con esa persona.

Ricardo no le contestó. No era una pregunta formulada para responder.

Ninguno de los dos sabía que harían, o cómo hacerlo.

Marisa acostó a Matías que lucía recuperado de la supuesta insolación aunque tenía los ojos hinchados como si no hubiera dormido en días. Todavía le daba vueltas en la cabeza la extraña sensación de que Matías jugaba con alguien cuando ella entró por la tarde en la habitación. La imagen regresó una y otra vez a su mente confirmando esa impresión inicial. Y la velocidad con que él había abandonado el extraño juego le parecía más extraño aún, como si no tuviera permiso para jugar, o fuera un juego prohibido; prohibido a mis ojos que yo no podía ver, pensó. Debo averiguar qué hay de cierto en esto, se dijo, creo que ahí puede estar la clave

—Mi amor no viste nada extraño estos días —le preguntó fingiendo casualidad.

—¿Cómo qué Ma?

—No sé, algo fuera de lugar, algún sonido extraño, o raro. ¿No me estas ocultando algo?

Matías la miró sin entender a qué se refería mientras jugaba con una cascarita de la pierna producto de la picadura de un mosquito; y, como no se daba por aludido, Marisa insistió.

—Amorcito. Para de arrancarte las cascaritas ya te dije que el cuerpo tiene sus tiempos y no es bueno alterarlos.

—Ufa ma. Está bien pero me gusta la sensación.

La clave está en lo ciclotímico de su condición, pensó Marisa, una hora está volando de fiebre tirado en la cama, otra está jugando, no gano nada con preguntarle y preocuparlo. Ahora parece que olvido todo o que nunca tuvo fiebre o sueños extraños lo voy a asustar si continúo con mis histerias

—Está bien olvídate. Cambiemos de tema ayer no llamé a Ezequiel hasta que el doctor me aseguró que no tenías nada. No sabía si era algo contagioso entonces. Ahora si querés la llamó a Inés para que lo traiga mañana y se quede unos días haciéndote compañía. ¿Qué te parece?

—No sé si tengo ganas Ma. Hubo días en que sentí que no estaba solo. Y soñé con monstruos y con esos tipos entrando otra vez en la casa y de repente apareció y ya no estaban, deje de tener miedo, ahora ya no tengo miedo de nada, sé que ya no estoy solo me aburriría con Ezequiel.

—¿Qué cosa apareció mi amor? —le preguntó Marisa acercándose y asustada.

—Como un ángel, o un hada, tenía mucha luz y me sonreía.

—Tiene que ver con lo que te pasó hoy a la tarde —le preguntó— Hoy por la tarde te vi y parecías jugar con alguien invisible. Y te miré y no había nadie, pero vos parecías jugar igualmente. ¿Era ese amigo tuyo invisible?

—Me dijo que vos no entenderías. Que mejor no te dijera nada.

—¿Quién te dijo eso? ¿Quién?

—Tengo sueño mami —le dijo Matías y acomodó la almohada intentando dar por terminada la conversación.

Marisa resistió una desesperación aún mayor. Matías tenía sus propias visiones y no quería compartirlas con ella. O peor aún, pensó, esa visión lo tiene amenazado. Las palabras "Que mejor no te dijera nada" taladraban su alma.

—Mi amor… Mati… mírame a la cara… Por favor decime quién o qué es lo que ves en tus sueños.

Matías frunció los labios como enojado. Marisa sabía que no lograría nada si seguía acosándolo. Tiene a quien salir, pensó; y tomó otro camino

—Dijiste que habías visto un ángel o un hada. Qué tiene de malo. Todos tenemos un ángel de la guarda —intentó el camino más infantil— Cuando era pequeña, casi de tu edad, la abuela me decía todas las noches que un ángel, mi ángel de la guarda me cuidaba, y yo me quedaba despierta toda la noche tratando de verlo aparecer.

—Y lo viste.

—No. Jamás. Pero no necesitaba verlo. Yo sabía que existía y con eso me alcanzaba. No necesitaba ninguna confirmación física, hasta le había puesto nombre y lo dibuje varias veces. La abuela guardaba esos dibujos, en algún lugar, si querés mañana voy a la capital los busco y te los muestro.

—Pero no existen los ángeles ni los monstruos ma. Yo ya estoy grande para creer en esas cosas. Antes cuando era chico me escondía pero ahora estoy fuerte y sé que no existen — le contestó Matías pegándose en el pecho con el puño imitando un superhéroe del comics.

A Marisa le causó gracia, pero la gravedad de la situación le prohibía disfrutar el momento; y descubrió otra dicotomía más en su hijo. Por momentos tenía pensamientos y expresaba frases propias casi de un adulto y en otros se comportaba como un chico de su edad (seis años) o menos.

—Tenés razón. Sos todo un hombrecito, pero mama cuando era pequeña, más pequeña que vos, creía en eso. Te propongo algo a ver qué te parece. Vos dibujas ese amigo tuyo o el ángel o como quieras llamarlo y yo te muestro mis dibujos de mi ángel guardián y comparamos, dale.

—¿Puedo dibujar con los crayones de colores?

—Como vos quieras podes dibujarlo.

—Y temperas, me traes las temperas, si dale ma, dale.

—Bueno, mañana te las traigo, ahora a dormir. Te dejo la luz del baño prendida.

—No ma ya no la necesito. Ya no tengo miedo.

Marisa se quedó paralizada. Desde cuando le perdió el miedo a la oscuridad, se preguntó. Lo miró extraviada. Matías se percató de la situación y agregó.

—Ya estoy grande —pero a Marisa le sonó a mentira; a un intentó por apaciguar su preocupación.

Regresó a la habitación. Deseaba con todas sus fuerzas contarle a Ricardo los comentarios de Matías pero sabía que sería para discutir y una pérdida de tiempo.

Ricardo la esperaba; cuando ella se sentó comenzó a masajearle los hombros y luego la espalda. A ella le fascinaba cuando Ricardo le masajeaba la espalda cayendo en un estado de hipnotismo y seducción sin igual.

Tras unos segundos se dejó llevar recordando la primera vez que fueron a un hotel para rubricar el amor que sentían uno por el otro. No era virgen, ni tampoco una experta en el tema; a los treinta años ya había tenido un par de amores y desencuentros pero cuando conoció a Ricardo todo fue distinto. Como si nunca lo hubiera hecho antes.

Esa noche en el albergue transitorio vivió los mimos nervios que la primera vez, pero no los mismos dolores. Ricardo le dijo, querés qué te haga unos masajes, soy experto, porque la notaba muy tensa y ella accedió, solo para olvidarse de las mariposas que le correteaban en el estómago; después todo ocurrió sin que ninguno pusiera resistencia, solo se dejaron llevar.

Lo amaba, había entrado al hotel sabiendo que él era el amor de su vida y un tiempo después los latidos de su corazón se detuvieron para siempre de la misma manera aburrida, desapercibida y monótona de todos los días para empezar a cantarle en el pecho y a corearle como una melodía sublime en el alma. Y lo mejor fue que él tenía la misma expresión en la cara.

Y ahora el recordar le entregaba un poco de vida; aunque en el sexo seguían llevándose bien ya no era la experiencia bíblica de los primeros momentos, incluso en algunos días podía confundirlo con un ejercicio placentero, pero los masajes era otro cantar; no podía ofrecer resistencia a los masajes, y Ricardo lo sabía; cuando él quería sexo los masajes la doblegaban, pero ella también tenía su arma, esa que él no podía escapar ni negarse aunque estuviera embebido en alcohol y con dos días sin dormir apretando sus arterias.

Marisa fue acomodándose sin control en la cama, despacito, vencida por espasmos de placer, hasta que terminó boca abajo, totalmente entregada y Ricardo se le acercó al oído y le dijo.

—De donde sacaste que ya no te amo —aumentando el magnetismo.

Marisa giró su cabeza para estar cara a cara con él, embelesada, empapada en excitación. Había poca luz, no podía verle los ojos para comprobar si era verdad, si todavía la amaba, pero notó la excitación de Ricardo bajo la sabana y sin pensarlo estaban acariciándose y besándose como aquel día en el albergue.

Sintió la sensualidad y la exaltación subiendo por su cuerpo necesitado de cariño y por su espíritu necesitado de comprensión y atención. Se descubrió poniendo en práctica esa táctica que a él lo transportaba al más allá, en parte agradeciéndole la iniciativa y en otra porque quería que fuera lo más parecido posible a las primeras veces.

Terminaron de desnudarse, sobrando las sabanas, el colchón la habitación y el mundo. Ricardo la penetró con suavidad, al principio, después se aflojó y empezó con movimientos más enérgicos, afrodisíacos y compenetrados.

Marisa lo sintió dentro de ella, pero le dolió.

Él sintió su expresión de incomodidad y dolor y le preguntó si estaba todo bien y ante la respuesta positiva de ella continuó.

Marisa se concentró en disfrutar el momento. En entregarse entera.

Pero le ardía.

Le dolía.

Le dio asco.

Estaba excitada, mojada, bien lubricada. No le cabía ninguna duda de su excitación y de sus ganas de que todo fuera una experiencia única que los acercara, pero le dolía igual que aquella vez...

Tan solo unos días atrás.

El dolor se transformó en repulsión.

El ardor en una escalofriante sensación de escapar y de salir corriendo.

Y el asco se apoderó de su cuerpo y su espíritu.

Ricardo en ese instante estaba en su punto de éxtasis máximo, demoliendo aún más la experiencia de Marisa.

No pudo resistirlo. Sin darse cuenta, ni impedirlo, lo apartó con brusquedad de encima de ella y empezó a llorar.

—¿Qué pasa Marisa? ¿Qué pasó? —le preguntó Ricardo asustado.

Pero ella no podía decirle. No podía por nada del mundo explicarse así misma qué le había pasado y por qué una experiencia que ella necesitaba y buscaba desde hacía varios días y que había empezado tan bien, se había transformado en un relámpago de terror.

Y aunque ella ya lo sabía, ya conocía la verdad abriéndose paso en su alma, nunca se lo diría.

Claudia experimentó la necesidad de visitar a Marisa llegado el mediodía. Estaba muy preocupada por su amiga, habían hablado por la noche y la notó demasiado inquieta y entristecida y decidió visitarla.

La autopista Panamericana presentaba varios charcos de agua sucia estancada producto de una noche de constante lluvia, de años de descuido, de presupuestos mal aprovechados y la falta de un carril especial para el transporte de carga. Cualquiera podía decir que era un diez de agosto o incluso un día de otoño; el cielo luchaba por asomar su rostro celeste a través de una maraña de nubes encapotadas y atormentadas. En los alrededores de la autopista asolaba un mutismo de movimientos propio de un día borrascoso y caprichoso como ese.

Cuando llegó a Escobar, el pueblo se mostraba aún más encerrado y silencioso que la autopista. Desde el descenso de la Panamericana hasta la puerta del barrio el Cazador, donde estaba la quinta de Marisa, debía cruzar todo el pueblo, que casi era una ciudad, y después, a través de una ruta también bombardeada por el abandono y la negligencia llegar hasta la entrada a unos tres o cuatro kilómetros más allá del centro de Escobar. La cercanía del "Paraná de Las Palmas" y del delta del "Río de La Plata" se hacía notar a la vera de la ruta, donde gran parte del terreno era pantanoso y cargado de remedos de esteros. Al llegar a la entrada del Cazador el periplo no terminaba aún, todo lo contrario, faltaban varias cuadras en un camino de tierra convertido en un lodazal.

Algunos metros tenían ripio y era como un descanso, como la paz antes de la tormenta, después venían los tramos lodosos y resbaladizos y el auto patinaba logrando que le dolieran los brazos al intentar seguir una línea recta. Tendré que lavar el auto, pensó, que digo lavarlo mandarlo a cuarentena, rió.

Por fin llegó asegurándose que nunca más vendría en días de lluvia o por lo menos hasta estar segura de que el camino de tierra estuviera seco como el valle de la luna.

La Marisa que halló confirmaba todas sus sospechas y aún las superaba largamente. La vio entristecida, caminando con la cabeza gacha y el cuerpo doblado como una vieja agobiada por el peso de años de miserias y antagonismos y arrastraba los pies buscando de donde sostenerse. Por suerte la cafetera estaba llena de café recién hecho y tomaron unos pocillos, fueron hasta el living y se sentaron en el sillón, donde Marisa días atrás enfrentó a los ladrones con las consecuencias que ahora la desdibujaban.

Marisa le contó cada uno de los detalles, visiones y momentos terribles que soportó el día anterior.

—Fueron increíbles —le dijo— Los loros se quemaron delante de mis ojos. Así nomás y pum estallaron. Sé que estaban avisándome de algo grave. La otra vez esos mismos loros me avisaron del choque. Y el choque ocurrió, eso es lo grave entendés.

—Sí, ya sé. Hablé por teléfono con Ricardo y le pregunté sobre tu premonición del accidente. Me dijo que dejara de ponerte ideas en la cabeza y un sin fin de tonterías más, pero me confirmó todo lo que paso.

—¿Qué paso? No me creías que lo llamaste

—No seas tonta. Nada que ver. Lo llamé en realidad porque en el hospital quedamos medio peleados y no me gusta estar peleada con nadie y menos con tu marido y aproveche y le pregunté.

—Y cómo te fue; se arreglaron.

—No. Es demasiado duro para eso. Pero ya va a bajarse del caballo. Es una tontería pelearnos entre nosotros le dije al final; no hacemos más que lastimarte a ti.

Matías corría por la casa jugando y gritando. Claudia lo observó jugar con una alegría infinita, compenetrado en el juego como si el mundo no existiera, o existiera solo para brindarle regocijo y satisfacción. Como la mayoría de los nenes, pensó, el mundo no existe para ellos cuando juegan. Pero notó un comportamiento extraño; está jugando a las escondidas, se dijo y lo vio esconderse detrás del sillón, mirando hacia atrás como si estuviera escondiéndose de alguien. Unos minutos después gritó alegremente "No vale, trampa hay que contar hasta diez, no vale; y subió la escalera, cerró la puerta de su habitación y desapareció.

Claudia miró a Marisa que hacía lo mismo que ella, pero no decía nada, tenía la vista y el espíritu perdido en algún laberinto indescifrable de su alma. Le dolía verla de esa forma, solo era una sombra de la Marisa alegre y decidida que ella tanto quería.

—Tenés razón Marisa —le dijo todavía consternada por el juego de Matías— me parece que Matías tiene un amigo invisible o está como poseído

—Lo peor es que hoy no me prestó atención en toda la mañana —le cortó Marisa con la voz dolorida y casi inaudible—. Parecía no existir para él. Le hablé y hablé y no me contestó. Le pedí que arreglara un poco su habitación y ni siquiera me miró, me enoje y lo tomé por el brazo, pero nada, como si no existiera. Él no es así, sé que le sucede algo grave, por eso no le dije nada, en otra situación lo hubiera mandado a dormir sin chistar

—Tenés alguna idea de que es lo que ve, o a quien.

—No ojalá lo supiera, pero no. Ayer me dijo que cuando estuvo con fiebre entre sueños vio un ángel o un hada, pero no me aclaró mucho la situación y como hoy no me contestaba desistí y lo deje continuar con su parodia de niño autista. Está jugando como un autista desde que me levante bien temprano, incluso lo escuché jugar durante la noche. ¿No le viste los ojos?

—No, pero ahora que lo mencionas sí, puede ser que los tuviera hinchados y… cierto… tenés razón… ojerosos —Claudia se llevó la mano a la boca en un gesto de consternación y sorpresa.

—Creo que no durmió en toda la noche —le dijo Marisa ensimismada, intentando sacarse una pelusa del pantalón.

Ahora entendía Claudia la razón de la tristeza y abatimiento de su amiga. Podía sucederle la peor de las tribulaciones, pero que Matías se comportara como un autista, sabiendo además que se trataba de una especie de posesión y que ella no podía hacer nada para remediarlo: le pegaba en lo más profundo del corazón, la transformaba en un zombi sin consuelo.

—Hablaste con Ricardo. Lo notó por lo menos.

Marisa la miró y le sonrió, al principio, después le soltó una carcajada cargada de ironía.

—Hoy por la mañana salió corriendo, ni sé si va a volver. Después de lo que pasó no lo culpo.

—Hay más todavía. Hay algo que no me contaste aún.

—Después de los loros y de que apareciera ese engendro con pechos llegue a la conclusión, teniendo en cuenta lo del accidente frustrado, que se trataba todo de una premonición. Estoy segura que en el futuro me va a pasar algo físicamente desagradable. Por la noche se lo comenté a Ricardo, sumado a que a la casa ya la habían robado varias veces, pero él me dijo que eran tonterías, que me preocupara por mi hijo y que no anduviera metiendo las narices donde no debía.

—Eso te dijo, pero que estúpido. Es él quien debería estar averiguando y preocupándose por el bienestar de ustedes dos. No lo puedo creer. En que está pensando este hombre.

Claudia sintió la bronca subiendo por sus venas, tenía ganas de agarrarlo de los pelos y zarandearlo para que despertara de una vez por todas, pero intentó tranquilizarse; Marisa ya tenía un millar de problemas como para lidiar con su ofuscación hacia Ricardo.

—Ya no le prestó atención a su comportamiento Claudia. Se comporta extraño y listo. Toda la familia tiene comportamientos extraños, de que me voy a asombrar. Qué le puedo decir si estoy al borde de la locura viendo loros con poderes proféticos y monstruos podridos correteando por la casa y mi hijo juega y se divierte hasta el cansancio con un amigo invisible o con un fantasma que el solo parece ver. Qué le voy a decir. Que haga de su vida lo que quiera.

—Pero no. No es así —le aseguró Claudia—. Vos tuviste una experiencia terrible. Él no puede estar ajeno a lo que está sucediendo aunque no crea nada de lo que a vos y a Matías les sucede, él tiene que estar preocupado por su familia. Mira no me hagas hablar por favor no quiero hablar de Ricardo después va a decir que yo tengo la culpa de todo.

Bebió un sorbo de café. El líquido oscuro le bajó con dolor por la garganta, se atragantó y tosió hasta casi caerse de la silla.

Matías volvió a bajar la escalera como si fuera una manada de elefantes salvajes, fue hasta la cocina y después de un minuto regresó con un vaso lleno de leche chocolatada dando pequeños pasitos pero a un ritmo acelerado. Marisa lo llamó varias veces, pero él parecía que no la escuchaba. Claudia con la vos todavía tomada por la tos, se interpuso en su camino y lo aferró de la cintura.

—No vas a saludar a tu tía Claudia —pero Matías la apartó con suavidad, pero con firmeza, como diciéndole: "Cuidado con el vaso no ves que se me puede caer". Y subió compenetrado en que no se le escapara ni una sola gota del precioso liquido lechoso.

Claudia sintió el golpe. Se imaginó en la misma situación pero si ella fuera la madre. Ya estaría loca, se dijo, golpeándome la cabeza contra las paredes, y miró a Marisa ya no con lastima o pesar, sino con orgullo, sabiendo que la única forma de que Marisa recuperara el aliento era movilizándola.

—No dejes que Matías te entristezca Claudia —le dijo Marisa—. Yo lo veo desde el lado de que está feliz como hacía rato no lo veía. No pienso molestarlo a menos que noté que sufre —pero a Claudia le sonó como un intento fallido de mantenerse mentalmente entera.

Terminó el café. La angustia comenzó a recorrerle por la espalda rumbo al corazón.

—Dejame continuar con lo de ayer —le dijo de repente Marisa— Después de acostar a Matías volví a la habitación y Ricardo me esperaba para hacer el amor. Fue maravilloso, al principio, después me empezó a doler y a asquear y a sentir como si me estuvieran… como si me estuvieran violando, como si no fuera Ricardo el que me hacia el amor sino otro.

—No te puedo creer.

—Si créelo porque así sucedió. De solo pensar en el sexo me dan arcadas, inclusive lloré y después fui al baño y vino Ricardo e intentó abrazarme, pero cuando me toco sentí una angustia indescifrable en el estómago.

Claudia no podía abrir la boca, la cabeza le daba vueltas y vueltas con la imagen de Marisa evitando el contacto de su marido.

—Me dolió mucho el momento. Ricardo debe creer cualquier cosa, hoy se fue al trabajo sin saludarme pero no estaba enojado, se fue cabizbajo, triste, inclusive no abrió el portón, si yo no lo hubiera estado observando se lo tragaba con el auto.

—No sé qué decir Marisa. Pero creo que tenés que visitar a alguien que entienda del tema.

—A que te referís, a un manicomio —dijo Marisa levantando la vos

—No mamita, jamás pensaría eso, me refiero a un espiritista o alguno de esos que conocen de experiencia paranormales.

—Crees que la casa esta embrujada, o yo, o Mati.

—No sé qué creer, no me pidas conclusiones.

—Yo si tengo algunas conclusiones. Sé que me van a violar en el futuro, no sé porque lo creo pero alguien o algo está avisándome que me van a violar y lastimar en el futuro. Tengo que averiguar cuando va a suceder y quien o quienes lo van a hacer.

—Puede ser —le contestó Claudia y se descubrió creyendo en esa conclusión casi más que Marisa mismo

—Me preguntaste antes si había más todavía

Claudia la miró sorprendida y apesadumbrada. Marisa movía la cabeza de arriba hacia abajo lentamente, como afirmando: hay más, aunque no lo creas hay más.

—Volví a soñar de nuevo en que me violaban. Esta vez fue con mayor salvajismo y dolor. Estaba en una habitación a oscuras con las manos atadas y escuchaba a unos tipos reírse. Después escuché unos pasos que me causaban un terror descomunal. Entendeme yo sabía que era yo quien estaba tirada en esa habitación semi desnuda, pero al mismo tiempo era como un espectador. Como si estuviera metida dentro del cuerpo de alguien. Y ese alguien reaccionaba con pánico ante los pasos y lloraba e intentaba zafarse de ese destino terrible que se avecinaba. Esta vez pude ver un poco más del cuerpo. Lo habían golpeado y me pareció que quemado con un cigarrillo encendido o varios. Me dolía la vagina y la cola con un sufrimiento indescriptible como si esa no fuera la primera vez que me vejaban. Eso creo que era la razón por la cual le tenía tanto terror a esos pasos. Tenía el estómago demasiado hinchado y me dolía. Creo que era producto de golpes y trompadas, no sé pero era terrible. Después una puerta se abrió y un chorro de luz me lastimaba los ojos y aparecieron unas botas y un hombre rodeado de la luz que me decía un sin fin de palabras agresivas

Se puso a llorar desconsoladamente. Claudia se acercó y la abrazo, podía sentir como el cuerpo de su amiga se movía del dolor entre sus brazos

—Y los hijos de puta se abusaron de mí una y otra vez. Y yo no podía hacer nada para detenerlos.

Claudia también tuvo ganas de llorar; Marisa estaba poseída, lloraba con un desconsuelo y una congoja sin parangón, como si se tratara de una niña contando esa experiencia tan terrible.

—Sus cuerpos eran asquerosos y me apretaban y manoseaban. Por qué me hicieron esto Claudia, por qué a mí. Qué les hice yo —le preguntó llorando, a gritos y tomándose la cabeza. Claudia vio que Sonia las contemplaba atónita desde la cocina.

—Shhs. Shhs mamita —le dijo con dulzura intentando calmarla— Tranquilízate todo va a estar bien. No pasó nada. Nada de eso te paso. Tranquilízate por favor.

Marisa siguió llorando un buen rato aunque ya no continuaba con la historia. Cuando por fin dejó de llorar la miro a los ojos y le dijo.

—Luego se fueron y me dejaron tirada dentro de esa habitación con el cuerpo dolorido, sabiendo que regresarían de nuevo. Sé que van a regresar, esa es la cuestión, van a regresar, a terminar su maldita obra, por eso es que creo que todo se trata de una premonición.

Claudia inspiró y suspiró, cansada, agotada de dolor y consternación y le dijo que podía ser, no debían descartar ninguna hipótesis y luego agregó

—En el hospital se ve de todo; tengo una conocida que conoce a alguien que puede ayudarnos, un espiritista o como vos quieras llamarlo. Me gustaría que fuésemos juntas a verlo.

—Si como quieras. Sabes que fue lo peor de todo.

—No —. Ya nada le causaba sorpresa, lo inesperado era parte del aire que las rodeaba.

—Que cuando desperté de ese sueño o experiencia tan real fui hasta el baño por que el dolor y el ardor me estaban matando, fui al inodoro y descubrí que sangraba —a Claudia se le escapó un sssss cargado de dolor— Traté de orinar pero me fue imposible, me ardía, me dolía a mares y también tengo todo el cuerpo magullado.

—¿Qué?

Marisa se levantó del sillón, se bajó el pantalón y se subió la remera hasta la altura del ombligo. Claudia no podía creer lo que veía, estaba llena de golpes y raspones en las piernas y en el abdomen. Por más que lo intentó no pudo dejar de expresar la impresión que le causaban esas marcas. Ella estaba acostumbrada a ver heridas peores como pies cercenados o quebraduras en los que los huesos asonaban a través de la carne, pero esto era distinto, el concepto lo hacía distinto y doloroso.

Era un dolor que se sentía en el alma

—¿Que son esas marcas? —le preguntó. La piel de Marisa presentaba varias excoriaciones sin solución de continuidad— Parecen como de quemaduras son... son

—Creo que son de cigarrillos o hechas con algún objeto caliente. —le cortó Marisa el tartamudeo atormentado— Cada una de estas marcas y golpes y magullones me duelen como si realmente me hubieran ocurrido. Mira la espalda —y le mostró la espalda magullada y repleta de raspaduras en carne viva— Si se te aparece otra persona en el hospital con estos golpes en realidad no podes pensar en que fue un sueño, aunque la persona te esté jurando y rejurando que fue un sueño no le podrías creer, pensarías que alguien le pegó o la maltrato.

—Y sí. No tendría la más mínima duda de eso.

Claudia se retiró al trabajo sabiendo que le iba a ser imposible eliminar esas imágenes de la cabeza. Aunque ella lo intentó Marisa no deseaba visitar a ningún doctor. Creía que cuanto mayor era su sufrimiento más cerca estaría de la verdad; además que le voy a decir cuando vea estos golpes y marcas, le dijo, son espirituales, son como estigmas, no creo que se fueran a curar con un poco de alcohol y aspirinas.

En la autopista del regreso el corazón y la angustia le daban tumbos en el pecho. Bajó en una estación de servicio solamente para calmarse, estaba demasiado nerviosa para manejar. Compró el diario para exorcizar los pensamientos; leyó todas las noticias posibles, incluso las de deportes y fútbol; le costó varios minutos recuperarse o tranquilizarse, y cuando se sintió más segura subió al auto y regresó a su vida cotidiana.

Aunque los latidos de su vida habían perdido su cotidianeidad en el instante mismo en que Marisa se levantó la remera y le mostró esas marcas, esos estigmas.

Y esa palabra "Estigmas" se repitió en su cerebro como el eco de un trueno anunciando una terrible tormenta por venir.

Cuando Claudia se retiró Marisa retomó la pesadez que la embargaba y estuvo gran parte del día sentada al borde de la pileta ordenando sus pensamientos rodeada de un cielo inconsolable, entristecido de nubes grises. El día transcurrió con su pesadumbre y hacía la tarde las nubes aflojaron el asedio y empezaron a retirarse en el horizonte vestidas con su traje de tormenta. Matías no bajo en ningún momento, estuvo todo el tiempo correteando por la casa y a las cuatro de la tarde, Marisa, aburrida y cansada de pensar y pensar, subió para verlo.

Lo encontró frente al televisor absorto en unos dibujos animados. Por lo menos no está con su amigo, se dijo, y aprovechó la ocasión para charlar con él, pero Matías no le contestó, seguía en la misma posición de autismo, como si nada en el mundo existiera. Marisa le habló, pero él no se dio por aludido; porqué me castigas así mi amor que te hice yo, le dijo.

Después de unos minutos, sintió el arrebato del enojo y ofuscada, impotente, apagó el televisor y lo mando a la habitación; hasta que te dignes hablarme, le dijo.

Pero Matías no se movió. Enfurecida lo tomó del brazo y lo llevó ella misma a la habitación empujándolo a la cama. Matías rebotó con violencia y cruzo los brazos evidentemente encolerizado, pero sin derramar una sola palabra.

Qué te hice, le preguntó, porque me tratas así, pero Matías no le contestó se dio vuelta y le dio la espalda. Marisa no supo si correr y abrazarlo o castigarlo. Decidió que lo dejaría así por el momento. Le dolía el cuerpo y el alma, un baño me vendrá bien y fue al baño temiendo que le volviera a suceder lo mismo que el día anterior.

Sonia se fue temprano, a las cinco de la tarde, le había dicho que acompañaría a su madre al médico y ella le contestó que no se preocupara y si quería que se retirara antes.

Marisa abrió la canilla del agua caliente y luego la fría entibiando el flujo. Sonia la saludó desde el piso inferior, me voy señora Marisa, si necesita algo llámeme; está bien, le contestó ella. Y Marisa escuchó como cerraba la puerta, pero no percibió ni sus pasos caminando hacia la entrada ni el sonido del portón en movimiento debido al chorro de agua derramándose suavemente en la bañadera.

Pensó en las palabras de Sonia antes de irse, "si necesita algo llámeme", debe pensar que estoy loca, o que necesito ayuda inmediata del psiquiatra, todos deben pensar lo mismo, menos Claudia; será por eso que Mati no me habla, piensa que enloquecí del todo e intenta refugiarse en sus pensamientos; probablemente ese amigo invisible suyo no es más que su alter ego protector donde busca aislarse del mundo, o de mí, o quizás Ricardo le dijo algo por la mañana antes de irse.

De pronto escuchó unos ruidos en la habitación y corrió, se había descalzado y casi resbala en los cerámicos. Ya voy mi vida, ya voy qué sucede. Llegó a la puerta de la habitación y no quiso entrar; un aroma penetrante a putrefacción y orín salía desde adentro; otra vez no por favor, estás otra vez acá, qué querés de mí.

Pensó en Matías y entró de un tirón decidida a presentarle batalla.

Entró y lo vio a un lado de la cama, parado, mirando a Matías que seguía igual a como lo había dejado antes, de espaldas, con los brazos cruzados y enojado.

El engendro la miró con furia desde atrás del abismo de tinieblas que eran las cuencas vacías de sus ojos. Qué querés acá, le preguntó, que querés con mi hijo, sos vos no, ese amigo invisible, maldito si le haces daño te voy a enviar al infierno, le dijo, pero al mismo tiempo se fue acercando hasta la cama comprobando si Matías mostraba algún signo de violencia o necesitaba de su ayuda.

Nada, dormía apaciblemente, desconocedor de lo que ocurría a su alrededor.

Marisa miró al engendro. Había cambiado su fisonomía comprobó, pero seguía conservando ese hedor horrible y una expresión de resentimiento y rencor sin igual, pero ahora notó una diferencia que las veces anteriores no pudo dilucidar, por alguna razón tenía los labios sellados, como cocidos o fundidos entre sí. Lo miró con detenimiento y comprobó esa visión. La otra vez no me di cuenta porque todavía no tenía tanta carne, se dijo, era solo huesos unidos por cartílagos. Dios porqué le sucede eso.

Agudizó la vista.

Era una mujer.

Ahora si no tenía duda. Tenía pechos y una figura mortificada pero femenina.

Trozos de tierra golpeando el piso era lo único, además de su respiración demoníaca, que se escuchaba. Sonaba como la lluvia mortificando un techo de chapa, se dijo Marisa, una lluvia de tierra cayendo en el piso alrededor del engendro, pero esos mismos trozos, piedras y gusanos volvían a levantarse del piso y bailoteaban de nuevo rodeándolo. Por un momento le pareció que esa tierra pululante y casi viva tiraba de la criatura hacia abajo, como queriendo regresarla a su tumba.

Qué querés, qué pretendes de mí, le preguntó, pero esta vez se descubrió que no gritaba, no le tenía tanto miedo, al contrario la boca enmudecida, al parecer cocida del engendro, le causaba dolor y compasión.

La mujer levantó la mano y señaló a Matías que seguía apacible y la miró con sus ojos vacíos. Después comenzó a gritar, a gemir con la misma fuerza como lo había hecho el primer día en el quincho.

Estuvo casi un minuto gritando con los labios atados y gimiendo de esa manera amenazante y terrorífica, después se movió y paso al lado de Marisa que sintió como la tierra en movimiento golpeaba su brazo derecho. El engendro se movía lentamente, con dolor y aberración como arrastrando su sufrimiento. La siguió con la vista hasta que la mujer desapareció detrás de la puerta, dejándola sumida en un desconcierto increíble y el tufo a podrido aplacándose.

Marisa suspiró y se sentó en la cama al lado de Matías. Qué es lo que quiere de nosotros, vos lo sabes Mati, decímelo por favor, le dijo, pero Matías dormía y no se había dado cuenta de nada. Si hubiera querido le habría hecho daño, se dijo, de eso estoy segura. Fue una amenaza, sí, eso fue, me amenazó con hacerle daño a Mati, pero por qué, por qué. Qué le hice yo.

Aprovechó que su hijo dormía, se acostó al lado de él y lo abrazó llorando internamente. No voy a permitir que nada te pase mi amor, me escuchaste, no te voy a dejar que le hagas daño maldita mierda, gritó hacía la puerta. Entonces escuchó una catarata de agua desbordando desde el baño y se levantó rápidamente: la bañadera estaba llena.

Casi resbala de nuevo cuando entró en el baño; tuvo que sostenerse de la pared para no caer contra el filo de la bañadera. Con que poco esfuerzo podrías liberarte de mí, se dijo.

Cerró las canillas y miró a su alrededor: en ese mismo baño soñó que mataba a Matías y en esa misma bañadera lo sumergía en agua hirviendo.

Resistió el acceso de otro llanto, el solo pensar en que quiso matarlo, aunque fuera en sueños, la trasformaría en un ovillo de lágrimas y desconsuelo, y te necesito despierta y fuerte, se dijo.

Se desvistió y se metió en el agua tibia sin cerrar la puerta, por si Matías la necesitaba.

Al entrar en el agua los golpes y las magulladuras en el cuerpo le chillaron del dolor y prefirió no comprobar si al tacto también le dolían.

Ya no le tenía tanto miedo al engendro, se dijo, en realidad ya no le tenía miedo a nada, demasiadas visiones y demasiado dolor; podes mandarme al diablo si querés que para mí va a ser lo mismo que un bebe.

Volcó un chorro de espuma de baño con esencia de romero porque una naturista le había dicho que era un excelente desintoxicante y reconstituyente natural y movió los brazos hasta que la espuma cubrió por completo la bañadera.

Unos rayos de sol entraron por la pequeña ventana reflejándose en el espejo. Después comprobó que también el reflejo azulado del agua de la pileta se reflejaba en la pared posterior. Las nubes se habían retirado y la claridad purificadora curaría los males de la naturaleza, pensó y se relajó.

Y a mí quien me cura de mis males.

Comprobó que Matías no la necesitaba y se distendió cerrando los ojos. Cómo puedo relajarme después de lo que vi, de lo que paso, qué me sucede, qué le está pasando a mi vida. Y pensó en su vida de los últimos tiempos; una vida que se había transformado en inercia, pura inercia. Ella no podía hacer nada para volver atrás, ni tampoco para cambiar el rumbo. Como si estuviera dentro de un enorme camión y una mano descomunal lo hubiera empujado, asegurándose que no tuviera ni dirección ni freno. No puedo, no controlo mis actos, incluso el estar en la bañadera no es una actitud propia de mí o que la Marisa de siempre haría, jamás dejaría a Matías después de que un engendro con forma de mujer en descomposición me amenazó de esa manera, pero eso estoy haciendo, por qué.

Se acordó de la noche anterior con Ricardo, de cuanto necesitaba tener un orgasmo quitamanchas espirituales, de cuantas veces estuvo apesadumbrada y unos minutos de sexo y cariño cambiaron todo; sin embargo no quise continuar, qué me está pasando, tiene algo que ver Ricardo en todo esto, o solo se trata una repulsión hacia los hombres.

Trató de no pensar, ya había estado torturándose toda la tarde al borde de la pileta, y si querés que este en este momento en el baño, se dijo, mira te hago caso, mi espíritu hace lo que querés.

Pensó en Matías, no el Matías de ahora sino el Matías de bebe, sus primeros pasos, sus primeras palabras, sus primeros juegos, pero los recuerdos no afloraban, ni de los recuerdos me permiten disfrutar, se dijo.

Hasta que lo recordó cuando tenía cinco años con el delantal del jardín de la salita amarilla, y de las horas que se pasaba con la plastilina esculpiendo animalitos o robots y la casa tenía el olor tranquilizante del epoxi; eso, se dijo, le voy a pedir que represente a su amigo invisible con plastilina, aunque ya sabía qué o quién era el amigo invisible.

De pronto no supo si dormía o estaba despierta pero soñaba, varios momentos hermosos de su vida desfilaron ante sus ojos.

No quería despertar.

No deseaba que nada ni nadie la privaran de esos recuerdos hermosos, pero sucedió.

Se encontró rodeada de oscuridad y terror.

No, por favor, basta, no quiero más, basta.

Y trató con todas sus fuerzas de regresar; se concentró en encontrar una salida de esa oscuridad y por suerte lo logró.

Entonces se encontró sentada en la bañadera, agitada, pero llena de un entusiasmo sin igual, como si por una vez sintiera que podía dirigir su vida. O por lo menos el lugar donde más se sentía vulnerable y donde siempre perdía la batalla... los sueños.

Rió.

Río a carcajadas, pero las carcajadas se trasformaron en estupefacción.

Todo el baño estaba sumido en vapor y las paredes y el espejo empañados.

En las paredes florecía una oración escrita: "Putita, te va a gustar putita" Una y otra vez se repetía hasta el cansancio, por delante, por detrás, en las paredes, en el techo, en varios tipos de letras y tamaños e inclusive parecían sangrar, pero no eran más que gotas de condensación cayendo por las letras como helado derretido.

Se asustó. Quién había escrito esa frase en el baño "Putita, te va gustar putita", se preguntó. Un escalofrío recorrió todo su cuerpo. Sintiéndose vulnerable como una hormiga flotando en medio del océano

Cuando el vapor se fue a Marisa le pareció que una sombra la abandonaba. Un asombra iba de la bañadera hasta la puerta y se perdía por detrás. No supo si fue un espejismo producto del pánico que tenía o una presencia amenazante.

El corazón se le salía del pecho. El agua estaba fría, no sabía cuánto tiempo estuvo en ese estado de ensueño. Miro la ventana que también tenía la escritura: "Putita, te va a gustar putita". Los rayos del sol ya no entraban y parecía la oscuridad de las siete de la noche en pleno verano, aunque podían ser nubes se dijo.

Se miró el cuerpo. No recordaba haberse sentado en la bañadera; y uno de sus brazos, el derecho estaba erguido, apoyando la mano en el filo del agua, como un bote sostenido por el oleaje. La espuma la rodeaba como la nieve, sin embargo donde la mano se mecía se apreciaban una serie de líneas dibujadas en la espuma. El agua se adivinaba en lo profundo de esas líneas, como el trazo de un enorme marcador.

Se concentró en esos trazos y descubrió que su dedo índice estaba erguido, los otros no. Recordó varias veces cuando jugaba con la espuma escribiendo o dibujando cosas, pero ahora no recordaba haberlo hecho, pero ahí estaba, bien claro, y cuando la vista y el cerebro se acostumbraron al trazo: la escritura se hizo legible.

Gabriela Chaisson.

Y más arriba y con letras más pequeñas que le costó dilucidar "Jaroca".

No lo podía creer, miró nuevamente sin moverse para no borrar la inscripción.

"Gabriela Chaisson" y "Jaroca"

Emergió suavemente de la bañadera y caminó empapada hasta la habitación, tomó un cuaderno y anotó la frase sangrante de vapor de las paredes y el nombre grabado en la espuma y el segundo nombre también. Y regresó al baño.

La inscripción de la bañadera era ya ilegible, en las paredes también estaba desapareciendo la frase amenazante, como una acuarela demasiado diluida goteando.

Pensó. La revelación se le hizo tan previsible y necesaria como el oxígeno.

No es a mí a quién van a violar es a esta "Gabriela Chaisson y "Jaroca", se dijo, aunque no entendía que quería decir Jaroca o si era otro apellido o una palabra extraña.

Esta es la premonición, por eso me amenazó con Matías, como diciéndome si no haces nada para impedir mi sufrimiento yo te voy a pegar donde más te duele. Estoy viendo el futuro solo tengo que saber quién o donde vive esta chica.

Aunque sospechaba que vivía cerca o por lo menos en Escobar.

No va a ser muy difícil ubicarte Gabriela Chaisson, no debe haber muchas personas con ese apellido, me parece francés.

Se secó y se vistió con una pollera pantalón de algodón suave por las lastimaduras y magullones y una blusa de seda que hacía años que no usaba y fue hasta la habitación de Matías.

Matías continuaba durmiendo.

Una sensación de paz recorrió su cuerpo; se sentía liberada, con mucha energía, con ganas de resolver el misterio, pero no sabía con quién compartir ese empuje que la arrebataba, la única es Claudia, se dijo, pero por hoy me parece que llené su vaso.

Miró a través de la ventana para comprobar la hora, en ningún momento se avivó de fijarse en el reloj despertador que tenía Ricardo en la mesita de luz. No era tan tarde, no había nubes solo una ola enorme de oscura humedad en el horizonte pero no venía a estas playas, se retiraba.

Se quedó perpleja.

El hombre, que al parecer no hacía otra cosa en su vida que vigilarla, la miraba por primera vez a la luz del atardecer. La vigilaba por detrás de la ligustrina en la loma trasera, no distinguía sus rasgos, pero podía asegurar que era flaco y de estatura más bien alta; cuando ella concentró la mirada el hombre hizo como si retomara casualmente su camino, se dio vuelta y se retiró de la vista.

Hasta cierto punto, por ahora, le había perdido el miedo al engendro, pero este terror, más real, más tangible y humano vagaba aterrado por su sangre.

Era el mismo terror que experimentó el día del robo.

Miedo al ser humano.

A los hombres.

Hoy sentí que iba a ser un día especial, estaba segura de ello.

Ya no me importaba si Ricardo no me presta atención y que Mati haga lo mismo. Sé que Mati no quiere hablarme y no sé por qué razón, pero desde que conoció a ese amigo invisible y se comportá como un autista se las arreglas solito, no necesito preocuparme por nada, ni siquiera molesta a Sonia. Así que decidí esperar que se recuperara él solito.

Es cierto, tengo miedo que esto sea duradero, pero supongo que por ahora lo va a entender, debo resolver el misterio, además pienso que ahí está la clave de su mutismo. Estoy segura que cuando lo resuelva volverá a ser el Mati de siempre.

Volveremos a ser una familia feliz.

Me acerqué temprano al pueblo para averiguar si Gabriela Chaisson vivía por ahí. Ya le voy a contar a ellos dos quién era Gabriela Chaisson, espero.

Fui una tonta. Tenía que detenerme a pensar y me deje llevar por mis locuras. Pero por lo menos me divertí y ocupe mi alma en algo, para no pensar.

Llegué al registro de las personas de Escobar y nada. La empleada de la ventanilla no podía darme esa información. Yo solo le pregunté si había alguien o una familia con ese apellido viviendo en el Escobar y nada más. No necesitaba la dirección ni otra información solo esa, pero la muchacha no me la dio.

Ahora sé que hizo bien, en el momento me enojé, pero ahora sé que hizo bien.

Después fui hasta la comisaría. Por suerte no estaba el oficial histérico y ocultador que me había atendido el otro día. Tuve un golpe de suerte y me atendió una mujer policía. Cuando le dije mi nombre me reconoció de inmediato y me dijo que por qué no me enrolaba en las filas de la policía, le va a hacer bien al género femenino de la fuerza, me dijo.

Parece que soy una celebridad en este pueblo.

Recuerdo que le dije que lo iba a pensar pero por ahora no. Estaba muy ocupada criando a mi hijo y ella me contestó que tenía cinco y se había separado de su marido porque era un vago.

No me ayudó demasiado, ellos no tenían datos sobre las personas que vivían en el pueblo y no podía dármelo por otra parte.

—Porque no probas en una guía telefónica —me dijo la mujer policía.

Y recuerdo que me sentí una inútil.

Ya que estaba ahí le pregunté si sabía algo de los robos en esa casa.

Me contesto que sí. Hubo otros robos pero no sabía más que eso.

Le comenté que el dueño de la peluquería, que da la casualidad es mi vecino, me comentó que años atrás no había ni casas ni ninguna construcción en ese terreno.

Eso sí es verdad, dijo, era un predio, creo que en la década del cincuenta pertenecía a una fábrica de ladrillos, después la fábrica quebró y durante mucho tiempo perteneció a la municipalidad hasta que se vendió. Lo que sí puedo decirte es que el dueño no compró el terreno. Tengo entendido que se metió ahí y pagó todos los impuestos y mediante un contacto en la municipalidad lo escrituró a su nombre.

No sabía que se podía hacer eso —le dije. Conocía casos de personas que tomaban terrenos, pagaban los impuesto durante varios años y si nadie los reclamaba después los escrituraban, pero debían esperar varios años que no aparecieran los dueños anteriores, la mayoría conocía la ubicación de terrenos fiscales para apropiarse justamente de esos terrenos porque nadie iba a reclamarlos. Alguien me comentó una vez que uno de los balnearios atlánticos más importantes de la provincia fue, tiempo atrás, un terreno fiscal apropiado por un avivado. Creo que Villa Gesell o Mar del Plata.

Es increíble de lo que son capaces los seres humanos por el dinero y los bienes materiales.

Cuando volvía a casa pase por la peluquería y lo vi entrar a Oscar y aproveche y entre en la peluquería porque no estaba segura si tenía una guía telefónica en casa.

Estuve casi dos horas hablando con él. Se esforzó demasiado en que yo abandonara mis intentos de seguir adelante con las averiguaciones. Incluso le conté parte de mis visiones, especialmente como había llegado a descubrir el nombre de esa mujer. Me trajo la guía telefónica de Escobar y mientras buscaba personas con el apellido Chaisson noté por su expresión como rogaba que no lo hallara, me asustaba su miedo, pero lo atribuía a su condición personal.

Es un hombre ya grande pero bonito; incluso ahora con las canas y el rostro colorado de haberlas vivido todas y esa expresión de no tengo prejuicios aún mantiene cierto encanto.

En realidad yo deseaba con todas mis fuerzas encontrar a esa familia, pero creía que no iba a ser tan fácil.

No hallé nadie con ese apellido y Oscar suspiro como alivianándose de un terrible peso de encima. Lo pensé y le pregunté si tenía otra guía telefónica de mayor amplitud, por ejemplo de la provincia o de este distrito.

Me dijo que Escobar pertenecía al partido de Garin que allí había una central de "E.N.TEL." y que probablemente tendrían una guía.

En el instante que lo dijo noté como se maldecía por haberme suministrado esa información. Pobre es un buen hombre me quería ayudar pero al mismo tiempo se preocupaba por mí. Me facilitó unos planos y me acompañó hasta el auto.

Le pedí que por favor viniera no más tardar mañana mismo a disfrutar de la pileta y de un asado, aunque me aclaró que no comía nada de carne; debí imaginármelo.

Fui hasta Garin y encontré la central de "E.N.TEL.", y también hallé un Chaisson en la guía.

Recuerdo que grite y apreté el puño y algunas personas me miraron preguntándose de qué grita está loca.

Pero lo mejor no terminaba ahí.

Eric Chaisson decía la guía, casi confirmaba que era una familia Francesa o por lo menos descendiente de franceses.

Pero una información llamó poderosamente mi atención: la dirección.

Julio Argentino Roca 986 Ingeniero Maschwictz

Y todo se me hizo más claro.

Gabriela Chaisson y Jaroca aparecía escrito en la espuma de la bañadera.

Jaroca; Julio Argentino Roca.

Increible.

Pensé en ir en ese mismo momento hasta esa dirección y encontrar a Gabriela Chaisson y alertarla pero ya era tarde, había perdido casi todo el día hasta llegar a ese momento mágico. Además debía pensar cómo se lo diría, o si en realidad debía acudir a la policía, o a un detective privado, aunque sabía que me tratarían como a una loca.

Mientras manejaba a la vuelta pensé que probablemente mi única misión fuera prevenirla, avisarle y salir corriendo.

Esperaba que si lograba advertirle del futuro de sufrimiento y dolor que le esperaba, las fuerzas perversas y diabólicas que nos estaban molestando los últimos días nos dejarían en paz.

Pero no sabía cómo. Ni de qué manera podía defenderla de ese futuro sombrío en caso de necesitarlo.

Primero debía convencerla y además de eso quizás protegerla.

Era imposible y si de tantos imposibles depende nuestro futuro realmente me lo veo negro.

Lo mejor era contarle a Claudia para ver qué opinaba y a Ricardo también, porque ahora sí no podía seguir en su tesitura de no ayudarme. Era una misión peligrosa, incluso más aún que enfrentar en la noche a un engendro aciago y demoníaco.

Cuando regresaba ocurrió algo fantástico. Estaba parada con el Falcon en un semáforo justo en la esquina de la comisaría. Pensaba y pensaba que le diría a esa mujer Gabriela o a su familia, como haría para convencerlos de mis premoniciones. El día resplandecía claro y nítido y había demasiada personas en las veredas. Este es un pueblo o una ciudad donde se hacen muy evidentes las diferencias de clases sociales. Está lleno de Countrys y quintas como la nuestra, pero también de casas de barro y chapas, miseria y pobreza. En la otra cuadra frenaba un auto importado parado justo al costado de una carreta de madera tirada por un caballo andrajoso y conducido por un ciruja. También discutían unos jóvenes tomando helado con una fila de motos de alta cilindrada paradas en fila en la vereda. Y un hombre que parecía un pintor, a juzgar por la gorra y la camisa llena de manchas de todos colores, pasaba en bicicleta y miraba las motos sabiendo que quizás nunca podría comprarse una de esas.

De pronto observé a media cuadra unas palomas que picoteaban la vereda de una panadería porque un hombre enfundado con un delantal blanco (debía ser el panadero) les tiraba migas de pan; dos palomas levantaron el vuelo y pasaron a metros de mi parabrisas y volaron hasta el escudo de la comisaría justo en el dintel de la puerta de entrada.

Seguí el vuelo de esas aves y observé a un hombre flaco, desgarbado, saliendo de la comisaría. Por un segundo me pareció que vestía el saco de pana azul como el que se compró Ricardo y le habían robado la otra noche.

Me quedé observándolo, hacía calor como para llevar el saco y además no combinaba con el vaquero gastado que llevaba ni las zapatillas tipo alpargatas. Era extraño. Muy extraño.

Dirigí la mirada hacia arriba, donde reposaban las palomas. No eran palomas, eran loros. Ahora digo loros porque estoy segura que eran de esa especie.

Me quede petrificada observando al hombre con el saco azul de Ricardo. Casi podía jurar que intentaba seducir a una mujer policía parada en la entrada. Parecía jactarse. Descansaba una mano en el bolsillo del vaquero mostrando lo bien que le quedaba el saco de pana azul.

Un bocinazo me despertó de mi letargo y de mis pensamientos. Puse primera y Salí despacio, sin dejar en ningún instante de mirar al hombre. Debías haberlo visto como se reía del mundo con una impunidad increíble. Como era lógico los conductores que pasaron al lado mío se acordaron de mi madre. No les presté atención y continué transitando despacio y sin apartar la vista del hombre del saco azul.

No tenía opción y me estacioné a mitad de cuadra sin dejar de mirarlo.

Después de unos tres o cuatro minutos el tipo se subió a un Renault 12 desvencijado y con pedazos faltantes de pintura y paso a mi lado. Lo seguí, sé que era peligroso, pero no podía dejar de hacerlo.

El Renault se metió en el interior del pueblo y tras varias calles y contracalles frenó delante de una casa cuyo frente lucía aún en construcción. Espere casi diez minutos en la otra cuadra y no salió. Supongo que ahí debe vivir. Tomé nota de la dirección y volví a casa.

Ya extrañaba demasiado a Mati.

—Ricardo qué pasa, por qué tenés tanto miedo.

—No digas tonterías no es cuestión de miedo Marisa es cuestión de sentido común. No te das cuenta que estas levantando tierra de donde no debes. Pensá en nosotros, en Matías.

Otra vez con la misma táctica meter a Matías en la discusión, se dijo Marisa, y le contestó

—Que piense en nosotros, vos me decís eso, si a vos hace ya varios meses que no te importa el nosotros.

—Y quién lo dice. Qué te pasó el otro día a la noche eh. Algún día me vas a tener que dar una explicación sobre tu reacción. Y decís que yo soy el culpable de este momento que vivimos.

Marisa sintió el arrebato de la rabia subiendo por la columna vertebral, pero trató de serenarse, no podía creerlo, había sido un día cargado de alegrías. Por fin después de tanto sufrir estaba segura de su estado mental. No estoy loca, tengo visiones, pero no estoy loca, la guía telefónica me lo dijo.

—De todas las personas del mundo que esperaba comprensión vos eras la primera. —le dijo Marisa— Pero veo que me equivoque, veo que solo te importó el sexo o mi rechazo, pero como llegué a ese instante no te interesa en lo más mínimo. Puedo comprender que no me creas lo de la violación

—Y dale con eso, seguí con eso —le cortó Ricardo, pero ella igual continuó

—No creas nada de las apariciones, ni de esta chica que te asustó tanto cuando la nombre.

—Quéee. Estás loca. Qué decís —le gritó Ricardo con los ojos enrojecidos, cargados de ira

—Sí, noté como te pusiste nervioso cuando la nombre y no entiendo por qué razón todavía.

—No hay razón Marisa, adonde querés llegar, estas meando fuera del tarro. Te aseguro. Y cuando te des cuenta del error ya va a ser tarde.

—Es una amenaza.

Como él no le contestó ella continuó con el hilo de su razonamiento

—Si querés no creas en que Matías parece poseído, ni nada, ni siquiera en lo de los loros, vos estuviste como yo al borde de chocarnos, pero no importa, no lo creas, pero el robo sucedió y casi me matan. Qué esperabas, que esté corriendo y haciendo el amor como una enloquecida como si nada hubiera pasado.

—Noooo, a mí no me mentís, podes mentirle a tu amiguita Claudia, pero a mí no. Sé que no fue lo del robo. Ya te olvidaste de eso. El robo es una mera anécdota ya, así que no lo uses para hacerme la Marisa dolorida y con problemas psicológicos. No haces más que hablar de esa hipotética violación y de esa mujer y las apariciones y dudas de todo… inclusive de mí.

—Debo dudar de ti o no. Contéstame. Debo dudar de vos o no.

—Si no lo sabe tu corazón yo no puedo decírtelo.

Y busco en su corazón, en lo más profundo. Sabía que Ricardo era una buena persona, después de todo en algún momento fue el amor de su vida, pero ahora dudaba de él. En realidad, dudo de todos los hombres, se dijo, pero algo sabes Ricardo y no me lo querés decir. Siento tu miedo. Sé que esto probablemente nos divida para siempre, pero justamente ese miedo que tenés al futuro de mis averiguaciones es lo que más me moviliza para seguir adelante.

Y se le escaparon unas lágrimas. Ricardo se percató, pero solo se limitó a bajar la cabeza. Marisa entendió que en ese momento de sus vidas eran dos personas desconocidas caminando por veredas de distintos países. Ella lo amaba todavía, incluso de tener algo que ver él en esta historia todavía lo amaría, se dijo, aunque ya no sería lo mismo.

Sintió ganas de salir de la habitación, de correr y correr hasta que las piernas no le respondieran más, pero tenía una obligación que cumplir; dudaba de él, de la policía, del mundo, pero no dudaba de que debía llegar al fondo de esa historia propia de películas baratas de fantasmas y del más allá.

—Tengo que seguir adelante, no puedo detenerme —le dijo más calmada, tratando de que no pareciera una imposición sino como un ruego, una súplica de ayuda

—Las pelotas seguir adelante. Basta Marisa. Déjate de joder. No quiero que continúes más con esto.

—Pero a que le tenés tanto miedo, por favor, *compartilo* conmigo.

Ricardo inspiro, se apartó de ella y le dijo en tono bajo pero inflexible.

— No entendés, no comprendés que hay veces en que es mejor no conocer la verdad que conocerla.

—Tan terrible es la verdad. Qué sabes vos Ricardo. Cuál es tu razón escondida para tratar de detenerme de esa manera, cuál es tu miedo.

—No hay razón escondida, y dale, seguí con eso. Basta, no quiero discutir más del tema y no quiero que continúes.

—Lo lamento pero voy a seguir hasta el final. Si no te gusta andate, dejame en paz, si total no habría ninguna diferencia, hace días que no estas a mi lado.

No se dijeron nada más, no había nada para decir, solo sufrimientos inconclusos. Cuando el silenció se hizo insoportable: Marisa bajo hasta la cocina a tomar un vaso de agua. Quería irse, desaparecer, volver el tiempo atrás hasta el período de sus vidas en que todo empezó a desbarrancarse y encontrar la falla para no volver a cometerla. Escudriñó y buscó en la memoria de su corazón tratando de hallar ese momento. Hasta que por fin lo recordó, recordó el instante en el tiempo en que la relación con Ricardo cambio de carril y en vez de subir comenzó a deslizarse pendiente abajo. El recuerdo era vago, débil, casi escondido en su memoria, pero por alguna razón desconocida sabía que ese era el instante preciso en que había sucedido.

El hecho se remontaba a unos cinco años atrás, cuando Matías tenía un año o menos, pero no entendía por qué razón, o qué cosa había sucedido entre ellos ese año para llegar hasta este instante.

Qué sucedió hace cinco años, se dijo, por qué me viene esta pregunta a la mente, por qué estarán ligados los acontecimientos a cinco años, y por qué cinco y no tres o diez o un mes.

Y cuanto más lo pensaba más confundida se sentía.

En un palpitar llegó a dudar de todas sus conjeturas anteriores, pero solo fue durante un palpitar.

Sin poder controlarse empezó a llorar porque recordar para atrás de esos cinco años le dolía casi tanto como recordar la violación.

Oscar Laurenti llegó a su casa por la noche, después de una velada de cartas, ñoquis con estofado, cerveza, café y dos amigos más en la casa de Beto. Uno de los invitados, Julián, le había hecho la carta natal sin que él se la solicitara. Y no tuvo mejor momento que ese para decirle los resultados. Así era Julián cada vez que se aparecía en la peluquería era un revuelo, era el único del grupo que no ocultaba por nada del mundo su condición de homosexual; incluso recorría los clubes buscando pareja, o por las noches en los bares y los boliches bailables esperando a los muchachos de menos de veinticinco años empapados en alcohol que buscaban arrancarse las hormonas del cuerpo.

Se vestía con colores llamativos y adoptaba poses extrañas. Todo un personaje que con su comportamiento confundía aún más a la gente que pensaba horrores de los homosexuales. Pero Oscar lo quería, lo conocía desde chico. Descubrieron juntos su enemistad por el sexo opuesto en la primaria y, desde ese entonces compartieron las alegrías, las tristezas y los desencuentros de la vida, casi como hermanos.

Además Julián le había presentado a Beto.

Y ahora Beto y él pretendían presentarle a Rene

—Yo no creo en las cartas natales —dijo Beto, riéndose.

—Yo tampoco —agregó Rene que era el más morocho, con unas manos con las cuales podía sostener toda una damajuana de vino por el lomo.

—Es sugestión y nada más —prosiguió Beto— mira si por nacer en un determinado mes o en otro las personas van a estar condicionados de una manera u otra de por vida.

—No es así. —afirmó Julián abanicándose con la hoja principal de la carta natal— Es como estar aspectado a determinadas situaciones entienden. No existe el destino, pero las cartas natales te dicen que en determinado momento vas a tener problemas, como por ejemplo con los emprendimientos laborales. Entonces lo mejor en esos momentos es no empezar ningún emprendimiento. O también que es un buen momento para hacer determinada cosa.

—Y en lo referente al amor —preguntó Beto— hace años me hicieron una carta y me aseguraron que mi signo y el de mi chinito (así lo llamaba a Oscar), son antagónicos, entonces como puede ser.

—Por eso mismo. Estas aspectado a tener problemas con parejas del signo de Oscar pero no significa que si o si vas a tener problemas.

Siguieron discutiendo aferrados a sus ideas mientras Oscar preparaba unos cafés. Le encantó que Beto defendiera su amor o por lo menos se acordara de ello en ese momento.

Compartió toda la velada mirándolo a la cara esperando alguna señal de sí hoy iba irse con él a la noche o no. Pero Beto lo eludía. Se divirtieron, comieron y salieron; Rene y Julián juntos y el solo, vestido de desencuentro.

Beto únicamente lo acompañó hasta la puerta de la camioneta, le dio un beso y le dijo:

—En la semana te llamó chinito y arreglamos para vernos el sábado. Cuidate, no andes haciendo locuras por ahí.

Oscar había llegado a su casa casi a las dos de la mañana con las ganas de cariño rebotándole en el pecho sintiéndose solo, desdichado y viejo. Amaba leer por las noches porque leer le ayudaba a olvidar los problemas y las ausencias. Leer le servía de placebo, por eso se acostó en la cama, acomodó la almohada, abrió la carta natal y comenzó a leerla. Por suerte la carta afirmaba que iba a vivir mucho tiempo. Incluso años atrás una gitana le había leído la mano y le aseguraba que su línea de la vida era muy larga. "Vas a ver morir a unos cuantos antes de dejar este mundo", le había dicho; y recordó lo feo que le sonaron esas palabras; y lo que había sufrido cuando falleció su padre y mucho más, cuando lo hizo su madre.

Nunca te preparan para esto, se dijo, no te pueden prevenir, ni explicar la muerte de un ser querido hasta que te sucede. La vejez es el peor de los castigos, el cuerpo ya no te responde, ves como todo lo que antes podías hacer ahora te cuesta el doble o incluso ya no lo podes hacer y además empezás a ver como todos los que querés de algún modo u otro van cayendo enfermos o te abandonan, y vos no podes hacer nada para impedirlo. Que destino horrible, pensó, tantas alegrías y tristezas, tantos instantes fútiles para llegar a eso.

Se levantó de la cama y se dirigió a la cocina para preparase un té. Ya sabía que cuando pasaba varios días sin estar a solas con Beto se convertía en un hipocondríaco y pensaba en la muerte y la soledad le dolía.

Cuando el agua hirvió tomó su taza preferida y remojó el saquito. Beto tiene razón con esto de la carta natal, no sirve de nada, pensó, mientras miraba hacia el exterior. Un viento tranquilo, circunstancial, acariciaba sus plantas y las movía dándole vida propia. Contemplar las plantas y los árboles de los alrededores era uno de sus vicios, lo tranquilizaba y le ayudaba a vencer el insomnio.

Pero algo que vio no le gusto. Hacía varios días que veía ese hombre rondar por la casa de los nuevos vecinos y sin apagar la luz de la cocina se dirigió al hall de entrada y a oscuras lo investigó.

Advirtió que se trataba del mismo hombre que había perpetrado el robo, aunque ese día habían sido dos. Qué estará tramando, se preguntó, qué necesidad de venir y estudiar la casa o vigilarla. Sintió miedo por Marisa, le caía bien, ella no sabe con qué o quién se está metiendo y eso la puede llevar por infinidad de caminos tortuosos, pensó.

Seguro está vigilando la casa para cerciorarse si se olvidaban del asunto o no; debo convencerle que deje de averiguar. Debo decirle la verdad. Quizás debería llamar a la policía, pero no me van a escuchar y hasta puede ser peligroso para mí y para ella.

Lo perdió de vista, la sombra desapareció detrás del terreno de la casa de Marisa.

Lo conocía.

Sabía quién era.

Lo había visto otras veces en el pueblo; y el verano pasado también lo había visto cuando robaron a la familia que había alquilado la casa esa temporada.

Ya no estaba para estas cosas, se dijo, soy un viejo decrepito, que puedo hacer, más joven quizás hasta la ayudaría enviándolo a un cirujano dental, pero ahora no puedo.

Tenía miedo, era la primera vez en años que tenía tanto miedo. Si estos hombres saben que Marisa me vino a ver a la peluquería y si ella continua jugando al detective, van a atar cabos y chau, vendrán por mí; dios no lo quiera por favor.

Pensó en Beto; le voy a pedir si puedo ir a su casa unos días, él va a entender.

No, se dijo, no lo va entender va a pensar que quiero meterme en su vida. Y entonces qué, qué hago.

Escuchó unos ruidos por detrás y se le paralizó el corazón.

Fue hasta la habitación temiendo lo peor, pero comprobó que era el viento moviendo los postigos de la ventana y la cerró… sellando su destino.

Sintió un golpe en la cabeza y un líquido caliente cayéndole por los hombros.

El mundo empezó a dar vueltas mientras las piernas le fallaban. Trató de aferrarse al marco de la ventana y manoteó el aire protegiéndose, pero fue inútil; rebotó contra el colchón y terminó desparramado en el piso.

Gran error, se dijo.

Chocó la cabeza contra el suelo, intentó moverse pero los músculos le pesaban.

Un hombre vestido de negro lo inspeccionaba caminando desde una punta a otra de la habitación

—Puto de mierda que carajo estas diciendo por ahí eh. Esto te va enseñar a no abrir la boca.

Y comenzó a propinarle una serie de patadas y golpes. Oscar intentó frenar esos golpes, trató de hablar pero las patadas en él estomago le extrajeron el aire de los pulmones.

Basta, basta por favor, dijo sin decirlo, pero las patadas y los golpes continuaban. Lo último que vio fue la suela de una bota incrustándose en su rostro y luego la oscuridad y el dolor.

Ya no podía moverse, ni pensar y el hombre seguía pateándolo con desquicio y vehemencia.

Hasta que ya no sintió los golpes, solo el movimiento de su cuerpo anta cada patada, como si estuviera en una montaña rusa con los ojos vendados.

Cuando va a parar, se preguntó, basta por favor.

Hasta que el paseo en la montaña rusa terminó de repente y ya no tenía boletos para otro viaje.

Iba a poner a prueba la veracidad de la astrología.

Marisa se levantó cuando el sol despuntaba. Desde que volvió de la muerte esta era la primera noche que durmió sin que la asaltaran ninguna de las visiones, ni las pesadillas, solo los recuerdos le pinchaban el espíritu.

Esa falta de terrores le aseguraba que iba por buen camino. Desayunaron con Ricardo como si fueran dos balsas navegando a la deriva por corrientes distintas. A primera hora se miraron a los ojos, y al final ni siquiera se saludaron.

Cuando Sonia llegó Marisa le explicó que tenía muchas cosas que hacer y que llegaría tarde, pero que igualmente la llamaría a cada hora.

Diez minutos más tarde un hombre tocaba el timbre.

—Buen día.

—Buen día —le contestó Marisa.

—Soy Raúl, el jardinero. El anterior dueño se comunicó conmigo y me dijo que ustedes necesitaban un jardinero y bueno acá estoy.

—A sí, es verdad, usted era el que cuidaba del parque antes.

—Exacto. Lo conozco como la palma de mi mano.

Marisa lo observo: era un hombre corpulento, de huesos anchos y pesados, tenía la cabeza ancha y las facciones de un hombre de campo acostumbrado al trabajo duro y a resistir todo el día bajo los embates del clima. Sus ojos le llamaron la atención, un iris rodeado de un océano rojo y doloroso, como si estuviera llorando continuamente. O se hubiera parado justo delante del caño de escape de un camión gasolero.

—Bueno, me parece perfecto, pero hoy tengo cosas que hacer, además me gustaría que este mi marido. Le parece bien mañana o pasado temprano por la mañana y arregla con él todos los detalles.

—Está bien, mañana —afirmó el hombre— Sabe, necesito el trabajo.

—No se haga problemas, pase mañana que el trabajo es suyo.

El hombre se quedó mirándola un segundo y le sonrió amablemente.

—Cuando mi mujer se enteró que me necesitaban en la quinta se puso contenta sabe. Usted es la que se defendió de los asaltantes no.

—Sí.

—Qué bárbaro ya no te dejan vivir tranquilo. Sabe quiénes fueron o si la policía tiene alguna pista, si es por mí que se pudran en la cárcel. Al final uno trabaja de sol a sol, para que estos vagos pretendan quedarse con todo.

—En realidad no tengo idea si la policía sabe algo. Y yo realmente hoy, discúlpeme don Raúl, pero tengo que irme, mañana o pasado, continuamos, está bien.

El hombre se despidió con cortesía, pero mirándola como de atrás de un secreto; quince minutos más tarde Marisa puso en marcha el Falcon y salió en busca de la verdad. Le extraño encontrar al jardinero todavía en la esquina, caminando con las manos dentro de los bolsillos y sus ojos llorosos.

El corazón le palpitaba cuando llegó a Ingeniero Maschwits. Los pensamientos se agolpaban como moscas contra él vidrió pugnando por entrar.

Cuando encontró la calle Julio Argentino Roca no pudo resistir la tentación y se le escapó un grito de alegría.

Pensó que no encontraría la casa de los Chaisson; incluso se imaginó mil tipos diferentes de construcciones, pero nunca adivinó lo que le esperaba.

La casa reposaba en una esquina y continuaba hasta casi la mitad de la cuadra cubierta por un cerco de ligustrina. Marisa estacionó el Falcon, que soplaba volutas de aire caliente desde el capot delantero, a mitad de cuadra, y caminó dirigiendo la vista al interior de la finca sin distinguir demasiado los contornos. Cuando llegó a la esquina una mujer redonda y mofletuda salía con un foxterrier entre sus brazos; el animal tenía una de sus patas vendadas y la llevaba como si fuera un fusil.

Era una veterinaria.

Veterinaria y criadero Chaisson expresaba un enorme cartel con letras góticas y se quedó en la puerta observando la cantidad de cachorros de distintas razas que descansaban o jugaban en las celdas; dos Bretones españoles, tres pastores alemanes uno encima del otro y una pareja de hermosos gatos siameses azules que la miraban con sus formidables y expresivos ojos.

Entró. A un costado había un sin fin de jaulas llenas de pájaros de todos los tamaños y colores posibles. El ambiente era una mezcla de olores a perros, gatos, pájaros y aserrín inconfundibles y clásicos de este tipo de veterinarias.

El bullicio de los animales hacía imposible pensar. Al final del recinto una mujer con un delantal celeste le mostraba una bonita jaula de acero a un hombre que al parecer había ido con su hijo o su nieto a comprar unos pajaritos.

El piso lucía asqueado de bolsas de alimentos para perros y gatos y sacos de alpiste y maíz; a un costado colgaba una enorme jaula de unos dos metros cuadrados llena de loros de todos los colores y tamaños posible, incluso una percha tenía entre diez y veinte cotorras verdosa apiñadas una al lado de la otra como temerosas de que los loros decidieran atacarlas.

Marisa esperó que el hombre y su nieto (el chico le dijo gracias abuelo) se retiraran y se acercó al mostrador sin saber cómo empezar; sin saber qué decir.

—Buenos días buscaba algo en especial. Le gustan los loros —le pregunto la mujer del delantal.

—No, en realidad no venía por animales. — Y se quedó mirando la serie de fotografías que colgaban de la pared de atrás del mostrador, muda, ensimismada, buscando las palabras que no salían.

La mujer la miró expectante, era una mujer que aparentaba ser mayor, pensó Marisa, de no más de cincuenta años cronológicos, pero alrededor de sesenta y cinco espirituales; con el rostro hastiado de arrugas producidas por el sufrimientos y de llevar la economía de su casa, pero conservaba la sonrisa propia del buen vendedor, esa que no parece fingida aunque la estén fingiendo. La examinó con detenimiento, no fingía, era una persona de espíritu dulce a juzgar por el brillo de sus ojos, pero decidida, que podría clavarte un puñal en cuanto quisieras aprovecharte de ella.

—Ehh… —titubeó Marisa, la mujer había esperado pacientemente que se decidiera a hablar— no sé por dónde empezar.

—Ah los jóvenes… siempre igual. Por el principio, nada mejor que el principio.

Marisa inspiro y suspiro. La sensación de estar ahí, de necesitar respuestas parecía de alguien que había esperado este momento toda su vida y ahora las palabras se atascaban en su indecisión.

—Yo venía por Gabriela Chaisson, quería hablar con Gabriela Chaisson.

La mujer cambio instantáneamente de ánimo, osureció sus facciones como si le hubieran tirado un tacho de pintura negra desde el techo; y la miró como de atrás del infierno, frunciendo el ceño. Después giró la cabeza hacia un costado y miró hacia la puerta que daba al parque, casi con temor.

—Quién es usted —le preguntó en un tono tosco e imperativo.

—Yo quería hablar con ella, con Gabriela Chaisson, nada más.

No sabía que decir, no pensó que le sería tan difícil.

—Pero cómo se llama, para que la busca, quién es usted.

—Tiene razón perdóneme, pero estoy muy nerviosa, sabe, mi nombre es Marisa Márquez, ella no me conoce, pero necesito decirle algo importante algo personal, usted es pariente de ella.

La mujer sopesó la situación. Sus facciones denotaban una lucha interna por ordenar sus ideas, por decidir que palabras tenía permitido decir y que palabras no.

A Marisa le pareció muy extraña esa actitud.

La mujer volvió a mirar hacia la puerta del costado, como si no quisiera que una persona en especial entrara, pensó Marisa, será Gabriela, se preguntó.

—Mire señora Marisa no sé qué es lo que pretende apareciéndose aquí y preguntando por Gabi, pero usted no me parece ni una ex compañera de ella, usted es más grande, ni una de sus amigas y no logro ubicarla tampoco.

—Yo señora...

—Esther.

—Yo señora Esther

—Esther murillo —le cortó como si hubiera dudado en decir su apellido la primera vez— María Esther Murillo.

Marisa se detuvo un segundo para permitir que esa información entrara en su mente, no es familiar directo de Gabriela, se dijo, y si fuera la madre ya me lo hubiera dicho.

—Señora Esther no se asuste, no vine por nada malo. Es cierto no nos conocemos con Gabriela, ni fui compañera de ella tampoco, pero necesito decirle algo, prevenirla, necesito eso, prevenirla. Alguien que la conoce y la quiere, entiéndame bien, que no desea hacerle daño sino todo lo contrario, me mando a prevenirla de un hecho futuro.

—No puede ser, está equivocada.

—No, en serio, esta persona cree que corre peligro —le dijo Marisa. Había pensado en no decirle nada a nadie hasta estar enfrente de Gabriela, pero ya era tarde para arrepentimientos.

La mujer la miró fijamente a los ojos, buscando verdades y misterios, tratando de dilucidar qué tipo de persona era Marisa Márquez. Al fin después de un suspiro le dijo unas palabras que Marisa nunca pensó que escucharía y para las cuales no se había preparado.

—Gabriela murió en un accidente hace unos años.

Fue como si un hacha atravesara su corazón.

—No puede ser —notó que salía por sus labios y se aferró al escritorio cuando sintió que se desmayaba

La mujer la miró y comprendió que la noticia le dolía y salió por detrás de mostrador y la tomó suavemente de un brazo.

—No lo sabía, no —le preguntó la mujer— Parece que no.

—No, yo creí que ella... que ella... dios mío... no se realmente que creí. Pero cómo que falleció en un accidente, cuándo, puede decirme cuándo por favor se lo ruego es muy importante para mí.

—Hace varios años ya. Fue un momento muy terrible para nosotros, en realidad para...

Y la mujer Esther se calló repentinamente.

Marisa procuró serenarse, inspiró ordenando sus pensamientos. Ya está muerta, no puede ser, se dijo, entonces que hago yo acá, que papel represento ahora y porque esta señora parece ocultarme algo, todo el mundo me oculta las verdades y quién es esa persona que no quiere que aparezca, a qué le tiene tanto miedo.

—Usted dijo que venía para prevenirla de algo. De que venía a prevenirla.

Marisa lo pensó: ya estaba jugada, si había venido hasta acá era para en algún momento expresar su locura.

—Mire, sé que esto le va a parecer muy extraño, a mí misma me parece extraño. Es algo que me está torturando y crealo señora Esther me torturó los últimos días. No se cómo explicárselo pero soñé, o si quiere mejor, tuve la sensación de que a Gabriela Chaisson le iba a pasar algo doloroso y terrible, la sensación de que iba a sufrir una tragedia irreparable. Usted se preguntara como sé que era Gabriela. Hasta hoy creía que se trataba de una premonición, el nombre de ella se me apareció de la nada, ahora pienso... pienso que es su espíritu el que vino a hablarme.

La mujer la soltó casi empujándola y fue hasta detrás del mostrador nerviosa

—Quien se cree que es usted para venir hasta acá y decirme estas cosa sobre Gabi eh. Para mancillar su muerte.

Lo esperaba Marisa sabía que en algún momento o Gabriela o algún familiar de ella tendría esa reacción, pero no esperaba su propia reacción ante la verdad que iba tomando forma como una tormenta de proporciones bíblicas dentro de su alma.

De pronto se abrió la puerta, las dos miraron al unísono, un hombre mayor, avejentado por un dolor desconocido apareció en el rellano y caminó por detrás del mostrador hasta pararse al lado de Esther.

La mujer no dijo nada. Lucía petrificada, muerta de recelo y aprehensión. Marisa prefirió no decir una sola palabra y observó con detenimiento al hombre.

No debía tener más de sesenta años pero parecía de ochenta, caminaba con la espalda doblada por el peso de un dolor que a Marisa se le antojo del alma, era de piel extremadamente blanca y pecosa y estaba colorado por el sol. Tenía los hombros anchos y debía haber sido un hombre fornido en otras épocas; el anciano las miró con sus ojos claros y tristes a las dos, preguntándose qué sucedía.

—Pasa algo Esther

—No Salvador, nada, todo tranquilo, no pasa nada la señorita ya se estaba retirando. — Y le clavó una furiosa y amenazante mirada; si abrís la boca te mato, parecía decirle.

Marisa observó las fotos de la pared. No necesitó de mucho ingenio para encontrar la del viejo derruido, era la imagen de un pelirrojo, (cuando tenía pelo) y morrudo doctor a juzgar por el delantal que lo cubría. Es el veterinario, se dijo, probablemente el dueño de esta veterinaria. Al costado de ese retrato había otro aun mayor del mismo veterinario con una muchacha también con el pelo enrulado y rojizo y la piel llena de pecas y el mismo corte de la nariz e igual expresión de fuerza y decisión en los ojos.

Es Gabriela, se dijo, pero no era un presentimiento, en realidad podían cambiarle toda la sangre del cuerpo que igual seguiría pensando que era Gabriela. Y el hombre es el padre.

—Necesito un poco más de alimento para mis amiguitos — le dijo suavemente el anciano; y Esther salió por detrás del mostrador pasó por el costado de Marisa bañándola de rencor, odio y amenazas encubiertas, llenó un lata con forma de pala de variadas semillas y volvió y se la entregó al anciano.

Marisa no movió ni un solo músculo del cuerpo, si tuviera un cráneo de vidrio y no de huesos se podría divisar a su cerebro dando tumbos como un tambor dentro de su cabeza.

A los costados de los retratos había varios diplomas. Marisa agudizo la vista y leyó el destinatario de uno de ellos: Salvador Chaisson, y encima de todo encontró otro, de color sepia y al parecer más antiguo que decía Eric Chaisson.

El anciano se retiró arrastrando los pies, era más grande de lo que mostraban las fotos, pero doblado por la vida.

—Es el padre no —le preguntó a la mujer— el padre de Gabriela.

—Váyase señorita. No necesitamos de esto. Por favor se lo ruego.

—Yo también le pido por favor señora. Hace días que no puedo dormir, que tengo estos sueños y visiones. Entiéndame yo jamás la vi en mi vida a Gabriela y sé que usted lo sabe. No vine a hacerles daño pero necesito saber qué le sucedió. Por favor. Usted es pariente de ella.

La mujer suspiro y le dijo

—No, soy una amiga de la familia… de… —dudó en decirlo pero al final lo dijo— de Salvador. Él es el padre de Gabriela estaba usted en lo cierto.

—Quisiera hablar con él. Quizás él pueda ayudarme.

—No, jamás. Es que usted no lo entiende. Salvador no puede volver a sufrir y vivir lo que pasó. Fue demasiado para él. Gabriela desapareció y tan solo unos meses después su ex mujer, la madre de Gabriela falleció, fue muy terrible para él.

—Qué fue lo que le pasó realmente a Gabriela, no fue un accidente verdad.

—No siga, no continué, basta, olvídese de todo. Me parece que usted no tiene malos sentimientos, pero Salvador no podría superar un momento así otra vez. Ya se olvidó de lo sucedido y del dolor, me costó varios años y no voy a permitir que usted los tire a la basura. Váyase.

Y salió de atrás del mostrador, la tomó del brazo e intentó conducirla suavemente hacia el exterior del negocio.

—No espere. Espere no puedo. Entiéndame no puedo irme necesito respuestas.

Y se trenzaron en una lucha ella por mantenerse dentro del local y la mujer por echarla.

—La violaron, no, eso le pasó no fue un accidente, la violaron, entiéndame ella se presenta en mis sueños.

Esas últimas palabras terminaron por enloquecer a la mujer que le gritó directamente a la cara.

—Váyase. Váyase o llamo a la policía —y comenzó a gritar— Mario, Mario.

—Déjeme, sé que la violaron, tengo que resolver esto por favor, la vida de mi hijo depende de ello. Dígame, dígame lo que sabe por favor —y la mujer seguía gritando Mario, Mario. Hasta que Mario apareció desde la calle.

—Sacala de acá mientras yo llamo a la policía —y Mario la tomó del brazo, al principio con suavidad— retírese por favor. — Después con brusquedad.

Marisa no ofreció resistencia y se fue, le exigió al muchacho Mario que la soltara. —Puedo caminar yo sola —y se retiró hacia el auto. Pegadita los mas que pudo contra la ligustrina escudriñando el interior. El anciano la miraba. Mientras ella avanzaba pudo dilucidar a través del follaje que el padre de Gabriela, Salvador Chaisson, la miraba cubriéndose del sol con una mano a modo de visera.

Pensó en saltar la cerca y hablar con el anciano, pero no sabía que decirle, y por un instante sintió compasión por el hombre.

Al igual que ella era el único que sufría por Gabriela Chaisson.

CAPITULO CUATRO

Marisa aparcó el auto en una estación de servicio a la orilla de la Panamericana en Ingeniero Maschwitz. Eran las dos de la tarde, tenía hambre y los nervios le atenazaban el espíritu. Llamó a la quinta casi al borde de las lágrimas. Sonia le dijo que Matías jugaba en la pileta.

Pero como está, le preguntó con insistencia ella. Bien bárbaro, le contestó Sonia, pero Marisa no pudo alegrarse. La sangre circulaba confundida por sus arterias.

Mientras un muchacho sostenía el surtidor para llenarle el tanque de nafta y media el nivel de aceite de su Falcon Marisa se acercó a la cafetería, pidió un sándwich, un té con limón y buscó un teléfono público para llamar a alguien.

Primero intentó con Claudia, pero no estaba ni en el hospital ni el sanatorio privado ni en su casa. Después llamó a Ricardo, a la oficina, pero corto aún antes de marcar el último número.

Tenía necesidad de verlos. De hablar aunque más no sea con uno de ellos. Pero el deseo mayor era por Ricardo. Mejor voy directamente hasta la oficina o la fábrica, se dijo, cuando sepa que todo se trata de un acontecimiento del pasado ya no va a poder escabullirse por la tangente.

Trató de ordenar sus ideas. El pasado siempre es más doloroso que el futuro, aunque uno sepa que el futuro es oscuro y atormentado como el infierno. Ahora comprendía muchas cosas; ahora entendía porque razón el engendro destilaba odio y venganza: porque la violaron y vejaron sin piedad, se dijo; la verdad siempre estuvo al borde del precipicio, pero ella parecía no querer verla, o no quería tirarse.

La misión tan difícil pero tan infantil que Marisa creía debía cumplir tan solo unas horas atrás, se había transformado ahora en una futura lucha de la cual no estaba tan segura de salir ilesa; ni física ni emocionalmente.

Probó un trozo del sándwich de jamón, queso y tomate, pero no pudo terminarlo, tenía el estómago cerrado; Tampoco tomó el té. Pagó la cuenta y aceleró el Falcon rumbo a la capital, buscando consuelo y comprensión; y a Ricardo.

Llegó hasta la oficina del centro sin percatarse siquiera que camino había tomado; sabiendo que no era ella quien manejaba, o si lo era, tuvo demasiada suerte, porque su mente, sus reflejos y su espíritu yacían agobiados y embotados en pensamientos.

Debía descubrir quiénes habían lastimado a Gabriela. No sabía la razón pero la casa jugaba un papel preponderante; y el recuerdo; ese recuerdo que se resistía a salir; el instante en que su alma estaba segura había empezado a derrumbarse su relación con Ricardo, también era importante.

Cinco años, se dijo, sé que fue hace cinco años, y Ricardo, qué oculta, estoy segura que oculta algo, pero qué.

A una cuadra del edificio de las oficinas de la empresa de su padre que ahora regenteaba Ricardo, apareció un Mercedes Benz desde la cochera subterránea como un ratón de su madriguera.

Era el Mercedes de Ricardo, lo supo por la patente y el color.

Al parecer no la había visto. Marisa frenó instintivamente.

Ricardo iba acompañado y no le gustó la persona que lo acompañaba.

Decidió seguirlo, marchando a una cuadra o dos por detrás para que no se diera cuenta que ella lo perseguía.

Ricardo y la otra persona se reían; lo supo cuando frenó en un semáforo y agudizó la vista.

No le gustaba ni la sensación que ascendía por su piel ni la persona que reía con él.

Varias cuadras desfilaron al costado, pero Marisa no apartaba la vista del mercedes. No sabía si era un espejismo o qué pero la persona iba acercándose segundo a segundo a Ricardo. Tanto se acercó que al final apoyó su cabeza en el hombro de él y él le propinó un beso, de costado.

Era una mujer, no cabía ninguna duda. Y aunque mucho no se veía a través de la luneta trasera ella pudo dilucidar que era joven… y odiosa.

Entonces el mercedes frenó, dobló y entró en un edificio. En un hotel. Un hotel de esos en los cuales todos quieren entrar sin ser vistos. Y Marisa, como le venía sucediendo los últimos tiempos, no estaba preparada para esa visión.

Y se miró el pecho sangrando por la puñalada.

La sangre negra de la traición entre los dedos...

Marisa llamó a Claudia para contarle la experiencia que había vivido, pero no la encontró. Después del escándalo se preguntaba si Ricardo igualmente había usado la habitación al hotel con esa mujer o no, pero era solo una pregunta, descubrió que no le interesaba la respuesta.

Es más, se dijo, me saqué un peso de encima; nada de lo que diga Ricardo me va a lastimar ya, ni voy a estar pensando a cada momento en si yo lo puedo lastimar a él con mis locuras.

Regresó a la quinta llena de incertidumbres, pero cargada de entusiasmo.

Eran las seis de la tarde. Todavía tenía unas horas de luz y se acordó del hombre que vestía el saco azul de pana y resolvió ir hasta su casa para ver si lograba hallar alguna respuesta.

Había decidido llevar a Matías a la casa de Inés y dejarlo unos días con ella. Tenía miedo de las nuevas alternativas y sabía que si hallaba a los culpables podía ser peligroso. Además en Ricardo no puedo confiar para que me ayude, pensó, y Matías se va a dar cuenta que algo pasa entre nosotros; espero que Ricardo no se le ocurra hoy venir a dormir a la quinta. Aunque ella intuía que no volvería por varios días después de lo que había sucedido.

Estamos solas en esto Gabriela, solas.

Cuando llegó a la casa del misterioso hombre del saco, aminoró la velocidad y miró como quien no quiere la cosa, tratando de pasar desapercibida. No había nadie, la puerta de madera y plástico transparente, donde más tarde estarían los vidrios, estaba cerrada. Dejó el Falcon a unos veinte metros y se acercó temerosa.

Tocó lo que le pareció un timbre adosado a una viga de concreto desnuda, tenía miedo que el hombre la reconociera, pero a eso había venido, pensó, a retarlo, a ver su reacción al saber que ella estaba decidida a presentarle batalla.

Por suerte nadie le contestó desde el interior. Miró: todo parecía muy quieto; un viento suave movía las bolsas que tapaban los agujeros donde se colocarían las ventanas y traía consigo un aroma a cemento, fragua y cal. Investigó a su alrededor, nadie la miraba, ni tampoco nadie caminaba por la calle o las veredas en ese instante.

Debía entrar, sabía que por más que ella no quisiera entraría. Hace varios días ya que no controlo mi voluntad, se dijo, soy una marioneta tuya Gabriela, espero que sea tuya y no de otro.

Aunque tenía miedo el corazón le palpitaba de alegría, se sentía renacida entrando a hurtadillas en una casa ajena, y se descubrió sintiéndose de nuevo como una colegiala saliendo por primera vez en su vida con un muchacho.

Recorrió la medianera hasta la parte posterior de la casa; por detrás había una caretilla y una montaña de arena y otra de ladrillos refractarios. Alguien había construido a los apurones una presunción de puerta con maderas y alambre de púas y no le costó mucho moverla y entrar.

Por fin se encontró dentro de la casa. Solo la fachada y la parte posterior estaban en construcción, como si le estuvieran agregando más habitaciones o una cochera, pensó Marisa.

Pasó por la cocina donde asomaba un mate sin lavar, una lluvia de azúcar y yerba seca en la mesada y una caja con restos de pizza. Después recorrió lo que supuso era el living donde se apilaban un montón de cajas sin desembalar, hasta que llegó a una habitación. No sabía dónde o qué buscar; en realidad no sabía por qué estaba ahí dentro como una ladrona, pero no le prestaba atención al hecho.

Se detuvo al borde de una cama sin tender. Al costado había un televisor tapado por una bolsa de plástico transparente pretendiendo protegerlo del polvo, pero sin resultado; el polvo lo cubría casi por completo ocultando su color original.

Al otro costado de la cama había un armario empotrado. No estaba segura de cuánto tiempo contaba y tenía los oídos alertas para escuchar cualquier señal de que el tipo regresaba.

Abrió el armario empotrado, tuvo que sostener unas cajas que casi se caen al piso. Entonces vio un sobretodo marrón parecido al de Ricardo colgado de una percha. Es de Ricardo, se dijo, lo conozco como la palma de mi mano. Revisó los bolsillos aunque ella estaba segura de que era de Ricardo, pero estaban vacíos.

Abrió uno de los cajones. Un manojo de medias saltó desde el interior. Movió las medias inspeccionando el fondo de madera terciada del cajón y encontró algunos documentos.

Investigó varios de los documentos; eran del hombre del saco azul. Se llamaba Emilio Vidal y asustaba, las fotos de los documentos asustaban.

Afuera se escuchó el traqueteo cansino de un automóvil. Marisa instintivamente se movió a un costado escondiéndose.

Falsa alarma, segundos más tarde unos perros ladraron al eco de automóvil en la lejanía.

Ya sabía el nombre de uno de los ladrones y solo le había tomado unos días averiguarlo; esa realidad le alertó porque que si la policía lo hubiera querido ya los habría atrapado y por esa misma razón no podía decirles nada de su hallazgo.

Examinó los tres cajones faltantes y no encontró nada de valor. Sondeó a su alrededor y tampoco encontró nada valioso para su investigación.

El estómago le temblaba, le latían los músculos abdominales, sabía que no era por el miedo sino por la emoción de lo que estaba haciendo.

Unos papeles llamaron su atención desde una de las cajas dentro del armario. La miró con detenimiento, parecía un álbum de fotos.

Lo tomó procurando que la caja no se cayera y al tratar de ordenarla delatara su presencia a ese hombre, Emilio Vidal.

Examinó el interior del álbum cuyo parecido con uno que ella tenía le llamó poderosamente la atención. Encontró varias fotos de Emilio Vidal pescando en diversos lugares, desde Mar del Plata, pasando por la Laguna de Chascomus, hasta inclusive Gualeguaychu: en todas ellas el hombre mostraba contento los peces que había atrapado. Pero una de las fotografías le frenó el corazón en seco.

Era una foto de Vidal calzado con unas botas que le llegaban hasta las rodillas, subido a un pequeño bote de goma; en la mano izquierda sostenía un enorme surubí y en la otra la caña; por detrás se adivinaba un muelle, y un cartel formado con una plancha de tronco y letras marcadas a fuego que decía "Recreo Joaquín V. Gonzáles Río Paraná", un hombre enfundado casi con el mismo atuendo de Emilio mostraba todos sus dientes y le apoyaba una mano en el hombro.

Lo examinó bien.

El hombre que reía era Gauna.

Gauna y el ladrón se conocían; es más, se dijo, parecen amigos de toda la vida en un fin de semana de pesca.

Tomó la foto y se la guardó. No le importaba que el hombre se percatara, en realidad se declaró que eso era justamente lo que deseaba.

Guardó el álbum, cerró los cajones y se preparó para volar de ahí. Cuando llegaba a la parte posterior escuchó otra vez el ronronear del motor de una auto, y miró a través de la maraña de paneles, bolsas y ventanas sin terminar, como el auto se detenía delante de la casa. Era el Renault 12 desvencijado de Emilio Vidal.

Ahora sí sintió miedo.

Como pudo, mientras el hombre franqueaba la mentirosa puerta delantera, mientras le temblaban las manos al punto de no poder sostener ella misma la presunción de puerta trasera de maderas y alambre de púas, mientras la respiración le sacudía el cuerpo: salió a la parte posterior y se tiró directamente y sin pensarlo de cara a la tierra.

Se arrastró como si fuera una boa constrictora por entre el pasto, los cardos, algunas botellas rotas y latas de pintura reseca y llegó hasta la vereda. El corazón le retumbaba contra el suelo. Se irguió apoyándose contra la medianera y asomó la cabeza. El hombre no estaba, tampoco lo escuchaba, solo percibía el ritmo alocado de su propia respiración.

Todavía temblando inspeccionó a su alrededor, nadie parecía haberla visto. El Falcon la esperaba a menos de diez metros de ella y corrió agachada dando multitudes de pasitos cortos buscando la salvación.

Abrió la puerta trasera y se tiró en el piso, trabando antes todas las puertas.

Si lo pongo en marcha ahora probablemente el hijo de puta salga a verme y me persiga, se dijo, probablemente ya sabe de quién es este Falcon, seguro que lo sabe.

Esperó unos minutos con el latido en la boca mirando escondida a través del parabrisas trasero. Por fin se decidió, se pasó al asiento delantero, puso las fotos en el asiento del acompañante y salió despacio, mirando hacia atrás.

A las dos cuadras se percató que nadie la perseguía y aumentó la velocidad.

Desde el asiento contiguo Gauna la miraba en su quietud fotográfica con su cara de zorro libidinoso.

Dos veces llamó a Claudia por teléfono. La primera para contarle todo lo que había vivido durante el día, Gabriela Chaisson, el padre, la infidelidad de Ricardo, Emilio Vidal y la foto de Gauna. Incluso al llegar a la quinta se enteró por Sonia que a Oscar lo habían atacado por la noche enviándolo a terapia intensiva, sin saber si sobreviviría ese día o llegaría a fin de mes.

Demasiadas aventuras y sufrimientos para un solo día, se dijo.

La segunda vez que la llamó eran ya las dos y media de la mañana. Matías dormía, aunque deliraba y se reía y cada tanto gritaba una serie de palabras indescifrables, pero que denotaban lo jubiloso de su sueño. Marisa había decidido descansar al borde de la cama, sosteniendo la pistola de Ricardo por si acaso el miedo se personificaba.

—¿Dormías? —le preguntó

—No Marisa, no puedo dormir.

—Estoy segura que Ricardo tiene algo que ver en todo esto —sentenció compungida.

—Sí. Puede ser, pero yo no sé cómo, ni dónde ni cuándo.

—Mira durante los días anteriores tuvo algunas actitudes extrañas. Se ponía nervioso cuando hablamos del tema, además de que no me creía una palabra y creía que estaba loca. Me miraba como si estuviera loca y al mismo tiempo como con bronca, como si me odiara.

—No lo culpes por eso. Su vida ya no es la misma que hace unos días atrás. Y ahora inclusive tiene que ir de su casa, no puede ver a Matías, el robo, tu cuasi muerte son muchas cosas juntas para él.

—Ah ¿Y para mí qué? ¿Eh? Total... claro yo me las busque las cosas no. El robo, yo enferme a Matías, yo lo forcé a que me fuera infiel.

—No, no digo eso pero. Pero...

—Pero ¿Qué?

—No sé, es diferente con los hombres.

—Diferente. Yo te voy a decir qué tiene de diferente. Yo sé cuál es la diferencia entre nosotros dos y corregime si me equivoco. La diferencia es que yo no me merezco nada de esto. El no solo sé lo busco, sino que gran parte de los acontecimientos se deben a sus acciones y a lo que me hizo a mí y al nene.

—En eso tenés razón pero...

—Sabes lo que fue para mí todo este sufrimiento. Estuve clínicamente muerta. O te olvidas de eso. Mati está enfermo, no presenta los síntomas característicos de una enfermedad, pero está enfermo. Sufre como un loco y él qué... me vas a decir que no podía en este momento aunque más no sea intentar dedicarse a nosotros a Matías especialmente.

—Si Marisa, justamente por eso es...

—Está bien, lo de la infidelidad en otro momento probablemente (y digo probablemente) no que fuera así, podríamos haberlo discutido, no me hubiera pegado tanto. No digo perdonarlo, pero yo sé que a algunos hombres se les hace difícil, enseguida andan con la cosa entre las manos buscando una cueva nueva donde guardarla los hijos de su madre, pero justo el mío tenía que ser de los cobardes que no pueden reprimir sus instintos de... de pajero...

—No grites. Para un poco, tranquilizate, menos esas palabras.

—Y quien me va a escuchar. Además es en el contexto en que eligió para serme infiel o si querés para que yo me diera cuenta de su engaño. Tarde o temprano me enteraría, pero en estos momentos se me hace imposible perdonarlo.

—Tenés razón mamita, pero...

—Fue un descarado, no podes decirme que no, no podes defenderlo. Ahora me es imposible perdonarlo. Fue más que una traición. Yo me moría y él estaba en los brazos de otra. El nene puede morirse también, dios por favor no lo permita porque lo mato te juro que lo mato y él... y él descargándose por ahí.

—Esperá tranquilízate. Dejame decirte algo a mí. Dejame hablar me llamaste para eso no. Escuchame por favor...

Claudia suspiró. Marisa trató de calmarse. No ganaba nada faltándole el respeto a Claudia, se dijo.

También suspiro.

—No creas lo que ves siempre —dijo Claudia— La infidelidad es un estado de malestar psicológico y sentimental, la mayoría de las veces no tiene nada que ver con el sexo... ¡shiss shiii shii!... Dejame terminar. Las crisis de identidad, las crisis en la pareja, la falta de comunicación, la aparente división de prioridades y los caminos que se bifurcan, inclusive que ellos pasan inmediatamente a segundo lugar cuando tenemos un hijo, que digo segundo, ya ni siquiera existen para algunas madres: son, en realidad, los causantes de la infidelidad.

—Bla, bla, bla, bla, si, si, si. Seguro que vos de eso sabes mucho ¿No? Vamos Claudia... Disculpame no te enojes, pero no puedo concebir el engaño como una salida de la crisis o porque les prestamos más atención a nuestros hijos. Además qué podes saber si vos nunca tuviste hijos.

Hubo un silencio. Marisa se dio cuenta que había cometido un grave error.

—Hay mamuchi... discúlpame, por favor disculpame. Perdóname tenés razón perdóname. Si... Por favor.

—Está bien, no pasa nada. Pero el hecho de que yo no tenga hijos, o nunca me haya casado no significa que no pueda opinar sobre el tema. A mí es a la que más le duele. Ya voy a encausar mi vida amorosa, pero en el hospital tengo un montón de compañeras que tuvieron problemas parecidos a los tuyos en eso de la infidelidad y muchos hombres también sabes. Muchas, al contrario de lo que creemos nosotras, también somos infieles.

—Yo también viví todos los problemas a la par de él y, sin embargo, no me descargo con el primero que encuentro. Sé que nuestra relación ya no iba sobre rieles pero no salgo a buscar hombres para ayudarme a olvidarme de mi marido.

—Y sabes por qué es eso.

—Por qué a ver.

—Porque estuviste ocupada criando a Matías. Es una... No sé cómo explicarlo. Ellos también tienen responsabilidades. En el caso de ustedes él trae el pan a la casa, pero es una responsabilidad distinta a la crianza y al estar tan cerca de tu hijo. Se necesita una mayor entrega entendés. Es como si tuviéramos ocupado el corazón y ellos no. Por eso se nos dificulta tanto la infidelidad mientras los chicos crecen. La crisis de la pareja nos pega de la misma manera o más que a ellos pero ponemos todos nuestros sentimientos en los chicos.

—Y no tenemos secretarios guapos que nos ayuden a criar a los chicos, como él en su trabajo. Vamos. Dale Claudia me haces reír. Eso del trabajo él lo tiene de arriba, solo tuvo que esperar a que mi padre falleciera y listo.

—No digas eso. Vos sabes que no es así. Es muy trabajador.

—Me estas cargando no.

—No. Para nada. Es trabajador... Ahh ya sé a dónde vas... Entiendo tu punto. Mucho no trabajaba. Estaba con la otra.

—Ya vas entendiendo. ¿Es que a vos nunca te metieron los cuernos? Yo sé que sí. O te olvidas de ese pibe, Ezequiel en tercer año, casi te morís cuando te enteraste y nunca lo viste ni siquiera de la mano con la otra.

—Si, además él maldito se creía Alain Delon, ¿Te acordás? Creía que las mujeres estábamos para hacerlo feliz a él y nada mas

—Pero te encantaba.

—Sí. Me fascinaba y vos decías que tenía la cara llena de granos.

—Es que la tenía. Y era en un pedante engreído.

—Ese es el tema. A mí me encanta tal cual era y vos lo detestabas. Hubo otros novios míos y nunca te gusto ninguno.

—¿Qué? ¿Es una queja?

—No. A mí también nunca me gustaron los tuyos. Los odiaba y siempre encontraba algo feo en ellos

—A qué querés llegar.

—A que cuando lo conocí a Ricardo supe que era el hombre de tu vida. Entendés. Y pensá, trata de recordar si alguna vez yo te hable mal de él o de su aspecto físico.

—Mhhh. No sé, no me acuerdo.

—Yo te digo que no y así fue. Y sabes por qué.

—A ver, ahí vamos otra vez, porqué.

—Que querés decir con eso de ahí vamos otra vez.

—Nada. Nada malo. Todo lo contrario. Vos ves siempre la primavera en el peor día de invierno. Yo todo lo contrario, no entiendo como no ven esos malditos lo hermosa y dulce que sos.

—Bueno… bueno… ya… que me lo voy a creer y es peor. Pero ¿Sabes por qué nunca te dije nada de Ricardo? Porque vos estabas enamoradísima de él. Nada que ver con los otros. Los anteriores. Y se te notaba a la legua. Nunca te vi tan enamorada.

—Viste, yo sabía, te conozco, ves el amor en el medio del desierto.

—Él fue alguien especial en tu vida y yo lo noté al segundo de verte.

—Sí, es verdad, pero ahora lo aborrezco.

—Pero yo en carácter de tu mejor amiga… creo… tengo que resaltar que lo que te hizo no merece perdón y probablemente condenarlo. Tiene que entender que le hizo mal a mi amiga y una vez más y chau. Pero, también, como sé cuánto lo amabas, es mi deber hacerte recordar que él fue amor de tu vida. Y que pese a todos estos problemas sigue siéndolo.

—Está bien ya está. En algunas cosas tenés razón y en otras no. Yo creo que si los perdonas una vez ellos creen que los vas a perdonar siempre. No. Esta vez tiene que sufrir mucho. Lo voy a hacer sufrir para que nunca vuelva a metérsele otra mujer en la cabeza. Todo eso teniendo en cuenta que aún me quiere.

—Seguro que te quiere. Es un complejo de inferioridad nada más los tipos buscan todo el tiempo que le digan lo bien que hacen el amor o lo grande que la tienen...

—Shh. Ja ja.

—No me digas que no estás de acuerdo en esto Eh.

—Si desde ya, pero no te enojes pero no quiero hablar más del tema. Lo importante es lo que está pasando en esta casa maldita.

—Bueno está bien. Este café esta horrible y frío. Lo voy a calentar si escuchas ruidos extraños es que estoy calentándolo.

—Okay. Me preparas uno para mí también.

—Ja, ja, ja. Te envidio sufrís como una loca pero sin embargo mantenés el sentido del humor.

Marisa esperó que Claudia se calentara el café. Se acercó a la ventana y miró hacia el exterior. Aunque seguramente Vidal ya se había enterado de que alguien había estado a hurtadillas en su casa no creía que pudiera relacionarla a ella con el hecho. Eso esperaba. Tenía que sacar lo antes posible a Matías de la casa. Enviarlo a un lugar seguro. Nunca se perdonaría si le sucedía algo por culpa suya, se dijo. Segundos después escuchó la vocecita de Claudia que la llamaba por el auricular.

—Mira estoy completamente segura que entre ese tipo Vidal y Ricardo hay algo Claudia —le dijo—. Estoy segura de eso. No es casual la foto de ese Vidal con Gauna, me asustan esos hombres.

—Vos crees que tienen algo que ver con ese fantasma del que me hablas.

—De Gabriela. No me cabe duda.

—Ya le decís Gabriela como si fuera tu hermana.

—Tenías que haberla visto. Al principio me asustaba cuando la veía. Ahora... ahora creo que la compadezco. Sufrir lo que sufrió pobre mujer. Esos malditos de alguna manera tienen que pagar.

—Ah ah ah espera un poquito. Primero que no podes todavía asegurar que ellos tuvieron algo que ver con esta aparente violación...

—Aparente Claudia. Yo lo sufrí ya van tres veces que lo vivo como si realmente me estarían violando a mí. ¿Sabes lo que es? no sé si podré soportarlo nuevamente.

—Lo sé. Lo sé mi vida. Pero eso no te dice que a Gabriela la violaron los tipos que robaron tu casa.

—Pero son demasiadas coincidencias.

—Insisto. Está bien. El robo todo lo que quieras, pero nada los acerca a la violación de esa muchacha.

—¿Sí? ¿Crees que no? Vos misma dijiste que algunos espíritus se quedan entre nosotros porque algún dolor o asignatura pendiente o algo terrible que les pasó los ata todavía a este mundo. Tenías que ver la expresión de esa mujer la última vez que la vi. Me estaba diciendo yo fui a la que violaron y si no me ayudas a resolver el problema algo grave le va a pasar a tu hijo. Fueron sueños demasiado reales.

—Hubo un silencio. Marisa no quiso romperlo porque pensaba que Claudia estaba sopesando lo que había dicho.

—Ya hablamos de los sueños. Y creo que en realidad eso es lo que te está sucediendo. Lo poco que me contaste no estás segura de si realmente estuviste dormida o despierta durante las experiencias.

—No. No puedo asegurarlo. Pero por algo me suceden estas cosas. Y llegué al nombre de Gabriela por alguna razón. No creo en las casualidades. Creo que eso es lo que la hace real. Inclusive el nombre del padre y la localidad donde vivía. A veces no se distinguir cual es el límite entre la realidad con la fantasía o el sueño. Igualmente dicen que los sueños te quieren decir algo.

—Si estuve pensando en eso y no será que ella desea únicamente ver a su padre antes de irse al cielo o donde sea que van los muertos, solo eso, nada que ver con una violación.

—Yo también lo pensé pero los sueños de la violación donde encajan. Además estoy segura que no era yo. Al principio creía que era una premonición de que alguna vez me iban a violar o lastimar a mí, después que la iban a violar a ella. Ahora comencé a recordar esas imágenes, lo curioso es que son tan frescas que las recuerdo al pie de la letra. Estoy segura de ver la sombra del pelo contra la pared en el momento en que me vejaban y no es mi pelo este es enrulado. Justo como una foto de la veterinaria de su padre.

—Puede ser que se trate de una venganza. Capaz que tenés razón.

—Es más, no solo estoy segura de que la violaron estos tipos o por lo menos ese Vidal sino que Ricardo los acompañaba.

—¿Qué?

—Si estaba muy asustado de mis investigaciones cuando le dije el nombre de Gabriela y que iba a ir hasta su casa por la mañana, tenías que haberlo visto, se puso blanco. Mientras le contaba como llegué a esa conclusión te juro que casi se desmaya y sudaba. Me ordenó que no insistiera más en el tema. Que no fuera y que me dejara de joder y me preocupara de Matías, por esa mismísima razón lo dije que no se apareciera más por casa cuando lo descubrí con esa loca por la tarde.

—Espera, espera un poco.

—No, no, no. Hace unas horas me llamó para decirme si podía retirar algunas de sus pertenencias y pedirme perdón y que lo pensara, pero le dije que no quería verlo y aproveche y le dije todo lo que sabía de Gauna y Vidal, la foto, el saco de pana y que pensaba que él había sido uno de los violadores.

—Estás loca. Cómo pudiste decirle eso…

—Y sabes que me dijo él: hay cosas que es mejor no averiguarlas, es mejor quedarse en el molde, calladito y no insistir, pero en ningún momento me negó lo de la violación, en ningún momento.

—No. Yo te creo todo. Estoy con vos, creo que fui una de las culpables de que creas que estas experiencias tienen que ver con el mas allá pero Ricardo se convirtió de la noche a la mañana de un esposo infiel a un violador asesino de mujeres con el pelo enrulado.

—Tenías que haber sentido el miedo en sus palabras. No quiere que sepa la verdad porque lo toca de cerca. Estoy segura de eso. Puede ser que él no la haya violado como los demás, pero estaba ahí o siempre lo supo y se lo cayó y ahora no quiere que indague por miedo.

—Mira Marisa. Está bien todo está bien. Pero eso del Ricardo violador eso si sacátelo del bocho mi vida.

—Pero él...

—Estas trasportando tu resentimiento por la infidelidad, tu bronca hacia él convirtiéndolo en un violador. No es más que eso, bronca... Te lo dije. Ya está. Tenía que decírtelo. Y estoy segura de eso. Ricardo es imposible de que hiciera algo así.

—Me extraña de vos. Pensé que de todas las personas a las que les contaría esto vos ibas a ser la única que me apoyarías.

—Y te estoy apoyando. Desde el principio y voy a seguir haciéndolo otro ya estaría llamando a un manicomio. No. No pongas esa cara nos separan kilómetros de línea telefónica pero te conozco así que ponete de mi lado vos también. Entendeme. Yo te creo. En realidad no te creo en muchas de las cosas yo pienso lo mismo que vos. Pero esto de Ricardo el violador de niñas no parece otra cosa que resentimiento.

—Estoy muy resentida, es cierto pero la cara de él, la voz asustada de hoy, su miedo.

—Mezclas las cosas y no me gusta. Mezclas... Marisa por dios. Una cosa es... es... es... y otra violador, por dios me haces enojar y no te pienso acompañar en esto de Ricardo ni lo sueñes anda borrándote esas estupideces de la mente.

—Ya veremos si son estupideces y veremos si estoy equivocada, ojalá lo este. No voy a parar hasta saber qué le sucedió a esta chica. No señor. Y si cae Ricardo o el presidente de la nación. Caerán.

—Y Matías. No pensaste en él. Es el padre.

La noche llegaba a su fin; comenzaba a encenderse la madrugada.

Marisa dormía.

De pronto escuchó algo y se despertó.

Ruidos, pasos, golpes, dolor; y nuevamente perdía el control sobre su destino.

Varios hombres entraron en la habitación. Uno le pegó una trompada en el rostro experimentando un terrible dolor en el ojo izquierdo y cayó desmayada contra el piso.

Cuando volvió en si se encontraba al aire libre y los hombres cavaban una fosa en la tierra.

Procuró moverse pero no podía, tenía las manos atadas por detrás de la espalda y los pies sujetos uno encima del otro. Uno de sus ojos no le respondía y el otro se forzaba por distinguir la realidad entre sus pelos que le caían empapados en el rostro y su angustia.

Trató de gritar, pero tampoco podía. Ni siquiera tenía control de sus músculos.

La habían drogado o eso creyó porque la noche le daba vueltas alrededor, con sus olores, su brisa, su complicidad.

Me están por enterrar, sentenció. Se quieren librar de mí. Ya lo saben, saben de mis averiguaciones y quieren deshacerse de mí.

Volvió a intentarlo todo pero el cuerpo no le respondía.

Era el fin.

Los malditos lo habían logrado y nada de lo que ella pudiera hacer ya torcería el destino.

Matías mi vida. Si le hacen algo juro que.

Pero sabía que ya no podía hacer nada.

Jamás se lo perdonaría.

"Volveré"...

Y ese pensamiento era como una orden, un imperativo que clavaba profundamente en su alma, una espada por si moría, una espada a modo de recordatorio de su venganza.

Los huesos le dolían bajo la fina capa de una piel ardiente y lastimada. Intentó moverse, zafar de ese destino de sufrimiento y olvido, por milésima vez lo intentó pero fue en vano.

Quiso gritar; gritar su angustia a toda la humanidad que dormía, pero las palabras salieron débiles y tortuosas seguidas de un punzante ardor en la garganta, como si se hubiera tragado una lija y piedras.

Los hombres reían y hablaban entre ellos.

—Habla todavía la putita.

La habían escuchado y uno de ellos se agachó y acercó su rostro oscuro y maligno al de ella.

—Me estabas llamando putita. Querés más antes de despedirte. Vamos, contale a estos quién te la movía mejor.

—Y si mejor para rematarla le damos con la pala en la cabeza —escuchó que gritaba otro.

—No mejor así, que trague tierra la hija de puta.

Le contestó el primero.

—Te va a gustar la tierrita mi amorcito, te vamos a convertir en zanahoria.

Y los hombres continuaron riendo y gritando.

Y cavando.

Con el ojo sano, como mirando por un vidrio empañado, Marisa dilucidaba una mezquina porción del cielo a través de las ramas de un viejo sauce.

"Viviré"

Y se imaginó levantando vuelo como un ave y nadando a través de un océano de estrellas y recordó la infinidad de noches que se quedaba junto a Matías en la habitación de él, abrazándolo, protegiéndolo, contándole cuentos e historias de hadas madrinas y príncipes y, cuando Matías se dormía, se extasiaba admirando el techo repleto de estrellitas y cometas y planetas fluorescentes que brillaban como si tuvieran luz propia. Sin embargo ella conocía el funcionamiento: los adornos del techo no tenían luz propia brillaban gracias a la luz que iban acumulando durante el día.

Y ahora, arañando la helada presencia de la muerte, se resistía a acumular odio y venganza contra esos hombres que la habían golpeado y violado durante días y días, fuera donde fuera su alma deseaba que brillara hermosa cual si fuera una de esas estrellas fluorescentes del techo o igual que las estrellas de ese cielo impávido y negligente que la rodeaba.

Pensó en Matías y lo imaginó sonriendo y corriendo cuando lo llevaban con Ricardo a la Plaza Francia y alquilaban bicicletas y comían nubes de azúcar y manzanas acaramelados que tanto le gustaban, pero no daba resultado, el recuerdo de esos cuerpos transpirados e inmundos, rodeándola, manoseándola y penetrándola con sus miembros como cactus flácidos y asquerosos, podía más que cualquier recuerdo incluso que Matías y sus sonrisas de miel.

"Viviré"

Alguien debía estar viendo todo aquello, no sabía dónde estaba, pero confiaba en que alguien vendría a rescatarla. "Viviré", se repitió nuevamente. Y esa idea tenía para ella una cadencia que iba más allá de las palabras, un ritmo que ascendía por su cuerpo y su espíritu como lava incandescente y se trasformaba en un ferviente anhelo de vivir.

—Llego tu hora putita. Gracias por los servicios prestados — Dijo uno de los hombres y los otros rieron a carcajadas festejando la ocurrencia y se sumaron a la estupidez de sus almas.

—Envíame la factura por correo —dijo uno, el de la voz más gruesa.

—Aceptas tarjetas de crédito —rió otro con la voz como graznidos de águilas y la tomaron de las piernas y los brazos y la balancearon como una hamaca paraguaya al borde del abismo, de ese foso de oscuridad y muerte.

Uooo… A la una…

Uooooo… a las dos…

Y a las…

¡Tres!… y su espalda chocó contra el fondo como un muñeco de trapo, pero no sintió dolor alguno solo el amargo sabor del odio, la acidez dañina del resentimiento y la oscura pasión de la venganza.

"Viviré"… y sus verdugos comenzaron a enterrarla viva intentando destruir sus palabras.

No veía a los hombres, solo veía torrentes de tierra que aparecían de la nada a los costados de su tumba y caían golpeando su cuerpo inerte, tapándola de a poquito y las luces de las linternas bailoteando al compás de la indiferencia, como una parva de buitres esperando su turno.

Y seguían riendo carcajadas y la tierra seguía cayendo y enterrándola, al parecer, con un plan preestablecido dejando su rostro para el final, para aumentar la agonía. De pronto frenaron y una sombra se irguió entre en la noche y la iluminó lastimando su ojo sano con tanta claridad.

Estoy salvada pensó, vinieron a rescatarme, pero un segundo más tarde la luz abandonaba su retina y el cuerpo erguido parecía rodeado como por una corona de luz y la observaba desde la orilla del foso. Es un ángel, se dijo, que viene a liberarme de este sufrimiento y esta agonía, pero ella no quería su libertad quería la vida.

—Está viva todavía.

—No. Me parece que no, no respira.

—Cómo sabes que no respira

—Porque la tierra no se mueve

—A ver dejame iluminar a mí. Es cierto. La guacha no aguantó. Que se vaya a cagar.

"Viviré"… se repitió una vez más Marisa, todavía estoy viva, no les va a ser tan fácil librarse de mí. Y trató de moverse para demostrarles que no podían contra ella, pero le fue imposible, ya no sentía los músculos, ni el cuerpo, solo era una isla de conciencia dentro de un universo de muerte y entrega.

De pronto dos sombras se detuvieron al borde del foso y al principio una cálida humedad bañó su rostro, tibia, suave, devolviéndole algo de la temperatura perdida a su cuerpo; después, cuando el olor rancio se hizo evidente les gritó con todas sus fuerzas.

Basta hijos de puta, déjenme en paz de una vez por todas, pero sabía que no la escuchaban y de escucharla no harían más que festejar y regocijarse en su hombría y tomarían litros y litros de cerveza y regresarían a mearla y mearla una y otra vez hasta asegurarse que ya no respiraba.

Quería vivir, No van a poder conmigo, se dijo. Voy a ver a mi hijo crecer. No van a poder conmigo… Voy a ver a mi hijo crecer, se repitió mientras los hombres descargaban su inmundo meo en la tumba.

No van a poder conmigo voy a ver a mi hijo crecer y lo repitió y repitió una y otra vez, hasta que el meo, y los padecimientos y recuerdos de días de salvajismo, y la tierra que ahora salpicaba su rostro e ingresaba por su boca, y la muerte agazapada a un lado jadeando como un león mordiéndole la yugular, se transformaban segundo a segundo en desesperanza.

"Viviré"…

Y antes que la tierra la tapara por completo aspiró una bocanada de aire acompañada de tierra húmeda y meo resistiendo las ganas de vomitar.

Hasta que la oscuridad la rodeó por completo y ya no veía el cielo, ni las estrellas, ni tampoco podía recordar los adornos fluorescentes del techo de la habitación de Matías.

El silencio la rodeaba y en el silencio de su alma, las pisadas y las palas y la tierra cayendo y las carcajadas de sus verdugos resonaban como campanadas anunciando lo inevitable del final.

De pronto entre el silencio y el peso de la tierra que comenzaba a sofocarla escuchó unos pasos.

Se retiraban, escuchó como sus pasos se iban perdiendo golpeando la tierra cual troncos que caían en fila. Hasta que no quedaron troncos por caer y solo sentía los latidos acelerados y desesperados de su corazón.

Intentó moverse. No pudo. La oscuridad la rodeaba y la asfixiaba.

No podía respirar. No podía abrir los ojos por la tierra. No podía mover sus manos adormecidas y comprimidas por el peso de su cuerpo. Intentó levantarse con la fuerza de sus abdominales en un esfuerzo descomunal pero el peso de la tierra la vencía.

Tenía que hacer algo por que los pulmones le ardían y en cualquier momento moriría ahogada.

Trató de levantar sus piernas pero tampoco pudo; es inútil se dijo, no puedo moverme.

Comenzó a rascar la tierra detrás de su espalda en otro arranque de futilidad porque el opresivo peso de su cuerpo y la tumba que la rodeaba no se lo permitían. Sabía que no lograría nada con las manos de poder moverlas, a lo sumo hundirse más, pero luchar era mejor que entregarse a los atormentados brazos de la asfixia.

Hasta que las fuerzas la abandonaron y los músculos desaparecieron y con ellos su última esperanza de vencer ese destino de tierra, meo, dolor y ahogo sombrío que se acercaba.

Se concentró en la oscuridad y el silencio doloroso que la rodeaba, tratando de no pensar en sus pulmones que le pedían oxígeno a alaridos y le ardían.

"Viviré"

Silencio, oscuridad, ofensiva oscuridad. Entonces el tiempo empezó a girar y a transcurrir con mayor lentitud hasta que se detuvo; y toda la vida de Marisa, cada segundo, cada éxtasis, cada anhelo, cada segundo banal, conducía a aquel instante, a aquella encrucijada. Todas sus vivencias y recuerdos y pasiones estaban ahí, acurrucados en el ardor de sus pulmones, esperando para perderse en el olvido.

Sus labios agrietados e hinchados se estiraron en un asomo de sonrisa triste y se dispuso a generar su último recuerdo, él más doloroso, el del final.

Así no, no puedo terminar así, se dijo.

De pronto: escuchó un sonido como de ratas corriendo entre las paredes o cucarachas rascando una caja de cartón. Fuerte, desesperado, atropellado, demencial.

Venían por ella, pensó, los gusanos y las alimañas de la muerte venían por los restos de carne y sus huesos.

Las huestes de la putrefacción se abren paso a través de la tumba y vienen por mí, se dijo.

Y los sonidos aumentaron su cadencia hasta alcanzar un ritmo frenético. Como si ahora mil ratas, cucarachas y escarabajos escarbaran la tierra con sus uñas.

Ya estaba, si no respiraba en el próximo latido sus pulmones estallarían. El corazón le palpitaba enardecido, casi al mismo ritmo que las ratas y las cucarachas escarbando.

Por un segundo entre palpitar y palpitar creyó escuchar un gemido y jadeos entrecortados, y el peso de la tierra disminuyendo lentamente ante cada jadeo demencial y escarbar y escarbar.

Yo no aguantaba más, la vida la abandonaba, pero quería ver esos bichos, quería estar presente cuando se presentaran vengativos por el sufrimiento que ella les había causado en su infancia.

Solo un poco más, se dijo, un poco más y llegan hasta mí; y las alimañas escarbaron con más entrega, a un ritmo demencial. Hasta que sintió que llegaban a su estómago. La sensación era la de un perro desenterrando un hueso, y podía sentir que golpeaba su estomagó con sus patas y avanzaba hacia arriba, hacía su rostro.

Intentó moverse resistir y aprovechar que el perro o el lobo estaba desenterrándola para empujarse y salir, pero no pudo, sus músculos estaban muertos y le pinchaban por la falta de sangre.

 Hasta que las garras y el jadeo descontrolado alcanzaron su clavícula y una fuerza descomunal la levantaba; y el aire entraba a empellones en sus pulmones y tosió y tosió como nunca; y vómito y despidió toda la tierra que había tragado.

Quería parar de toser y vomitar para respirar; el calor de la noche en contraste con su cuerpo helado la abrazo; y la oscuridad dio paso a la emoción y a las estrellitas fluorescentes.

"Viviré"

Se descubrió tirada al borde del foso que antes había intentado llevársela entre sus garras frías y oscuras; y el aire le llegó a los pulmones al principio cargado de pis y sudor y miedo y después con gusto a tierra revuelta y a pasto arrancado y eucalipto.

Si eucalipto, se dijo, estoy afuera, viva; y unas manos suaves pero decididas le ayudaban a liberarse de las ataduras que comprimían sus brazos y después esas mismas manos desataban también sus pies y la ayudaban a erguirse y a respirar y el pelo de su libertador le golpeaba delicadamente el rostro con un fino aroma a crema de enjuague de manzanilla.

Agudizo la visión, todavía envuelta en suciedad y lágrimas, y bañada por las la luz de las estrellas. Entre la bruma pudo observar que se trataba de un manojo de pelo enrulado y largo y no necesitó ver nada más para saber de quién se trataba. Quién era esa persona que había escarbado como una loca hasta que en los dedos no le quedaron vestigios de carne y después siguió removiendo la tierra con sus huesos más rápido y fuerte todavía que antes.

Y ese cuerpo conocido con la misma velocidad y demencialidad con que la había rescatado de su tumba de tierra y meo la abandonó dirigiéndose hacia el árbol más cercano, deteniéndose contra el tronco como si ella le fuera a pegar en vez de a agradecer.

153

Marisa se levantó, el cuerpo le dolía, también las piernas, pero pudo levantarse.

Observó su cuerpo, no tenía magullones, ni suciedad, ni trozos de tierra, como si nada de aquello le hubiera ocurrido. Miró la zona donde antes estuvo el foso, donde había luchado contra el ahogo, la oscuridad y la desesperación y descubrió que el suelo estaba lisito, coronado por un manojo de cardos aplastados por sus propios pies. Como si nada de aquello hubiera sucedido.

Miró a su alrededor

Estaba sola, los hombres hacía rato ya que la habían abandonado.

Era el terreno baldío lindero con la casaquinta.

Por detrás de la ligustrina se adivinaba el techo de la casa bañada por una medialuna enorme y magnánima colgando en el cielo.

A un costado, erguida delante del árbol, estaba Gabriela con los ojos brillando, enormes como estrellas caídas. La observó bien, sin acercarse demasiado por miedo a que saliera corriendo. Ya no era el engendro de huesos y trozos de carne malolientes que al principio cuando se presentó por primera vez en el quincho.

Estaba casi completa.

En la penumbra no se distinguían los rasgos del rostro, pero si del pelo enrulado igual que la foto que su padre tenía en el dintel de la veterinaria; aunque la cabellera le colgaba en trozos y donde no había pelo se adivinaban manchones de piel muerta y quemada. Siguió con la vista el contorno del cuerpo de Gabriela y notó que todavía, en algunas zonas, le faltaban trozos de piel y la carne brillaba perversa y dolorosa a la luz de la luna. Gabriela la miraba con los ojos brillando en la oscuridad llenos de miedo y como siempre rodeada de fragmentos de tierra y piedras y gusanos en un continuo salir de su tumba.

Gabriela no se movía. Marisa no podía entender como hizo alguna vez para moverse y resistir el dolor y el ardor con todas esas heridas y esos manchones de carne expuesta.

De pronto Gabriela dejó de mirarla y apunto el brillo de sus ojos hacia donde antes había estado el foso.

Ahora entendía. Entendía el porqué de tanto sufrimiento. Todas sus vivencias desde la primera, o sus sueños o experiencias paranormales como le gustaba llamarlas Claudia tenían un significado oculto, siempre lo creyó así; y a Gabriela, después de violarla y vejarla, la habían enterrado viva en ese lugar maldito y la habían meado y a diferencia de Marisa nadie vino en su ayuda, nadie la rescató de las garras de la muerte.

Querés que te desentierre para eso estoy aquí ¿No?, le dijo, pero ella no le contestaba, no lo necesitaba.

Y aunque Marisa sabía que la experiencia solo se trató un sueño, una pesadilla terrorífica, procuró que Gabriela entendiera lo agradecida que estaba por haberla salvado de esa muerte tan real y también, intentó, con toda su alma, que comprendiera que lo iba a hacer, que iba a buscar la pala y no iba a frenar hasta liberarla de su angustia y de su tumba de tierra meada y olvido.

Despertó. En la habitación. Con Matías aun delirando; sin saber si estaba soñando todavía o soñaba que despertaba; o si esto era la realidad sin importarle ya el peso de esa línea que separaba esas sensaciones.

Recordó la misión subiendo por sus venas como un escalofrío de necesidad.

Matías deliraba pero ahora le pareció que con dolor, ya no sonreía ni disfrutaba de su sueño. Le toco suavemente la frente, tenía unas líneas de fiebre.

Por Matías ya no podía hacer mucho más que ponerle paños de agua helada en la frente nuevamente, pero por Gabriela todavía sí. Tenía miedo por él, pero abrigaba la esperanza de que si la desenterraba todos sus problemas acabarían inmediatamente, inclusive la fiebre y la actitud de desafección de Matías.

Y aunque no quisiera moverme sé que no podría hacerlo. Me convertí en una marioneta, en un títere que ve como los espectadores se van retirando y no sabe cómo decírselo a su titiritero.

Antes de bajar al quincho en busca de la pala miró por la ventana hacía el exterior. La sombra de un hombre o quien fuera la espiaba desde la loma posterior; solo distinguía el torso y la cabeza, pero estaba segura que la miraba. Un segundo después la cabeza desapareció detrás de la loma y ya no apareció más.

Estas esperando el momento para atacarme no, se dijo, como hiciste con Oscar. Y sintió el gusto agrio de la guerra en la lengua. No te va a ser tan fácil, cuando llegue ese momento, cuando vos quieras, te voy a estar esperando.

Y bajó las escaleras y se dirigió decidida al quincho recordando el terror que había sentido minutos atrás cuando la enterraban viva (casi el mismo que cuando la violaban y vejaban), y las imágenes retornaron a su mente como si estuviera viendo una película en technicolor. Vio a esos hombres orinando desde el margen del foso y los escuchó reír otra vez, a carcajadas.

Por un segundo, una de las voces le pareció igualita a la de Ricardo, el mismo timbre de vos y la misma risa como de burro enloquecido característica de él...

Solo por una fracción de segundo.

La madrugada despertaba adormilada en el horizonte El sol merodeaba forzando su paso a través de una serie de nubes bañadas con el rosado de las encías de las ballenas; y un aroma penetrante a ozono combatía con el dulzor de la clorofila abriéndose paso a través del roció.

Marisa comenzó a clavar la pala en la tierra dura y expectante. A la luz del día los miedos sucumbían pero aparecía el cansancio. El cansancio después de tanta adrenalina derrochada en sueños y vivencias cargadas de sufrimiento.

Pero la luz vespertina no podía vencer la sensación de vació que inundaba su existencia, vació que solamente se llenaba con odio y venganza y bronca, mucha bronca.

En el silencio que precede a la mañana a cada intentó suyo por doblegar la piel del terreno la pala resonaba en los alrededores como huesos rompiéndose en pedazos o disparos de un fusil de bajo calibre. Marisa calculó mentalmente a cuanta profundidad podía estar enterrada Gabriela decidida a usar sus manos cuando la alcanzara.

Recordó las imágenes anteriores cuando Gabriela hacia lo mismo por ella y trató de imaginar qué cosa encontraría ahí abajo. Huesos, pensó, y según la cantidad de tejido blando circundante en esos huesos se podía calcular cuánto tiempo hacía que estaba enterrada.

Desde ese lugar donde cavaba Marisa podía ver la ventana de su habitación donde había dejado a Matías todavía dormido, embriagado de fiebre en la cama. Le aterraba la idea de que Matías despertará y no la encontrara a su lado, pero un sentimiento de necesidad la embargaba en contrapuesta y no podía dejar de cavar y cavar; y tiene que ser ahora, se dijo; ahora que sus brazos y sus manos se movían como con una conciencia propia y una decisión más allá de cualquier tentativa de ella por impedírselos.

Avanzaba muy despacio, la tierra se resistía a expresar su verdad más dura de lo que esperaba.

Pronto llegaría Sonia a las ocho de la mañana, recordó, y cada tanto abandonaba la faena, corría hasta la mitad de la calle y oteaba la verja de entrada para que Sonia no tocara demasiado el timbre y despertara a Matías.

De tanto cavar y cavar perdió la noción del tiempo. Compenetrada hasta el punto del autismo no sabía la hora que era y no deseaba perder tiempo averiguándolo.

Diez centímetros de profundidad, luego once o doce; avanzaba muy lento. Las manos le ardía y se sacó la remera quedándose en corpiño y la ató alrededor del manubrio deslizante da madera de la pala. Si alguien caminaba a esa hora de la mañana por la calle y le descubría creería que una loca semidesnuda se había escapado del loquero y cavaba un pozo en medio de un terreno baldío.

Mientras trabajaba recordó la sombra que la vigilaba desde hacía varios días trepada en las orillas de la casaquinta. No le tenía miedo, intuía que esa misma sombra, era la misma persona que había lastimado a Oscar Laurenti casi hasta el punto de matarlo con la evidente necesidad de silenciarlo durante varios meses y que el cagaso le durara toda la vida.

Ya no les tengo miedo, concluyó, la única manera en que pueden silenciarme será matándome; y aún con ese pensamiento tan negativo royéndole el cerebro cual termitas hambrientas no aflojaba y cuanto más lo pensaba más fuerte clavaba la pala en la tierra.

En un instante creyó escuchar el timbre y cuando fue hasta la mitad de la calle Sonia esperaba en la puerta, la llamó y le entregó las llaves. Sonia la observó un poco confundida.

—Abrí la puerta y entra en la casa. —le dijo imperativa a Sonia— Fijate primero si Matías se encuentra bien. Lo deje durmiendo en mi habitación. ¿Me seguís?

—Si señora Marisa.

—Si está bien asomate por la ventana y haceme un gesto con el dedo así…

Y Marisa le mostró el pulgar para arriba

—De lo contrario al revés

Y le mostró el pulgar para abajo al hacerlo se percató que estaba tratando a Sonia como una entupida e intentó arreglarlo diciéndole que después de comprobar el estado de Matías se fijara ella misma que podía hacer en la casa.

—Confió en tu capacidad —agregó.

—Señora perdone mi pregunta pero está usted bien, necesita algo, quiere que le traiga algo, un poco de agua o gaseosa —le preguntó Sonia mientras observaba el agujero en la tierra y su torso transpirado y cubierto solo por el corpiño,

—Bueno ya que lo decís si Matías continúa dormido tráeme algo fresco y una remera por favor… ah un vaso de la limonada que prepare ayer me vendría bien, quiero ver cómo me salió.

Después de seguir a Sonia con la mirada, que caminaba como mareada por la visón de su patrona cavando enloquecida en medio de la mañana entrando en la casa, volvió al foso.

No me falta mucho, se dijo, que tonta fui, debí pedirle que me trajera los guantes de la cocina para cuando tenga que usar las manos.

La brisa movía alegremente las ramas del sauce donde Gabriela la había salvado la noche anterior. Observó el cielo, escuchó el canto de los pájaros, el sonido de sus pasos en la graba, la vida que despertaba y se preguntó en cuántos lugares del mundo en ese mismo instante estaría entablándose esa lucha entre la belleza de la naturaleza y la locura del ser humano; en cuántos lugares del mundo en ese momento la vida se debatía con la muerte, cuantos asesinos, violadores y desquiciados lograban su cometido ocultos bajo esta misma capa de olvido.

El ruido de los postigos abriéndose le recordó que Sonia le diría el estado de salud de Matías, por suerte le mostraba el pulgar para arriba.

Continuó cavando hasta que llegó al punto donde ella pensaba que la pala podía ser dañina y entonces comenzó a cavar con las manos ayudada por un palo de unos veinte centímetros a modo de cuña que encontró en los alrededores del foso.

Estaba segura que ya eran casi las diez de la mañana y esperaba encontrar algo cuanto antes.

Sonia apareció con una jarra de limonada y hielo. Bebió con desesperación, el gusto era demasiado dulce pero a ella le vino bien un poco de azúcar en la sangre.

—Le traje los guantes de la cocina quizás los puede usar para no lastimarse las manos y esta remera. Está bien. Me pareció que era mejor una musculosa.

—Perfecto, te felicito, estuviste genial.

Le preguntó por Matías y antes de que terminara de contestarle prosiguió desenterrando.

Sonia se retiró al rato producto de que ella no le prestaba atención.

De pronto le pareció que algo marrón asomaba e intentó rodearlo con delicadeza ayudándose mediante pequeños y suaves golpes con uno de los extremos del palo.

Los contornos de un hueso fueron apareciendo. Hasta que no quedó ninguna duda de que se trataba de un hueso con pedazos de carne y piel reseca adheridos, como una de esas bandejas de carne al vació del supermercado.

Tomó un gran trozo de tierra alrededor del hueso, que se le antojó parecido a un antebrazo, y lo acomodó dentro de una de las bolsas de residuos que trajo consigo.

Por fin se va a saber la verdad, se dijo, ya nada se interpone entre la verdad y tu sufrimiento Gabriela.

Minutos después encontró otros huesos. Una mandíbula inferior, un trozo de pelvis aplastado, o eso le pareció, y otros que no podía descifrar. Puso todos los huesos que recolectó dentro de sendas bolsas con bastante tierra del contorno con la idea de no romperlos y de que sirvieran de testigo del lugar donde estuvieron enterrados.

Ya está, con esto alcanza y sobra, sentenció.

Acomodó las bolsas dentro del baúl del Ford Falcon y entró a la casa a buscar la cámara de fotos. Por suerte tenía dos rollos de treinta y seis fotos cada uno. Fue hasta el foso y sacó varias fotos, inclusive de algunos huesos que se adivinaban en lo profundo del foso. Después buscó el ángulo preciso y tomo varías fotos del foso bajo el árbol y también del foso al costado de la ligustrina. Después agachándose a varios metros de distancia pudo obtener varias fotos del foso con la casa por atrás y otras con la casa de Oscar por detrás. Su intención era tener imágenes testigo de dónde estaba ubicado el foso. Volvió a entrar en la casa y llamó a Claudia al hospital.

Estaba de guardia y tardó en contestar.

Después de contarle el sueño o la experiencia que soportó a la noche le dijo.

—Y bueno cavé y halle varios huesos.

—No te puedo creer — le contestó extasiada Claudia.

—Sí, uno de los huesos parece una mandíbula, casi seguro. Otro un trozo de pelvis y un brazo. Creo

—Encontraste trozos de ropa eso sería ideal —le preguntó Claudia.

—Me parece que no. Igualmente pienso que cavando más van a parecer más huesos y quizás pedazos de ropa. No sé qué hacer. Si ir a la policía o no.

—Tengo una idea muy buena, conozco un muchacho que trabaja en la morgue.

—¿En la morgue?

—Sí. Hace tiempo que anda detrás de mí, es lindo, pero me asusta la idea de un hombre trabajando y toqueteando fiambres, se me hace como que debe ser algo bizarro y masoquista, pero quién te dice.

—Estas segura de pedirle ayuda a ver sí...

—Sí, no hay problema, Seguramente después le voy a tener que pagar de alguna forma pero quizás me convenga. —le dijo Claudia riendo— Bueno escuchame... lo llamo y le damos los huesos a él para que los estudie antes de dárselos a la policía. Además podemos ir también ver a mi abogado para que nos dé una idea de qué hacer. Yo creo que lo mejor es hacerlo público, no existe nada con mayor poder que la televisión o los medios en estos casos; además te va a servir como salvoconducto personal.

—Tenés razón —le contestó Marisa que a esa altura se asombraba de la voluntad que ponía Claudia en ayudarla— Y por supuesto también conoces a alguien de la televisión un hombre en este caso ¿no? —le preguntó con ironía

—No esta vez no, es un primo lejano mío que trabaja en canal 13 cuando vino de Córdoba yo lo ayude al principio así que ahora él podría ayudarme a mí.

—Y la policía.

—No confió en la policía. Igualmente Juan Carlos, mi abogado, nos dirá que nos conviene hacer.

—Pero Claudia yo quiero ir ahora...

—Ya sé mamita — le corto Claudia—, te conozco como a la palma de mi mano. Ya... tiene que ser ya... lo sé

—Exacto.

—Y bueno que estas esperando venite ya. Pasa por mí por el hospital y hacemos todo durante la mañana.

—Pero vos estuviste de guardia toda la noche debes estar cansada —le dijo Marisa tratando de parecer compungida.

—¿Y acaso vos no?

Claudia.

Me esforcé en dejar de lado todo el cansancio que se apoderaba de mis piernas luego de una noche de guardia. Bajé las escalinatas del hospital hacia Cerviño; la claridad de la mañana agredía mis ojos. Busqué en mi cartera unas gotas de Kalopsis para los ojos y me las puse y me tomé una aspirina que bajó agria por mi garganta ayudada por unos tragos del café frío que traía desde la cafetería.

Una ambulancia regresaba trayendo su carga de emergencia y casi choca contra un taxi en la calzada del Hospital; si hubieran chocado el taxi no tendría la culpa porque los muchachos de la ambulancia habían desconectado la sirena de emergencia.

Recuerdo que hace diez años, cuando todavía el físico me respondía me subí a una ambulancia y no aguante ni siquiera el primer viaje. Llevábamos en la parte posterior un hombre que se había medicado el mismo y estaba al borde de la muerte. Íbamos a mil, y en cada esquina que la ambulancia intentaba pasar (aunque los autos se detenían a un costado dándonos el paso) el corazón se me subía a la boca y pensé que moriría de un infarto, antes que el sujeto de atrás. Cuando por fin llegamos al hospital "sanos y salvos" podía jurar que pesaba varios quilos menos y las piernas me temblaban. Desde ese día me juré jamás enamorarme ni de un soldado, ni de un bombero y mucho menos con un chofer o paramédico de ambulancia.

Jamás entendería qué impulsaba a aquellos hombres a subirse a una ambulancia y tratar con tanto desdén sus propias vidas; como tampoco entendía, todavía, porque razón creía cada una de las palabras y relatos de Marisa, aunque muchas de las historias eran increíbles yo se las creí desde un primer momento.

Deseaba ayudarla desde lo más profundo de mi corazón y no era una obligación por la amistad que nos unía, era un sentimiento mucho más fuerte y duradero inclusive que la amistad.

No ponía en duda ninguna de las visiones de Marisa, intentaba darle explicaciones científicas, como que había perdido algunas neuronas después de tanto tiempo clínicamente muerta. O explicaciones ligadas con lo sobrenatural, como que al volver de la muerte se había trasformado involuntariamente en una antena de recepción hacia el más allá; fuera lo que fuera yo le creía. Y creía saber la razón. Era la misma razón que unía a Marisa con la joven del pasado, su condición de mujer. Solo nosotras entendíamos el dolor que sufrió la pobre muchacha y de nosotras dependía derretir los hielos del olvido.

Un orgullo me invadía, el orgullo de tener una amiga como Marisa. Siempre supe que tenía un espíritu fuerte dentro de un cuerpo esbelto y de apariencia endeble, pero jamás pensé que pudiera resistir todo lo que había resistido.

Yo no hubiera resistido ni la décima parte y Marisa se levantaba una y otra vez dispuesta a dar batalla y después de cada visión o experiencia se hacía más y más resistente. Con menos, mucho menos que ella, yo ya estaría llorando en los rincones, pero a Marisa la movía algo superior que su condición de mujer, pensé… Matías.

El amor que sentía Marisa por su hijo era imposible de cuantificar. Ojalá yo, si algún día consigo el hombre indicado, tenga un tercio de ese amor incorruptible y desmedido que siente Marisa por Matías, ojalá.

Antes de bajar llame a Adrián, mi amigo de la morgue judicial, y le expliqué que necesitaba un favor muy grande.

—Por supuesto belleza. Cuando quieras —me contestó él

—Lamentablemente tiene que ser hoy mismo Adrián —agregué

—Hoy, ayer, es un placer ayudarte espero que esto te demuestre que me gustas como mujer y no como otra cosa.

—Siempre supe que era así

—Bueno no lo parecía.

—Es que tenía mucho trabajo mi vida.

—Como. Repetime por favor eso de mi vida y voy yo mismo a buscarte hasta el hospital.

—Mi vida.

Reímos y él continuó cortejándome por unos segundos a través del teléfono. Al final cuando le conté lo del macabro hallazgo de Marisa, pareció invadido por un repentino interés científico en el tema.

—Si me enteraba que no me llamabas a mi primero me iba a enojar mucho —me dijo él.

Ya está, pensé, mordió el anzuelo, está demasiado interesado, ahora solo me falta hablar con el abogado.

Cuando Marisa llegó nos abrazamos durante una eternidad luego subimos al Falcon y corrimos hasta la morgue a buscar a Adrián.

—Es increíble hasta donde llegaste —le dije extasiada

—Es cierto ni yo lo creo todavía. Y pienso que todavía falta mucho por saber, mi instinto me asegura que esto recién empieza.

—Deberías escuchar tus instintos Marisa. Empezar a tener miedo y hacerle caso a ese miedo —le contesté con tristeza

—Tenés razón, pero no puedo. No puedo frenar —levantó la voz y las manos del volante tomándose al cabeza— No sé por qué. Hubo momentos en que el miedo no me dejaba moverme, conocí el terror como nadie, pero no podía correr y escapar. No sé cómo explicarlo, no es valentía ni nada de eso es como una inercia, ¿entendés?

—Algo

—Como cuando te dan un empujón y no podes detenerte. Yo sé que es peligroso, sé que probablemente no gane nada, pero no puedo volver atrás, y ni pensar en quedarme quieta. No puedo.

—Entiendo —le dije y un silencio nos embargó, solo interrumpido por el bullicio del tráfico y los rumores de la ciudad.

La observé. Nadie se daría cuenta que le llevaba tres años, el tiempo, hasta ahora, la había tratado con generosidad y ella devolvía esa generosidad al mundo, siempre con la sonrisa fácil, con esa capacidad suya de mantener una conversación en el mayor nivel de interés. No era hermosa, pero era una mujer deseada justamente por esa facultad beatificante que la rodeaba.

Cuando llegamos bajé del auto y fui corriendo a buscar a Adrián. Él me esperaba en la entrada impaciente, agitando las manos en el aire, con unas ganas terribles de ver lo que le traíamos. Era un hombre físicamente hermoso y culto, pero no podía ocultar la mirada de sabueso y movía las cejas como esperando el más mínimo resquicio para llevarte a la cama y esa expresión de haber pasado por todas y no conocer la palabra complejos. Aún en ese instante noté en su mirada que me quería seducir, pero recordé que de la misma forma leía los libros de anatomía o su cuaderno cuando tomaba nota en la facultad. Nos saludamos y fuimos a buscar a Marisa al auto.

—Si entran así conmigo nadie va a sospechar nada —nos aseguró Adrián— estoy intrigadísimo en el contenido de esas bolsas, contame un poco más, Marisa era tu nombre ¿No? Claudia me comentó que estaban enterradas en el fondo de tu casa en Escobar —le preguntó a Marisa radiografiándola de arriba abajo.

Y Marisa le contó, yo le había solicitado que por ahora no hiciera mención de la manera cómo había llegado hasta la ubicación de la tumba y ella me hizo caso solo se limitó a contar sus experiencias desde el instante mismo de la excavación sin dar demasiadas explicaciones.

—Bueno no se preocupen las voy a analizar, —afirmó Adrián y abrió la bolsa y observó los huesos uno por uno— esta pelvis me parece extraña. Me dijeron que creen que son de una mujer.

—Si de una joven —le contestó Marisa

—Creemos que no más de veinticinco años —agregue yo sabiendo a donde estaba dirigida su pregunta.

—Bien déjenmelos y te llamo Claudia cuando sepa algo.

—Mira Adrián —le dije— creo que no podemos tener esto oculto durante mucho tiempo por eso te los trajimos, sos el mejor, pero si podes necesito los análisis ya, en realidad ayer los necesitaba.

—Ya veo. Me encantan tus ojos cuando estas decidida te lo dije alguna vez. Ya mismo empiezo en un par de horas espero darte algunos resultados. No te preocupes contá conmigo.

—Nuestra idea es lograr una perspectiva un poco más amplia de lo que son esos huesos y después hacer la denuncia y llamar a los medios, pensá que vos podía estar a cargo del hallazgo, creo que de esta forma es mejor que si fuéramos por las vías clásicas — le dijo Marisa con la astucia que yo ya conocía

— Por ahora sos el único que sabe de esto —agregué yo cerrando el círculo— confió en que te das cuenta que cuanto menos se sepa más salís ganando Adrián

—Ummm me gustan las cosas en silencio. No se preocupen soy una tumba. Eh, perdón en sentido figurado. Jaja.

Los tres reímos. Dejamos los huesos y los restos de Adrián y salimos pensando en si Marisa me había visto como intenté seducirlo con la obvia intención de manejarlo. Seguro, pensé, a Marisa no se le escapa una y le dije

—Ahora vamos hasta lo del abogado, te parece bien.

—Vos mandas.

En el camino Marisa me comentó sus intenciones de visitar otra vez al padre de Gabriela.

—Para qué Marisa —sentencie— Para qué si la otra vez no te dieron bola. Y si realmente le haces mal como dijo la mujer.

—Pero antes no sabía todo lo que ahora sé. Estoy segura que el padre me puede decir la fecha exacta de la desaparición de Gabriela.

—Adrián dijo que por el estado de los restos, a simple vista no habían más de diez años y no menos de cinco.

—Es verdad y confió que más tarde vamos a saber varias cosas más, pero la fecha es fundamental.

—¿Para? —le pregunte aunque ya sabía la respuesta de mi amiga.

—Con eso podemos atar varios cabos. Yo quería ir a la municipalidad de Escobar y averiguar que había antes en esa zona. Oscar, te acordás de Oscar el que fajaron estos tipos

—Sí, el peluquero.

—Exacto el peluquero me dijo que antes había una especie de tanque de agua enorme ahí y nada más, también algo de unos muros, pero la posta la deben tener en la municipalidad. Algún plano del lugar o catastro creo que se dice.

—Querés que te ayude, yo pensaba acompañarte.

—No, Claudia descansa.

—Pero vos también estas cansada.

—Por eso mismo descansa bien y por la tarde noche venís hasta la quinta y cuidas de Matías mientras yo descanso. Me harías ese favor.

—No solo eso, ya avise en el sanatorio y en el hospital y pienso quedarme varios días contigo a tu lado.

—Te agradezco. Me va a venir bárbaro algo de compañía. Y a Matías también.

En el camino Marisa se detuvo cada dos por tres en un teléfono público y llamaba hasta la quinta preguntándole a la empleada como estaba Matías y regresaba al auto con una sonrisa de oreja a oreja que no necesitaba preguntarle nada.

A las doce del mediodía arribamos a las oficinas de Juan Carlos, mi abogado.

Juan Carlos no nos dijo mucho que ya no supiéramos. Lo mejor que podíamos hacer si desconfiábamos de los policías de la zona era revelar las fotos, esperar los resultados de la morgue y llamar a los medios, y llevar la denuncia a la justicia provincial, él se encargaría de eso. Aunque judicialmente les conviene que todo parezca recién descubierto en ese momento, agregó.

Lo importante era saber cómo había llegado Marisa hasta ese descubrimiento.

Marisa le contó lo del robo y le dijo que después de volver de la muerte tuvo como una premonición de que ahí había algo enterrado.

No le comentó nada de las visiones ni de Gabriela apareciendo en su vida como un engendro.

Juan Carlos se lo creyó a medias, intuía que algo faltaba en el relato de Marisa, pero sin embargo dijo:

—Me parece bárbaro… eso de sentirlo después de haber vuelto de la muerte le va a encantar a los medios. Pero tenete bien estudiado que es lo que vas a decir porque la policía y la justicia van a investigar el caso y no van a ser tan benévolos y condescendientes como yo cuando te escuchen.

Salimos; Marisa me dejó de vuelta en el hospital para volver a mi casa en mi auto. Nos despedimos. Le dije que llamara a Ricardo y le contara, que probablemente lo mejor era que él estuviera en la casa protegiéndola a ella y a Matías.

No me contestó y salió arando, rumbo a lo desconocido. Sentí miedo por ella y por el futuro. Me sentía emocionada por el vuelco de los acontecimientos, pero al mismo tiempo dudaba que todo saliera como nosotras queríamos; y cuando dije nosotras sabía que me refería a mí, a Marisa, y a esa chica: Gabriela Chaisson.

Marisa regresó a Maschwitz conociendo el camino de memoria. Llegó hasta la veterinaria de los Chaisson, pero aparco el auto una esquina antes. Luego caminó por la vereda de enfrente hasta donde se ubicaba el negocio; tenía que comprobar quién lo estaba atendiendo.

Vio a la mujer Esther dentro, atendiendo y también le pareció ver al muchacho Mario. Debe ser el hijo de Esther tiene un cierto parecido, se dijo, pero nada que ver con el padre de Gabriela. Cuando alcanzó los treinta metros cruzó y se dirigió directamente a la ligustrina.

Por entre las hojas escrutó el interior del parque. No encontró al anciano. Había una fila de jaulas de más de tres metros cuadrados cada una, donde al parecer criaban todo tipo de animales o los guardaban antes de venderlos.

En el extremo más alejado del parque halló por fin al padre de Gabriela. Estaba dentro de una jaula distinta a las demás, que solo eran rectángulos de alambre y madera. Esta jaula contenía un árbol en su interior que no supo de qué tipo era y no menos de treinta loros de distintos tamaños y colores saltaban de una rama a otra; inclusive el anciano tenía varios loros con él en sus hombros o colgados de su camisa; a uno de los loros le daba de comer directamente de su boca como si se estuvieran besando.

Se preparó para treparse. La ligustrina medía entre un metro ochenta y dos de alto. Lo había pensado toda la mañana, si iba por el negocio jamás le permitirían hablar con el padre de Gabriela; no tenía opción debía colgarse y desde el borde llamar al hombre y hablar con él. Él entendería. Ella sabía cosas de su hija y entendería. Sabía que probablemente la aventura terminaría en el cuartel de policía, pero no tenía opción.

Intentó trepar; no era tan fácil. Tuvo que buscar y meter las piernas y los brazos bien en lo profundo de la ligustrina donde se adivinaba la cerca de alambre que sostenía todo el conjunto.

Llegó a la cima y se percató que la blusa se le había roto en varias partes y que tenía los brazos surcados de raspaduras. Indago a su alrededor. Si alguien la había visto treparse de esa manera ya estarían llamado a la policía o corriendo para impedir sus intenciones.

El suelo del parque lucia atestado de margaritas florecidas y una fragancia a manzanilla luchaba con el tufo a transpiración y magulladuras de ella.

Por suerte la jaula de los loros estaba a no más de seis o siete metros de la cerca y también en el extremo posterior del parque a cuarenta o cincuenta metros del negocio. Si grito, no creo que me escuchen, pensó. Como pudo se sostuvo con las piernas y lo llamó por su nombre: Salvador, Salvador.

Al principio el hombre no la escuchó, estaba absorto en sus loros, después levantó la mirada cruzándola con la de ella, pero no se asustó solo la miraba como diciendo: Qué hace esa loca parada encima de la cerca gritando como una condenada.

—Venga por favor necesito hablar con usted. Por favor se lo ruego. Salvador es muy importante.

Salvador salió, cerró la jaula y miró hacía el negoció, como esperando la salvación.

Marisa pensó que el hombre no estaba seguro de venir hacia ella o no; y que probablemente enfilaría hacia la casa.

—Salvador soy amiga de su hija Gabriela. Necesito decirle algo — y miró hacia la casa cerciorándose de si la habían escuchado.

—Sé lo que le pasó a Gabriela, por favor escúcheme.

El anciano no se movía, solo la miraba envuelto en desazón y vejes.

Marisa casi se cae de espaldas y en el intento por equilibrarse soltó la cartera que se desmoronó en la vereda. Cuando recuperó el equilibrio su estómago pegó contra el borde de la cerca que se aplastó con su peso y le clavó miles de ramas en la piel. Como pudo volvió a erguirse apoyándose con las manos que le chillaron por el dolor, pero Salvador, por suerte, seguía en el mismo lugar, petrificado, rodeado de margaritas y la claridad de la tarde.

—Escúcheme Salvador. Gabriela viene a verme, su espíritu viene a verme, por favor debe creerme. Sé quiénes la violaron y la lastimaron. Ella me pidió que lo venga a ver a usted por favor.

Por el rabillo del ojo vio como dos personas se acercaban corriendo y gritando por la vereda.

No, se dijo, no, por favor.

Se dejó caer resbalando entre la ligustrina y la cerca de alambre, cuando tocó el suelo se sostuvo con una mano tratando de no caerse.

La mujer Esther y Mario ya estaban a cinco metros de ella.

Tomó su cartera del piso y se puso a llorar.

Su congoja, al parecer, detuvo las intenciones agresivas de la mujer.

—Qué está haciendo acá, le dije que no viniera más por aquí, qué pretende, matarlo

Marisa intentó contestarle pero la congoja no se lo permitía. Deseaba con toda su alma hablar con el padre de Gabriela. Decirle todo lo que sabía y la imposibilidad de lograrlo fue como un balde de angustia, desazón y dolor cayendo en su espíritu.

En la esquina una pareja se había detenido a mirar el espectáculo, en la puerta del negocio también otras personas los miraban boquiabiertos. Marisa se miró el cuerpo detrás de la humedad de sus ojos. Tenía varias raspaduras sangrando, especialmente en las manos y la blusa presentaba rasgaduras y manchas verdes producto de deslizarse por entre las hojas de la ligustrina.

Lloraba, no podía parar de llorar y descargar los días de angustia y dolor que se amontonaban en su espíritu; hasta que, esforzándose, por fin expreso unas palabras

—Sé lo que le paso a Gabriela. La violaron y la enterraron en el fondo de mi casa. Hoy encontré sus huesos.

La mujer también empezó a llorar no con la misma intensidad pero se tapaba los labios con la mano derecha que le temblaba.

—Déjelo en paz. Él no puede volver a pasar por esto. Déjelo. Qué gana sabiendo todo esto.

—No sé, pero no tengo opción. Mi vida es un desastre, desde que me fui a esa casa mi vida es un desastre —se encontró diciendo esas palabras llorando hasta que los huesos se le salían por la piel, como si aquella mujer fuera a ayudarla, o fuera su madre o su amiga— Desde que apareció el fantasma de Gabriela mi vida se transformó en un tormento... perdí a mi marido, mi hijo esta grave, y ya no sé qué hacer.

—Váyase, no venga más por aquí, lo va a matar si continúa con esa idea — seguía repitiendo la mujer.

—Entiéndame por favor. Yo no busque esto. No soy la culpable. Yo solo quiero saber la verdad.

—Para qué. Para venir y revolver la herida de Salvador. Él ya está viejo y sufrió mucho, no puede entenderlo.

Marisa entendía; entendía porque ella también tenía un hijo que era lo mismo que una hija y si de pronto se enteraba que su hija había muerto violada, (aunque todavía no estaba muy segura de sí Salvador sabía cuál había sido la razón de su muerte o desaparición) asesinada brutalmente por unos vagos hijos de puta, ella no lo podría soportar, moriría de solo saberlo. Y la mujer, además, le había dicho que Salvador no solo había perdido a Gabriela sino también a su mujer, la madre de Gabriela, al mismo tiempo.

Lo supo. Supo a qué se refería Esther, que también había sufrido durante años (había dicho) intentando que Salvador superara la perdida de sus seres más queridos y se retiró con la cabeza gacha, sosteniendo la cartera, tapándose el pecho y llorando.

Sin decir una sola palabra.

—Si la vuelvo a ver otra vez por aquí la mato —le grito la mujer— juro que la mato.

Y Marisa sabía que era verdad.

Abrió la puerta del auto y sintió que el muchacho Mario la ayudaba, pero no con brusquedad ni de mala gana, sino suavemente, con delicadeza.

Una vez dentro buscó las llaves y bajó la ventana resistiendo el dolor de la mano y el sin fin de raspaduras y cortes.

Mario se agachó apoyándose en la ventana.

—Yo no quiero hacerle daño —le dijo ella mirándolo a los ojos.

—Lo sé, no sé por qué, pero lo sé.

—Necesito saber algunas cosas, nada más que eso, ayúdeme por favor. Encontré los huesos enterrados en mi casa, ahora los están estudiando y estoy segura que son de Gabriela.

Mario la miro también directamente a los ojos. Era un buen muchacho igual que su madre, pero a ella el sufrimiento la había labrado un escudo protector a su alrededor.

—Comprenda a mi madre. Para ella también fue terrible. Hay algo que creo que no sabe, pero la madre de Gabriela era su hermana —lo esperaba, Marisa lo esperaba— y cuando su hermana los dejó casi unas semanas después de la desaparición de Gabriela fue terrible para ella. Pero tomó fuerzas no sé de dónde y se hizo cargo de todo. Usted no sabe lo oscuro que fueron estos años, no tiene la más mínima idea del dolor de mi tío. Y de lo que le costó a ambos, pero especialmente a mi tío superar la muerte de Gabriela, era todo para él. Yo la conocí y era una chica sensacional.

—Cuantos años hace que desapareció.

—Mire vamos a hacer algo porque mi madre está poniéndose nerviosa. Tiene para anotar, le doy mi teléfono, llámeme mañana y nos juntamos y tomamos un café y veo si puedo ayudarla, pero no se aparezca por acá, por favor, se lo ruego.

—Está bien —le contestó Marisa, y todavía temblando y adolorida tomó nota del número de teléfono, y en otro papel anotó el suyo y la dirección de la quinta— tome, por si acaso cambian de opinión la quinta está en el Cazador, en Escobar —no entendió qué la impulso a decirle la dirección del lugar donde descansaban los restos de Gabriela, pero lo hizo y después puso en marcha el Falcon y partió.

Salvador todavía la miraba petrificado al lado de la jaula y rodeado de margaritas, lo vio a través del surco de destrucción que había dejado ella misma en la ligustrina, sin saber, realmente, cuanto lo había lastimado.

Cuando llegó a Escobar, frenó el auto, buscó un teléfono público y llamó a Ricardo; no quería hablar desde la casa, con Matías presente.

—Lo sé todo Ricardo —le recriminó— Sé todo sobre Gabriela y lo que hacían en esta casa. Encontré unos huesos enterrados en el terreno baldío de al lado y se los voy a entregar a la policía, son de ella, lo sé y vos también sé que lo sabes. Ya no me importa nada, te amé, te amaba como a nadie pero no puedo detenerme, sé que vos tuviste algo que ver, antes tenía una leve sospecha pero me resistía. Ahora lo sé y no me voy a frenar por nada del mundo.

—Pero Marisa, para, de qué estás hablando, serénate.

—No puedo… no puedo. No quiero más este sufrimiento. Qué hiciste Ricardo, decime qué hiciste con ese Gauna y ese Vidal y quizás algún día te pueda perdonar.

—Marisa no sigas con esto por Matías te lo pido, basta, yo también te amo, juntémonos y charlemos, te creo, te creo todo lo que decís y lo que averiguaste. Quiero ayudarte a resolverlo, por favor no continúes.

168

—No seas cínico por favor. No quiero verte, no quiero verte al lado mío y tampoco de Matías, espero estar equivocada y si es así te voy a pedir perdón pero si no lo es que dios te perdone por lo que hiciste.

Y cortó, llorando, con la inconcebible sensación de no conocer a la persona que había elegido para amar y ser el padre de su hijo.

Puso en marcha el auto y se dirigió a toda velocidad abandonando el pueblo. Tres kilómetros de ruta la separaban de la casa. Pensaba agarrar a Matías y regresar a la capital y dormir en un hotel o en la casa de Claudia o donde fuera pero lejos de esa quinta maligna.

Pero la cabeza le daba vueltas y vueltas en una pregunta insistente: qué sería de la vida de Matías al enterarse que su padre había sido un violador o un asesino; entendería que ella estaba obligada a continuar hasta las últimas consecuencias, o nunca se lo perdonaría. Cuánto sufriría por la noticia. Si es así lo va a superar, me va a costar toda la vida pero lo va a superar, se dijo. Lo amo, por eso todos lo usan para lastimarme o controlarme, incluso Ricardo, por qué.

Apretó el acelerador y, a lo lejos, a dos kilómetros, pese a que oscurecía, creyó divisar el cartel que anunciaba "Bienvenido al Cazador"; cuando, de pronto, percibió una pequeña mancha oscura que se acercaba precipitadamente hacia ella, desde la carretera, hacia el auto, como si alguien le hubiera lanzado una piedra enorme contra el parabrisas. Pisó el freno pero ya era demasiado tarde, el objeto golpeó estruendosamente contra el capote y rebotó como una piedra lanzada en un estanque estrellándose contra el parabrisas.

Marisa instintivamente movió el volante, pero debido a la velocidad que llevaba el auto derrapó y perdió el control, chirriando contra el asfalto y bamboleándose de un lado a otro. El corazón se le escapó de la boca, sino lograba controlarlo de inmediato volcaría. Recordó una película de prevención de accidentes donde explicaban la manera de logralo. Soltó el freno y el acelerador y puso primera. La palanca de cambios al costado del volante bramó por el esfuerzo y se concentró en mantener el Falcon dentro de la carretera hasta que se detuviera.

Por suerte lo consiguió.

El parabrisas se había astillado y, humillado, lucía llenó de sangre y restos de carne aplastada. Había atropellado un pequeño animal. En realidad el animal vino volando o lanzado directamente contra el auto, se dijo.

Se tranquilizó. Unas plumas de los colores que ella ya estaba acostumbrada a ver pendían de uno de los trozos de carne aplastado justo en el borde superior del parabrisas.

Qué sucedió, porqué un loro otra vez, se preguntó.

Indagó a su alrededor buscando al otro. Hasta ahora siempre habían aparecido de a dos, Le querían decir algo, prevenirla de algo. Pero qué.

Buscó y lo vio aparecer por delante, hacia la izquierda, en sentido contrario, a baja altura, viniendo directamente hacía ella, pero por la mano de enfrente, como decidido a pasar por su lado.

Entonces el segundo loro pasó como un bólido por el costado del Falcon en sentido contrario. Marisa lo siguió con la mirada; giró la cabeza; el loro seguía volando por la ruta como volviendo al pueblo.

Qué pasa, qué pretende, que lo siga. Marisa puso en marcha el auto y miró por el espejito retrovisor pero el loro ya no estaba. Donde se fue, se preguntó, sin embargo a lo lejos divisó un auto solitario confundiéndose con el camino.

Giró la cabeza agudizó la vista y lo examinó: era un Renault 12 y estaba a quinientos metros de ella. Sin pensarlo aplasto el pie contra el acelerador.

Su mente buscaba respuestas a mil. El primer loro que se había autoinmolado para prevenirla del peligro seguía pegado al parabrisas vapuleado por el viento.

El Renault 12 ya estaba a cien metros de ella, por detrás, pero el Falcon había tomado ya la velocidad como para que no lo alcanzara.

Ahora entiendo, se dijo, pensaba ir hasta casa y matarnos, por eso me avisaron los loros.

No intuía si el hombre Emilio Vidal sabía que ella tenía un Falcon o no. Aunque pensaba que sí.

Ahora corrían a quinientos o seiscientos metros de la entrada del cazador. A unos kilómetros o más venia un camión, por la mano de enfrente.

No debo permitirle llegar hasta la quinta, debo hacer algo y ya.

De pronto el hombre sacó una mano por la ventanilla. Marisa lo observó aterrorizada. Tenía un arma. Me va a disparar como en las películas, lo único que faltaba hijo de puta.

Miró el velocímetro: marcaba 120 y todo el auto temblaba; de pronto escuchó un disparo y otro, vio el fogonazo despedirse del arma y una catarata de chispas apareció en el baúl.

Las balas sonaron como piedras destrozándose contra un techo de chapa. Un destello después y el parabrisas trasero se astillaba y, luego de que una mosca pasara zumbando por su oreja, también se astilló el de adelante, más de lo que estaba. Por suerte los dos habían resistido.

Debo hacer algo o me mata; el trozo de carne y plumas pegado al parabrisas se desprendió. Marisa lo vio volar y estrellarse contra el Renault 12, al parecer Emilio Vidal creyó que se trataba de una piedra o una granada da mano, pensó Marisa porque volanteó y casi pierde el control del auto.

Sin percatarse pasaron por la puerta del Cazador. Por suerte el choque del pedazo Kamikaze del loro confundió al tipo y el también pasaba por delante sin detenerse.

O ahora está decidido a matarme, sentenció.

Tengo que hacer algo, se dijo, ya, o el esfuerzo del loro estrellándose contra el Renault no servirá de nada. Entonces, instantáneamente, supo que hacer, por Matías, por ella misma, por Gabriela y para terminar de una vez por todas con ese sufrimiento.

Emilio se disponía a disparar nuevamente, esta vez lo vio dirigir el arma hacía la parte inferior. Hacia mis ruedas, se dijo.

Clavó los frenos.

Tomó aire y clavó los frenos sin dejar de mirar hacia atrás por el espejo, apuntando directamente, decidida como nunca, tanto que no cerró los ojos ni siquiera cuando el Renault chocó contra ella y su cabeza rebotó contra el asiento, casi desprendiéndose de su columna vertebral.

El golpe fue descomunal. Ella esperaba que el Renault se llevara la peor parte.

Soltó el freno, y puso primera, igual que antes. El camión estaba a menos de doscientos metros de ellos.

Perdió el control.

El Renault 12 también.

Los dos autos comenzaron un baile frenético y descontrolado.

Por un instante creyó ver el pánico cuajando las facciones en el rostro de su atacante, pero solo por un instante.

La caja de cambios del Falcon escupió el dolor de los engranajes destruyéndose uno con otros. El camión ya estaba encima de ella y del Renault. No tenía tiempo pese a que el Falcon avanzaba sin control volanteó hacia la banquina; prefiero volcar o pegarme contra la banquina que estrellarme contra ese camión, se dijo.

Miró hacia atrás el Renault estaba de espaldas girando sin control imitando un trompo.

El camión pasó al lado de ella con un estruendo de bocinazos y ruedas consumiendo caucho. Pudo ver como las ruedas se clavaban en el eje y luchaban por detenerse contra el asfalto, pero el destino tenía una sola cara. Y observó como el Renault 12, en su calesita sin fin, sin control, de costado, justo del lado del conductor, se estrellaba escandalosamente contra el camión y su esfuerzo fútil por detenerse.

Mientras el Falcon saltaba y golpeaba y todo su cuerpo se estremecía de un lado hacia otro y de arriba hacia abajo ella no apartó ni un segundo la mirada del espejo.

Solo cuando se aseguró que el Renault estaba ya convertido en una maraña de hieros retorcidos, miró hacia delante.

Yacía levemente inclinada en la banquina había recorrido cien o más metros a través de los pozos, piedras, e incluso se habían llevado consigo un tronco de no más de cincuenta centímetros de altura arrancándolo de cuajo del piso. Era un aviso de los kilómetros recorridos de esos que hay en todas las rutas de la provincia y yacía tirado a un costado con la parte pintada apuntando a la carretera.

Se miró el cuerpo, estaba viva. El camión se detenía y ponía marcha atrás. El Renault estaba doblado por el centro como si fuera un chicle aplastado por un dedo enorme y despedía vapor y humo negro.

Sabía que nadie podía salir vivo de semejante destrozo y de tener tanta suerte no podría caminar en años. A ella le dolía el cuello y los brazos, pero una sensación de libertad ascendía por su piel.

Uno menos se dijo, y se rió por la ocurrencia.

Mi viejo tenía razón, se dijo. Con el Falcon y el cinturón de seguridad puesto no necesitas seguro de vida.

Lo puso en marcha; después de un acceso de tuberculosis el motor encendió, pero la primera marcha no entraba. Probó con la segunda marcha y el metal protestó como si un león hambriento estuviera atrapado entre los engranajes. Entonces probó la tercera y entró. Acelero y acelero hasta que el motor estallaba y soltó el embrague rezando para que funcionara. El Falcon se movió despacio, acusando el esfuerzo, ahogándose, pero se movió.

Giró el volante y en una maniobra casi imposible apuntó hacia el camión y los restos de Renault 12, desandando el camino que las ruedas del auto habían grabado en el asfalto y en la graba de la banquina. El Falcon parecía a punto de despedazarse como si ninguno tornillo estuviera bien apretado, especialmente desde el piso, pero avanzaba.

El chofer del camión le hacía señas de que se detuviera pero ella lo ignoró y siguió de largo. El hombre le gritó: ¡Eh pare, deténgase!, pero ella examinaba el estado de destrucción de Renault.

No podía haber restos de un cuerpo ahí y si lo hallaban estaría esparcido por todo el interior, como el loro en el exterior de su Falcon, un testigo silencioso de que una fuerza superior a ella estaba decidida a mantenerla con vida.

Sondeó para ver si encontraba al otro loro por todos lados, pero no lo encontró. El camión empezó a derramar una serie de bocinazos llamándola, probó con la cuarta marcha y al sentir que entraba aceleró.

No se sentía una asesina, todo lo contrario, se sentía una vengadora.

El terrorista de un país, es el salvador de otro, le decía su padre.

CAPITULO CINCO

La quinta por fin apareció; pensé que el Falcon de papa no iba a resistir, pero llegó. Baje y abrí la puerta de la casa. Sonia venía a mi encuentro, sonreía, por lo que intuí que todo marchaba sobre ruedas. El cuerpo me dolía, en especial la nuca y el tobillo del pie derecho, debía ser por el esfuerzo de clavar los frenos.

Sonia no me dijo nada de que había llegado tarde solo se limitó a observar mi estado físico.

—¿Está usted bien señora Marisa? —me preguntó.

—Mejor que nunca —le contesté yo— ¿Y Mati?

—Lo dejé en la pieza durmiendo, estuvo correteando todo el día.

—Perfecto, mira Sonia hoy me vuelvo por unos días a la capital, toma te pagó el día y toma también esto como agradecimiento, pienso que en una semana o dos, espero, volveré, no te preocupes no me olvido de la gente, te portaste bárbaro y Mati se encariño contigo.

—Es un chico muy agradable —me cortó ella— muy dulce, usted también, espero que todos sus problemas se solucionen, en casa todas las noches rezamos por usted y por Matías.

Esas palabras, rezamos por usted, me conmovieron; no estábamos tan solas como creíamos. La abrasé tomándola por sorpresa, en realidad era por sincero agradecimiento y también porque lo necesitaba. Los acontecimientos me habían convertido en un vampiro del afecto.

Gracias le dije y se marchó, solitaria en los brazos de la noche que ya nos bañaba con su oscuridad y desconfianza. La vi observar atónita el estado deprimente de mi Falcon y detenerse imperceptiblemente en el parabrisas, pero no dijo nada, aunque me parecía que sabía más de lo que expresaba.

Cuando me dirigía al piso superior para ver a Mati sonó el teléfono, dude en atender, pero ya estaba jugada: era Claudia. Desaforada como jamás la había escuchado.

—Marisa, los huesos, ocurrió algo increíble.

—Qué cosa —le pregunté sabiendo de antemano que mi escala de lo increíble difícilmente alcanzaría ya el asombro.

—Adrián analizó los huesos y llegó a la conclusión que no son de la misma persona.

—Qué, cómo —le dije realmente asombrada.

—La pelvis es de un hombre, no hay duda de eso, también hice un dibujo y le pregunte a una conocida arqueóloga amiga mía y me lo confirmó, no puede ser la pelvis de una mujer. Y eso no termina ahí, la mandíbula es de alguien muy anciano o Gabriela sufría de graves trastornos de ortodoncia y perdió gran parte de los dientes aún antes de cumplir los veinte años.

No podía ser, me dije; aunque dentro de mí me lo imaginaba. Ahora entendía gran parte del hermetismo.

—Ya entiendo —sentencié— así es como se hicieron, o como se quedó ese Gauna con la propiedad, deben de haber matado a los dueños del terreno o anda a saber que había antes por acá y los enterraron en la misma fosa que antes o después enterraron a Gabriela.

—Con Adrián pensamos lo mismo. Es tremendo Marisa, no te llamé antes, ni fui hasta allá porque quería asegurarme bien de estos análisis.

—Hiciste bien —le contesté. Ella me preguntó si se venía pero yo le dije que tomaba a Matías y volaba para allá. Mañana será otro día me dije, el día final, el día que el mundo se enteraría del tormento de Gabriela; que los profesionales se encarguen de resolver y atar los cabos ocultos yo ya no resistía más, hasta acá llegaba mi participación en el hecho.

Corté y subí.

Matías no estaba en su habitación.

Ni en ningún rincón de la casa.

Me sentí vapuleada, completamente vulnerable, pero enfureciendo anta cada respiración.

Lo llamé, pero al principio no me contestó, después lo sentí llorar y gemir.

Podía presentarse dios mismo y decirme está en el placard o en cualquier lugar, pero yo ya sabía dónde lloraba.

Estaba decidida a terminar con todo lo que me había atormentado durante mi nueva vida.

No podía soportar un segundo más esta situación. Si querían a mi hijo no les va a ser tan fácil sacármelo.

Lo escuchaba llorar, lo escuchaba gemir y pedirme ayuda.

Tomé el arma decidida como nunca lo había estado en toda mi existencia. Sentía como la bronca trepaba por mi sangre. Quieren callarme, quieren que no diga nada, pero eligieron el peor camino para lograrlo. Al principio no entendía contra qué me enfrentaba y mucho menos que armas podía utilizar para defenderme. Ahora lo sé. Y también sé que puedo lastimarlos, que ya no les tengo miedo, que este es el momento final.

Ya no me importa si Ricardo está metido en esto o no, ya no me importa nada. Solo recuperar mi vida y mi hijo. Y si tienen que pagar por lo que le hicieron a Gabriela tendrán que pagar.

Comprobé que el cargador tuviera todas las balas, destrabe el seguro martille y baje la escalera.

La sangre se agolpaba en mi mente con gusto a venganza. Yo sabía que Gabriela me daba valor. Ahora entiendo todo. Si no fuera por ella jamás hubiera llegado hasta este instante. Nunca me hubiera enfrentado a esos tipos la noche del robo, cuando todo comenzó.

Abrí la puerta de la cocina y me dirigí al quincho por enésima vez, aciaga, enceguecida, sintiendo la fuerza de mis pasos contra el pasto aunque no fueran únicamente míos esos pasos.

Matías seguía llorando y gimiendo. Ya voy mi vida, sentí que le decía, Mami nunca te va a abandonar.

Me dolía el alma de escucharlo llorar y sufrir de esa manera tan aberrante, pero en otro momento de mi vida me hubiera derrumbado al instante, pero ahora no, ahora su sufrimiento me insuflaba de valor, ahora sabía que nada en el mundo me impediría defenderlo; y esa confirmación dirigía mis pasos y mi espíritu.

Ya estoy mi vida, no llores que Mami no va a permitir nunca más que te hagan sufrir mi vida. Y estaba segura que así sería, que si debía destripar a cualquiera que le quisiera hacer daño como lo hacía cuando era chica con los sapos y las gatas peludas lo haría sin piedad. Porque esos hombres se lo merecían. Porque me habían violado con la misma falta de piedad que a Gabriela y luego me enterraron aún con vida, como a todas esa persona seguramente. Y si volvían de la muerte, del infierno, los mandaría de vuelta, porque ahora tenía alguien que se encargaría de ellos o de cualquier espíritu o engendro que intentara violarme o matarme otra vez.

Abrí la puerta del quincho, estaba a oscuras. Los gemidos de Matías retumbaban entre las paredes y el silencio que me rodeaba y taladraban mi alma.

Lo encontré.

Lo hallé hecho un bollito de dolor en el piso, en una esquina, y el alma se me fue al suelo. Solito, como un pollito, mojado, acurrucado. El cuerpo le temblaba y me llamaba.

Sentí que las piernas me temblaban que me iba a largar a llorar ahí mismo y correr como una enloquecida, arrodillarme y abrazarlo como nunca lo hice en mi vida, pero otra vez resistí.

Y otra vez supe que no lo hacía sola.

Me acerque diciéndole: está bien mi vida, Mama esta acá, nada te va a pasar. Esperando contagiarle algo del valor que corría por mi cuerpo dolorido, lastimado. Prendí la luz. Los ojos se me llenaron de lágrimas al verlo tirado en el piso. Estaba empapado, parecía más flaco de lo que era y se chupaba el dedo como un bebe, como yo nunca recordaba.

Me arrodillé y él se irguió y me abrazo.

Está bien todo va a estar bien, le dije.

Me miro y supe que lo iba a amar para toda la vida; Y se lo dije.

El me contesto que ya lo sabía con una pasividad y un aplomo propio de un adulto.

—Yo también te amo Mami —agregó. Tenía el cuerpo frío y las manos terriblemente sucias y algunos dedos ensangrentados.

—Por qué no te quedaste en la cama —le pregunté.

—La seguí hasta acá —me dijo refregándose las lágrimas. Ya intuía a quién se refería; a esta altura no necesitaba explicaciones. Los dos hacía varios días que hablábamos el mismo idioma, que buscábamos las mismas ilusiones.

—¿Por qué la seguiste hasta acá? —me encontré preguntándole.

—Estábamos jugando en la pieza y ella de pronto se levantó y me tomó de la mano y me señaló que la siguiera

—Y Sonia no te escuchó bajar.

—Sonia dormía. Le salía vapor por la boca como si estuviera en una heladera. No la retes a Sonia ella... ella

—Lo sé. Lo sé mi amorcito. No te hubiera escuchado aunque quisiera.

—¿Pero qué pasó? ¿Por qué estás solo acá tirado en el piso?

—Ella desapareció Mami. No le tengas miedo ella nunca te lastimaría.

—Lo sé. Ahora lo sé.

Lo miré detenidamente estaba a años luz del niño alegre y juguetón que yo conocía, pero bajo esa piel sombría del sufrimiento asomaba todavía un hilo de inocencia, de dulzura.

—Pero desapareció así nomás y te dejó solo.

—Yo quise ayudarla a salir y no pude. Lo intente y no pude Mami tenemos que ayudarla a salir.

Me dijo aquellas palabras llorando con una congoja inconmensurable y dolorosa. Ayudala Mami me repetía.

Lo abracé tratando que se calmara. Podía sentir su corazoncito latiendo a un ritmo demencial y como todo su cuerpo se agitaba por el llanto.

Mire el piso donde estábamos, yacía mojado y me rodeaba un agudo y penetrante vaho a orín y desconsuelo. Matías no pudo contenerse y se hizo pis encima, pensé. Fue demasiado para él.

Observé la pared. Entre la parrilla y la esquina, donde Matías había estado tirado en el piso, aparecía un gran manchón de humedad. Siempre estuvo esa mancha en la pared. Ricardo decía que debíamos pintarla porque quedaba feo si invitábamos a alguien a comer un asado con esa mancha de humedad al lado de la parrilla.

Me separé de la pared aun con Matías llorando en mis brazos para lograr una mejor perspectiva del manchón de humedad.

Me pareció que a la izquierda se adivinaba un cuerpo o dos o más y el rostro de una persona gritando su dolor, después el manchón descendía por la pared como un río de sangre se me antojo y terminaba al pie donde estuvo Matías.

Era increíble. Cuanto más lo miraba más me aseguraba de esa sensación; porque no podía certificar si se trataba de una sensación o realmente el manchón representaba esas imágenes llenas de dolor y angustia.

Era como si un pintor se hubiera valido de la humedad para pintar un cuadro. El fresco atormentado de su visión o de sus propios demonios.

Por un segundo Matías se tranquilizó. Lo tomé por el rostro. Las lágrimas trazaban surcos de sufrimiento en la suciedad de sus mejillas y la aflicción y tenía los ojos rojos por la angustia.

—Ayudala Mami por favor —me volvió a decir nuevamente.

Observé sus manos. Los dedos le sangraban; los tenía raspados como si se los hubiera rayado contra un rayador de queso. Pedazos de piel y carne le colgaban dolorosos.

Contra qué estuviste luchando mi vida me pregunte. Y en ese instante me di cuenta contra qué había estado luchado.

Donde el rió de sangre del fresco de la pared terminaba su fluir divise unas líneas escarlatas.

Era sangre, sangre de verdad y suciedad.

Y la visión de Matías arañando la pared solo en el medio de la noche, desesperado, angustiado, como un condenado, hasta que los dedos le sangraran de tanto rasguñar me terminó por vencer.

Instintivamente lo comprimí contra mi cuerpo, y sentí como mi estómago temblaba y se sacudía por la congoja pero no lloré. Todo lo contrario: me llené de valor porque ahora entendía. Entendía que Gabriela estaba enterrada oculta detrás de esa pared y quería que yo la liberara de su prisión. Y Matías había intentado sacarla de allí él solito armado con sus manos y el amor desconocido que sentía por esa mujer. Y si yo lloraba, si yo aflojaba en ese momento todo el esfuerzo de Matías y el dolor de sus manos sería en vano.

Mami la va a ayudar, me escuche decirle y me alegré de habérselo dicho.

Me saque la campera, la extendí en el piso y deposité a Matías encima. Me levanté, las rodillas chillaron de dolor, me dolían los brazos y me faltaba el aire. Fui hasta la parrilla. Abrí una de las puertas inferiores y tomé el pico y la pala.

Me paré frente a la pared. Vi como los ojos de Matías brillaban del entusiasmo. Por un segundo sentí que volvía a ser su superhéroe preferido y hasta creí sentir que me decía mama vengadora.

Miré la pared: tan segura estaba de mi decisión que la vi destruida aun antes de haber dado el primer golpe.

Comencé a derribarla.

Esperando que esta vez si todo terminara.

Derribarla me costó mucho más de lo que había pensado. Especialmente los primeros golpes. Parecía que jamás se iba a romper. Hasta que comenzaron a caer los primeros pedazos. Algunos cayeron estrepitosamente a mis pies. Otros se perdieron detrás de la pared, como si hubiera un hueco.

Una energía increíble se apoderó de mí y a cada golpe le contestaba con uno más fuerte, y otro más fuerte y rápido que el anterior,

Escuché que Matías sonreía con una mezcla de alegría y nerviosismo desconocida. Sonrisa que a cada golpe se fue transformando en carcajada.

Matías lo estaba disfrutando. Infinitamente.

Y yo me deleitaba con su alegría.

Mientras la pared se hacía añicos ante mi demencial embate Matías se reía como hacía mucho no lo había escuchado y se me llenaron otra vez los ojos de lágrimas, tanto que la imagen de la pared deshaciéndose se fue haciendo borrosa hasta que ni siquiera vi mis brazos y el pico descargando toda mi furia, como si estuviera viendo a través de una vidrio jaspeado.

Por fin termine.

Giré mi cabeza y noté que Matías tenía una sonrisa de oreja a oreja.

Sentí el esfuerzo. Me temblaban los brazos y las piernas. Mis manos estaban ampolladas y sangrando, pero todavía me faltaba aún para terminar.

Caminé marcha atrás para tener una mayor perspectiva de mi obra de destrucción.

Matías se levantó y me tomó de la mano y dio marcha atrás conmigo hasta que casi chocamos contra el ventanal posterior.

Los dos teníamos las manos sangrando pero no nos importaba.

Nos miramos.

No era un simple hueco y no había ninguna tumba, ni un esqueleto, ni nada de lo que esperaba encontrar. El hueco detrás de la destrucción en la pared parecía profundo y oscuro y tenebroso.

Desandamos nuestros pasos acercándonos, los dos tomados de la mano, rumbo a lo desconocido.

Llegué hasta el hueco. No se sentía ningún olor extraño ni a humedad ni a muerte. Metí mi brazo, al principio con temor, después con decisión.

El hueco era más profundo que mi brazo. Parecía no tener un final.

Instintivamente recordé la linterna. Le pedí a Matías que se quedara quieto y la fui a buscar. Convencida de que obedecería una por una mis palabras porque seguía mirándome como si yo fuera la mujer maravilla.

Tome la linterna, me paré frente al hueco y la encendí.

Nuevamente no estaba preparada para lo que veía.

El hueco terminaba a cinco o seis metros de la pared. Y no terminaba y nada más. La luz de la linterna nos mostraba un atisbo de lo que dormía en el final.

Ajuste la intensidad de la linterna al máximo y la revelación casi me tira de espaldas.

Había una puerta. Una puerta de metal con un postigo y estaba cerrada. Con la mano le señale a Matías que se quedara y me acerque al hueco.

Ilumine hasta lo iluminable. Al parecer había una habitación o un hueco detrás de la puerta. Los hijos de puta habían traído a Gabriela hasta este lugar maldito y la violaron sin piedad y luego cerraron la puerta desde afuera y construyeron el quincho más tarde, pensando en que jamás nadie lo notaría.

El solo pensar en esa posibilidad me enfermaba del odio. Estaba segura que Gauna tenía algo que ver en esto y ese Emilio Vidal que ahora más que antes me alegraba de haberlo enviado al otro a mundo y Ricardo; mi alma se resistía a ubicar a Ricardo en esa posición en esta historia, pero los hechos intentaban demostrarme lo contrario.

Es cierto que uno jamás va a saber quién es o hasta dónde puede llegar la persona que tiene al lado pero me resistía a pensar en Ricardo como un violador y asesino. Podía tener muchas fallas como ser humano pero esa no me entraba en la cabeza, o sí.

Sin embargo sus actitudes, me demostraban lo contrario. Ya no estaba tan segura de creerle a Claudia cuando me decía que se trataba de bronca por lo de su infidelidad, o simple odio hacia los hombres porque eran capaces de producir semejante dolor y aberración en otra persona.

Pero al ver a Matías un halito de luz iluminaba mi alma. Matías era un ser maravilloso, era nuestro hijo, mío y de Ricardo y esa sola afirmación y revelación intentaba convencerme que Ricardo también era una buena persona.

Me habían violado en sueños, pero con la misma fuerza y sensación como si realmente hubiera ocurrido, pero los rostros jamás aparecían.

Guardé la esperanza en mi corazón.

Dolorida, frente a ese hueco olvidado y maligno deseaba con todas mis fuerzas que mis ideas sobre la participación de Ricardo en todo esto solo se tratara de simple y nefasto rencor hacía los hombres.

Tenía que entrar. Había llegado hasta ese punto y no iba a bajar los brazos en ese momento.

Pero también tenía miedo, un pánico enfermizo hacia lo desconocido. Una turbación dolorosa de encontrar el cuerpo derruido por el tiempo de Gabriela Chaisson. Entonces cuando aflojó mi valentía, Matías sintió mi pesar y dijo

—Tengo miedo Mami.

Inspiré, tome valor y le dije.

—Nada nos va a pasar. Los monstruos no existen. Y no hay nada en este mundo que pueda con tu madre.

Y con Gabriela pareció decirme Matías.

—Quedate acá. Hasta que yo no te llame no entres. Estamos de acuerdo.

—Sí.

—Nada te va a pasar canta alguna canción así yo te escuchó mientras entro. Dentro del armario hay un sol de noche lo voy a prender y lo voy a llevar al hueco de esa manera no te parecerá tan oscuro, pero no quiero que entres hasta que mami te lo diga.

—Si Ma ya entendí. No te preocupes. Te cuidamos la retaguardia.

Nos miramos. Nada me parecía tan loco como esas palabras ya. Luego sonreí. Para él esto seguía siendo una simple aventura. O no. No estaba muy segura de ello.

Tomé el sol de noche, lo encendí y lo llevé hasta la mitad entre la puerta de metal y la pared del quincho. Encendí mi linterna esperando que las pilas aguantaran, le señalé a Matías que se quedara dentro del quincho y me dispuse a abrir la maldita puerta.

Al principio me costó abrirla porque tenía los goznes oxidados, después de mucho esfuerzo, la puerta chilló, y una nube de polvo me envolvió como un fantasma oxidado y vetusto.

Entré. Me invadió un penetrante olor a humedad y encierro. Matías cantaba una canción de Gaby, Fofo y Miliqui que se sabía de memoria.

"Había una vez... un circo que alegraba siempre el corazón..."

Ajuste la linterna al mínimo para no encandilarme y para ahorrar baterías (me asustaba la idea de quedarme sin pilas dentro de esa especie de cueva) y dirigí el chorro de luz hacía adelante. La oscuridad era total, y no se veía nada más que lo iluminado por el círculo de la linterna. A esa falta de visión periférica debía sumarle que el círculo de claridad de la linterna temblaba al ritmo de mi corazón y mis nervios y parecía un fantasma deambulando asustado por el recinto.

Me sofocaba. Los nervios no me dejaban respirar ni moverme y antes de avanzar siquiera un paso dentro de ese mundo sórdido y en penumbras trate de hacerme un mapa mental de lo que me esperaba

Delante de mí se extendía un pasillo de unos diez metros de largo por dos de ancho. En realidad la linterna no me permitía ver más lejos de esa distancia aumentando mi desesperación; incluso a más de tres metros la luz comenzaba a difuminarse y los detalles se transformaban en imágenes mórbidas y desconocidas.

No obstante pude hacerme un mapa mental del recinto después de pasar el tembloroso haz de luz unas tres veces por las paredes, el techo y el piso. A los costados del pasillo se adivinaban cuatro habitaciones, cuyas puertas faltaban todas aumentando aún más mi terror hacía lo desconocido. Partes de la mampostería del pasillo se amontaban jalonando un tramado de baldosas blancas y negras estilo tablero de ajedrez. Algunas de las baldosas también estaban rotas dando el aspecto de descuido, o de que quisieron destruir todo pero abandonaron el esfuerzo.

Me agaché y limpie con mi mano dos de las baldosas. Tenían demasiado polvo y la de color negro tenia, también, algo pegajoso (como gotas de grasa) con polvo seco adherido. No pude descifrar de qué se trataba pero me asqueo el contacto con esa pegatina. Se me antojo que podía ser sangre, pero no era más que una sensación producto de muchos días de histeria e imágenes terroríficas.

Matías continuaba cantando como le había exigido.

"Siempre viajar... siempre cambiar... pasen a ver el circo".

Ahora comprendía que se lo había pedido más para sentirme segura y acompañada yo misma que por su propia seguridad. Y él había elegido esa melodía especialmente para mí, estaba segura de eso. Yo se la había enseñado y él la recitaba de memoria. Tenía ese don con la música las escuchaba una o dos veces y si le gustaba la cantaba todo el día. Lo escuchaba cantar entrecortadamente y respirar demasiado nervioso, pero me sentía acompañada.

Avancé.

Llegué a la primera habitación y la iluminé. No había nada dentro, yacía completamente vacía y cargada de soledad. No era demasiado grande en realidad era pequeña, las paredes estaban derruidas y el suelo era una acuarela salpicada de mampostería, ladrillos y manchas de humedad.

A mitad del pasillo colgaba del techo una lámpara estilo ojo de buey, pero sin la tapa, la lamparita todavía estaba, pero vestida de tierra.

Llegue hasta la segunda habitación y la ilumine e igual que la anterior no tenía muebles de ningún tipo y estaba en las mismas condiciones que la otra.

Había recorrido más de la mitad del pasillo. Hacia delante se adivinaba un hueco; la luz se perdía sin reflejarse en ninguna pared.

Mire hacia atrás, no podía distinguir más que la luz del quincho, pero ni a Matías ni al hueco.

Todavía lo escuchaba cantar, pero ya a esa altura mi respiración se sentía aumentada por la desolación y lo amplio del predio.

Llegue a la última habitación, la segunda del otro lado. Entré.

En las paredes había inscripciones hechas con suciedad y seguramente sangre pensé. Estos hijos de su madre, seguramente mataron a la familia que vivía en esta casa. Y mantuvieron unos días con vida a Gabriela mientras la violaban y vejaban. Después cerraron todo, construyeron el quincho, la casa y hasta terminaron por apropiarse del terreno como me había dicho la mujer policía días atrás.

Salí de la habitación y terminé de recorrer el pasillo.

Matías empezaba de nuevo desde el principio la misma canción. Me detuve e iluminé a mi alrededor. La oscuridad era total y hasta lastimaba. De nuevo me hice una imagen mental del lugar delante de mí. Al parecer había una amplia habitación, de uno cincuenta metros cuadrados o más que me imagine sería el living, o la sala de estar. Por la derecha había una puerta y desde ahí me pareció que venía el sonido de una gota agua cayendo de una canilla mal cerrada. Pero me pareció imposible.

Entré. A mi izquierda el círculo de luz tembloroso me mostraba una mesa tipo escritorio y un modular en el final del recinto. A la derecha había una cama sin colchón, una cama de metal en una posición extraña más alta en el respaldar que en los pies como si se le hubieran roto las patas de metal. En esa cama pensé se habían aprovechado de Gabriela.

Iluminé otra vuelta y descubrí un poco más, como por ejemplo que el modular tenía una cajonera.

Sabía que debía ir hasta ahí, pero casi sin luz era una travesía difícil. El piso estaba lleno de escombros y podía tropezarme y caer. Además en el pasillo era distinto las paredes a los constados me entregaban una especie de seguridad, pero si entraba ahí, en ese enorme recinto, en algún momento me hallaría en el medio de la nada y me asustaba la idea

Había olor a olvido, a humedad y encierro.

Grité para comprobar no sabía qué. El eco resonó como un muerto.

Tomé valor y me dirigí hacía la cajonera iluminando el piso, temiendo al mismo tiempo toparme con algo desconocido. Como cuando vas por la vereda mirando donde pisas y de pronto puede aparecer un transeúnte sin que vos te lo esperaras.

A Matías casi no lo escuchaba. Quise gritarle que estaba todo bien, pero pensé que yo misma me asustaría del sonido de mi voz.

Cuando apareció la pata de la mesa, frené e iluminé las paredes de mi izquierda y de adelante; gracias a la luz la cajonera se transformó en una especie de modular con ficheros de esos que suele haber en las oficinas; ahora la cercanía me permitía ver algunos detalles más. Al costado, en la pared, colgaba un póster grande con uno de sus extremos sueltos y doblado. No pude discernir qué representaba porque la luz de la linterna se estaba consumiendo presentándome los detalles ahora en una tonalidad amarilla y apagada. Debía apresurarme. O volver sobre mis pasos, tomar el sol de noche y entrar con Matías, pero primero quería cerciorarme que no hubiera ningún cuerpo o esqueleto, para Matías sería una visión difícil de olvidar. Aunque no sentía aroma a carne en descomposición, solo olor a humedad y encierro, hasta me pareció olor a naftalina.

El olor de naftalina debe emanar de los cajones, pensé.

Avancé, rodeé la mesa y de pronto tropecé y me caí.

Logré sostenerme con las manos, que me dolieron ante el contacto debido a las lastimaduras, pero igual terminé desparramada por el piso.

Al menos no me había golpeado.

Estaba justo debajo del borde de la mesa. En el borde de la mesa descubrí una especie de distintivo ovalado. La marca de la fábrica, pensé. Iluminé la cajonera aún desde el suelo. También tenía el mismo distintivo ovalado. Seguí iluminando y desde esa posición pude observar cual era el contenido del póster. Era un mapa. Y tenía, a un costado, el mismo distintivo ovalado. Me acerqué al filo de la mesa.

No estaba preparada para ver eso.

Ni mil sufrimientos más me prepararían para esa verdad.

Ilumine el distintivo, también el de la cajonera y por último el del mapa más grande y cuyas letras ahora se distinguían.

Decía: "Ejército Argentino".

La mesa expresaba propiedad del Ejército Argentino; y tenía el escudo ovalado de nuestro país con el sol en su parte posterior.

No puede ser, me dije, qué es este lugar. Qué hacen estas cosas del ejército aquí. Y de pronto la linterna se apagó y la oscuridad me devoró. Intente prenderla, pero no funcionaba. La golpee pero no daba resultado. El corazón comenzó a palpitarme a mil; como haría para regresar y contarle al mundo que un predio del Ejército estaba enterrado detrás de mi casa.

Yo ya sabía de qué se trataba todo esto.

Qué función cumplía este recinto.

Podrían lavarme el cerebro que igual lo sabría.

Era un centro de detención clandestino del proceso.

Y la verdad, está, era, quizás, la peor de todas.

Sentí un ruido a un costado y en la oscuridad reinante no pude discernir nada.

Algo se movió allende una de las habitaciones del maldito centro de detención.

Iluminé con la linterna pero estaba demasiado lejos y la luz no alcanzaba a mostrar lo que era.

Pero igual lo divisé.

Era como un montículo de tierra moviéndose.

Como si un animal, una víbora o una lombriz enorme estuviera avanzando bajo la tierra en mi dirección.

No tenía miedo. Ya nada me causaba miedo. Además ya sabía qué o quién era.

Entonces el montículo se detuvo a unos metros de mí y unos dedos comenzaron a aparecer desde el interior. Luego un brazo y el otro. Hasta que un cuerpo salió con mucha dificultad desde sus fauces con la cabeza todavía metida entre la tierra.

Como saliendo de su tumba de olvido y muerte.

Era Gabriela.

Su cuerpo estaba totalmente terminado ahora pero igualmente estaba negro por la tierra y también chorreando sangre. La visión me produjo más dolor que si hubiera sido la criatura de jirones de carne y huesos podridos de días atrás.

Se irguió, mitad del cuerpo enterrada, mitad afuera. La tierra continuaba moviéndose a su alrededor pero solo en el piso, como si la tumba se estuviera excavando a sí misma una y otra vez con parsimonia y retorcida inclemencia.

Ahora si me miró, con odio, pero sabía que no era hacía mí.

Comenzó a tratar de sacar sus piernas, lentamente, tratando de salir de la tierra que todavía la reclamaba.

Sentía su esfuerzo por liberarse y salir. La tumba estaba decidida a volver a enterrala, pero ella estaba decidida a liberarse y yo sabía que lo iba a conseguir.

Yo no la ayudaba. Algo en mi alma me decía que esto lo tenía que lograr ella sola.

Por detrás de la suciedad de su rostro, de la tierra, de la sangre y los golpes pude divisar que me sonreía. Aunque en realidad era la sonrisa que proviene del triunfo, de la meta alcanzada. Como diciéndome: viste, lo logramos.

La tierra, su tumba de pronto dejó de moverse y ella puso un pie fuera y después el otro. Lo había logrado. Entonces su cuerpo comenzó a cambiar y asomó, por fin, Gabriela.

Caminó hacia mí.

Era hermosa. Esta vez estaba físicamente completa y vestida. Tenía como una luz propia. No era que ella la irradiaba, sino como si unos reflectores invisibles la estuvieran iluminando mientras caminaba hacia mí. Solo ella tenía luz en la oscuridad lasciva que me rodeaba, como los adornos del techo de la habitación de Matías.

Llegó hasta mi lado y me sonrió. Ya no irradiaba frío ni olor a putrefacción.

El pelo largo enrulado, rojizo, hermoso le caía por los hombros, tenía una sonrisa contagiosa y llena de vida y una fragancia a manzanilla que embelleció mi existencia.

Me tendió su mano, suavemente.

Dude un segundo en estrecharla, pero no por miedo, sino porque ella había dejado de sonreír, como diciéndome: "preparate para lo que se viene".

Después de todo qué podía ser peor que lo que ya había vivido.

Tomé su mano y me entregué completa.

Oscuridad.

Todo estaba oscuro.

No sentía ni mi cuerpo ni mi ser. Había un silencio total y una quietud sin igual, aunque yo sabía que en cualquier momento algo pasaría. A lo lejos comencé a escuchar una melodía. Al principio no pude discernir cual era pero sabía que alguna vez la había escuchado. La música iba aumentando su volumen gradualmente, hasta que se hizo perfectamente audible.

Entonces la melodía dio paso a una canción que ahora se oía muy bien, como si sonara dentro de mi cabeza.

"Veinticinco millones de argentinos... jugaremos el mundial... Mundial la gesta deportiva sin igual...

Era el tema del mundial 78. Mundial que se había jugado en Argentina en plena dictadura y que habíamos ganado en medio de una fiesta grandiosa.

Mundial que para un país tan futbolero como el nuestro estábamos destinados a ganar.

Mientras la melodía continuaba sonando la luz regresó a mis ojos.

Era de noche. Una noche hermosa y estrellada. Yo estaba ahora recostada contra una puerta y aunque la casa donde estaba me era desconocida igual me sentía como si fuera mía.

Y la vi.

A Gabriela. A solo unos metros de mí.

Estaba con un muchacho.

Se besaban con mucho amor y pasión. En ese instante el tema del mundial dejó de sonar. Descubrí que alguno de los vecinos lo había estado escuchando seguramente desde un televisor.

Dejaron de besarse y ella lo miraba con un enamoramiento propio de una veinteañera y el la miraba del mismo modo o aún más.

Gabriela comenzó a acariciarse el vientre, segundos después el también depositó suavemente su mano en el vientre de ella.

—Todavía es temprano para que patee tonto — le dijo ella embelesada, tomando su mano.

—Lo sé. Pero dicen que sienten todo.

—También para eso es temprano tontín.

Él sonrió y volvió a besarla.

—Sebas.

—Qué.

—Me vas a seguir queriendo cuando este gorda e inflada por el embarazo.

—Más que nunca —y le propinó el beso número cien.

—Mirá esa luna, es hermosa —le cortó ella; con esa facilidad que tienen los enamorados de hablar de cualquier cosa— si es nena me gustaría llamarla Luna.

—Y si es varón.

—No sé. Me gustan muchos nombres, pero si es varón te corresponde a vos elegir el cómo se va llamar.

Sebastián se quedó pensativo, pero cómo al parecer no se decidía por ningún nombre cambió de tema y empezó a contarle que su padre pensaba regalarles la casa.

—Papa dice que no es el mejor momento para tener un nieto por cómo están las cosas en el país, esas cosas de política que yo no entiendo ni mu, pero que también es el mejor momento para comprar una propiedad.

—Entonces tenemos suerte de que Luna, o sin nombre, venga en este momento.

—Sí, pero no vale, ese nombre es muy lindo pero fue fácil para vos, yo no puedo decir que si es varón se llame Sol.

Los dos rieron, también como solo los enamorados pueden hacerlo ante cualquier ocurrencia. Desconocedores de las verdades que el padre de Sebastián había dicho.

De pronto todo vuelve a oscurecerse, pero esta vez no estoy sola en esa terrible oscuridad. Escucho a lo lejos ladrar a un perro, luego otro se le suma.

Entonces me encuentro parada al costado de una cama. Miro a mi alrededor y descubro que se trata de la habitación de una adolescente o de una niña con pretensiones de mujer. O al contrario.

Gabriela dormía. Afuera los perros ladraban ahora con mayor intensidad como adivinando.

Entonces escucho el frenar violento de varios autos.

Trato de avisarle, de despertarla, pero es inútil solo soy una simple espectadora de lo que va a ocurrir.

Gabi se despierta porque los ruidos son muy fuertes ahora. Golpes de puertas y hombres corriendo y gritando. Enciende el velador. En eso se escucha gritar a una mujer que supuse era su madre y la vos de un hombre gritando:

—Quédense quietos o van a ser boleta.

Gabi se levanta asustada sin saber qué hacer, pero no llega a moverse ni unos pocos metros que unos hombres vestidos de soldados entran a los trompicones en la habitación. Uno de ellos la agarra de los pelos y la zamarrea mientras le grita que no se haga la loca o me "boleteo" a tus viejos. Luego tira de ella; Gabi trastabilla pero el hombre continúa sosteniéndola de los pelos. Ella grita del dolor y se toma la cabeza y el hombre la arrastra sin que ella pueda hacer nada.

Yo trato de ayudarla pero no puedo mover uno solo de mis músculos. En realidad no sé si los tengo.

Cuando llegan al living la escena es dantesca. El padre de Gabriela esta tirado en el suelo mientras uno de los soldados le aprieta la cabeza contra el piso y otro lo patea sin piedad. La madre de Gabi grita: dejen a mi hija, déjenla por favor; e intenta abrazarla pero uno de los hombres le da un culatazo en el estómago doblándola al medio. Gabriela también grita. Papa, Mama, qué pasa. Pero es en vano. De los pelos, arrastrándola, casi al punto de arrancarle el cuero cabelludo: la sacan de la casa y la meten dentro de un Torino. En realidad la tiran en el hueco de los pies, luego dos hombres se suben y la pisan y la sostienen con sus botas. Cuando cierran la puerta y los autos comienzan a irse me doy cuenta de por qué razón la habían metido de esa manera.

Nadie podía ver que llevaban a alguien dentro del Torino.

En uno de los autos alcanzo a ver una calcomanía en pegada la luneta trasera.

Ya había visto esa calcomanía otras veces, incluso mi padre la tuvo alguna vez en el Falcon.

"Los Argentinos somos derechos y humanos", decía, con los colores de nuestra bandera.

De pronto estábamos las dos en el interior de una celda, ella lloraba, sola, desamparada. Alrededor nuestro se escuchaba como otras personas también lloraban o gritaban. Y a lo lejos se adivinaban los gritos de un hombre resistiendo una tortura.

Habla ruso de mierda, habla, se escuchaba.

Ella no entendía que hacía ahí dentro hasta que abrieron la puerta y la llevaron a las patadas hasta la cama que yo había visto un instante atrás. La desnudaron y la acostaron sobre el elástico metálico de la cama, yo ya sabía para qué la acostaban en esa cama. Dos o tres hombres la rodearon, no podía ver sus rostros, uno de ellos manejaba un aparato con cables.

Era una picana, no necesitaba a nadie que me lo dijera o una clase de electricidad para conocer su funcionamiento.

No quería ver esa escena quería irme, pero no podía, tuve que verla, era mi destino. Y la picanearon y la golpearon mientras le preguntaban por Sebastián y el padre y otros nombres y siglas que no entendí. Ella les rogaba que por favor le dejaran en paz, que ella no sabía nada. Pero igual continuaron.

Después aparecí a su lado en la celda. Ella lloraba, era un ovillo de dolor y abandono a un costado. Estaba llena de marcas. Y comprendí varias cosas, no sé como pero lo supe. Seguramente el padre de Sebastián estaba en política y solo por esa vil casualidad creían que ella tenía algo que ver con ellos.

Su único crimen contra el estado y el pueblo Argentino había sido ponerse de novia con el hijo de un presunto guerrillero y digo presunto porque no estaba segura que lo fuera.

Gabriela seguía llorando y preguntándose por qué a mí, queé hice yo. Y yo no podía responderle.

Luego abrieron la puerta. Uno de los hombres entró gritando. No te gusto la parrillita putita ahora vas a saber lo que es bueno. Te vamos a pasar por el fierrito. Sentí que me levantaba e intentaba detenerlos pero me era imposible.

La tomaron y empezaron a vejarla delante de mí. Cerré los ojos.

No quería ver esa película.

Por suerte dio resultado y solo escuchaba sus ruegos y lamentaciones y los gritos de ellos, sus te gusta putita y otra serie de banalidades.

A mí alrededor escuché una serie de voces llenas de espanto y de dolor que gritaban y les pedían que la dejaran. Suéltenla malditos, déjenla tranquila, decía un hombre justo detrás de mí.

Debe estar encerrado en la celda contigua, pensé.

Los gritos no terminaban más y empecé a llorar.

Hasta que por fin el griterío acabó y la puerta se cerró y abrí los ojos. No pude soportarlo, mi alma no podía soportar semejante dolor.

Gabriela tenía la mirada perdida en un punto inexistente en el techo. De volver a su vida anterior su existencia ya no sería la misma.

Los castigos y las torturas continuaron a nuestro alrededor. Por un instante me sentí uno más de los pobres desdichados que estaban detenidos en ese "Centro de detención clandestino del proceso".

Me pregunté qué crimen habían cometido los demás y lo supe de inmediato.

Pensar distinto.

Otros estar en el lugar equivocado en el momento equivocado o con la mala suerte de conocer a la persona equivocada o figurar en la agenda telefónica de la persona equivocada.

La explicación de siempre, fue un error o nos equivocamos, a veces lo pagan inocentes pero las guerras son así lo lamentamos.

Aunque hasta ahora jamás escuche que alguien se lamentara de estas atrocidades.

Supe que habían pasado varios días, o meses, algo en mi interior me lo decía. Y también supe que llegaba el final para Gabriela.

La vi acurrucada contra la pared; estaba igual que en mis sueños o experiencias anteriores, con las manos atadas y solo vestida con una bombacha sucia y ensangrentada. La piel abarrotada de golpes y quemaduras producto de la picana y la panza hinchada y el alma destruida.

Ahora entendía todo.

Escuche unos pasos acercándose; la respiración de Gabriela se aceleró.

Basta por favor, basta, pareció decir, pero era mi alma resistiéndose a lo inevitable de los acontecimientos.

Entonces la puerta se abrió y aparecieron las botas, como en el sueño, por detrás de la puerta.

Ya estás lista putita dijo el dueño de las botas y cuando la puerta se abrió de par en par pude verle la cara, sonriendo con su sonrisa de ave rapaz y ataviado con el uniforme verde musgo del ejército.

Era Gauna.

Se la llevaron sin que Gabriela pusiera resistencia.

Yo sabía a donde la llevaban.

Y enterrarla viva sería mucho más benévolo que un país con sordera.

Y la muerte más piadosa que la ceguera y el olvido.

La linterna encendió. Marisa se irguió sosteniéndose de la mesa. Las revelaciones todavía comprimían su espíritu. Entonces escuchó ruidos avanzando desde el quincho. Se quedó quieta, arrebujada detrás de la agonía, escuchando y observando a través de la cerrada oscuridad. Una respiración más tarde un chispeo de luz bailoteaba desde el pasillo del recinto oculto bajo tierra.

Alguien se acercaba con el sol de noche en las manos. No podía ser Matías, pensó, le pedí que no viniera hasta que yo lo llamara.

En un instante respiraba sola con su linterna rodeada de oscuridad y desasosiego y, al otro, Gauna aparecía de la nada con el sol de noche amenazándola con una pistola apuntada directamente a la cabeza de Matías.

No puede ser, se dijo, no.

—Quieta o lo reviento —le grito amenazante Gauna. Matías lagrimeaba y ella, por la sorpresa, no podía articular ni una sola frase ni un pensamiento

— No podías quedarte quieta no, tenías que creerte la justiciera y toda esa mierda de puta que te rondaba por la cabeza —le dijo Gauna con ironía; y cuando estuvo a menos de un metro de ella le pegó con la mano y la culata de la pistola en el rostro.

Marisa se estrelló contra los ficheros y cayó al piso. Mientras caía Gauna le propinó una patada en las costillas. Suficiente como para transformarla en un inofensivo muñeco de trapo incapaz de defenderse.

—No mami, mami —escuchó que gritaba Matías, pero Gauna estaba decidido.

Empujó a Matías a un costado y comenzó a atarle las manos con un trozo de soga para la ropa, ella intentó impedírselo pero no podía ofrecer resistencia y sentía como Matías lloraba y el mundo se transformaba en su más horrenda pesadilla.

Cuando Gauna se aseguró que le sería imposible liberarse de las ataduras la abandonó y desapareció por detrás del pasillo interior; Marisa con el rostro contra el piso, sangrando, y la voluntad desecha lo vio caminar. Al rato escuchó un sonido como de un martillo golpeando una puerta de madera seguido otro sonido como de moscas zumbando y quemándose en un mosquitero eléctrico.

Gauna había encendido las luces. Dos tubos largos que colgaban del techo refulgían detrás de su atuendo de suciedad y tiempo.

—No hay como las construcciones militares —escuchó que sentenció Gauna, que volvía con una silla levantándola a Marisa y atándola en el respaldo.

—Como extrañaba esto. Lástima que no tuvimos el tiempo necesario sino este país ya estaría marchando hacía la gloria.

Marisa volvía en si e intentó moverse y soltarse saltando en la silla, pero no pudo.

—Quieta putita, no te preocupes, quieta, ya te va a gustar todo esto — le dijo y volvió a desaparecer por detrás internándose en el pasillo interior. Marisa miró a Matías que se debatía en entre el llanto y el desconsuelo.

No puede terminar así esta historia, no mi vida, no puedo fallarte de esta manera.

Gauna apareció con un aparato lleno de cables montado sobre una especie de carrito con ruedas, las ruedas chillaban contra el piso, a una le faltaba la cubierta de goma.

—Sabes qué es este aparato —le preguntó Gauna — Si claro que lo sabes. Todo el mundo cree que lo sabe

—Basta déjanos en paz hijo de puta mal nacido.

—Ja, ja. Con esa boquita comes — se acercó a milímetros del rostro de Marisa en actitud amenazante— vos no sabes lo que es un hijo de puta mal nacido. Todos creen saberlo pero no tienen idea, nosotros sí, nosotros tuvimos que enfrentarnos con ellos, y para qué eh… después de tanto esfuerzo para qué, para tener que estar encerrados y que nos traten como si fuéramos criminales. Qué hubieran hecho si nosotros no hacíamos el trabajo duro ¿Eh? entregarles el país a ellos. No, vos no tenés idea de quienes son los hijos de puta no. Sos como ellos, como esa coloradita reventada que no quería hablar. No sé cómo carajo llegaste a conocer su nombre, pero hoy me lo vas a decir, vas a ver cómo me lo vas a decir palabra por palabra.

Marisa se sintió vestida de pánico y terror, con un dolor terrible en la mandíbula. Algo tiene que pasar, se dijo, por favor dios no permitas que le hagan daño a mi hijo.

Gauna acomodó el aparato a un lado de la cama desvencijada, sin colchón.

—Te va a gustar la parrillita, vas a ver como después de un rato no vas a poder vivir sin ella.

—Por favor basta, ya todo el mundo lo sabe, no ganas nada haciéndome daño, mañana los medios van a venir a ver este lugar, ya les avise temprano. —le dijo Marisa esperando detenerlo, costándole pronunciar cada palabra— Además también tienen los huesos que hallé en el baldío.

Gauna la acechó riendo detrás de esa mascara de ave rapaz e insensibilidad.

—Te crees que le tengo miedo a la verdad. Yo Cumplí con mi deber, cumplí con mi patria. Es mi patria la que no cumplió conmigo —la tomó de los pómulos y la apretó acercando sus labios a los de ella— Quién iba a hacer el trabajo sucio eh, los cagones que nos llamaron a los gritos. Ya van a venir llorando con el culo entre las patas a pedirnos que pongamos en orden otra vez el país. Pero ya lo sé, se creen justos, creen que llevando la bandera de esa justicia de cagones, de cobardes y maricones me van a meter preso. Pero no te lo vas a llevar tan fácil putita, o te creías que esto era un juego de niños, sabes a cuantas niñitas como vos enderezamos acá dentro. No, no lo sabes. —se agarró la entrepierna mostrándosela con furia— Además, esta está necesitando un poquito de ejercicio y después de hablar putita… y vas a hablar, te aseguro que vas a hablar, como hablaron todos, hasta el más duro se cagó encima acá dentro, vas a conocer lo que es bueno como esa otra. Si, y en la madrugada me vas a estar suplicando porque te lo haga de vuelta.

De pronto unos ruidos reverberaron en el aire cargado de miedo y encierro, alguien gritaba:

—Marisa, Marisa, dónde estás —Gauna se movió rápidamente y le tapó la boca con un trozo de cinta adhesiva y se dirigió a una de las habitaciones del pasillo de adelante.

191

—Marisa estás ahí —era la voz de Ricardo. Marisa no podía avisarle aunque en realidad no sabía si era bueno que viniera o no.

Cuando apareció el pánico se dibujó en las facciones de Ricardo apenas la vio atada en la silla, pero no tuvo tiempo suficiente para que el cuerpo se percatara del terrible golpe en la nuca antes de caer.

—A… ya estamos todos. Hay alguien más por venir —dijo Gauna y procedió a amordazar a Ricardo y lo llevó y lo tendió en el elástico de la cama, asegurándolo de los brazos y las piernas.

Cuando Ricardo volvió en si trató de zafarse, pero Gauna conocía su oficio y le aplastó el estómago utilizando todo el peso de su cuerpo de un codazo. Ricardo se dobló en sí sin poder respirar.

—Hola lindo —le dijo sonriendo— Cómo… no me habías dicho que te habías separado de esta putita. A claro… ya entiendo… te entró la culpa por los cuernitos no. Maldito pollerudo —y volvió a pegarle esta vez en los riñones— Qué haces acá, a qué viniste. Te llamó, te contó algo la cornudita esta. No importa, ya me lo vas a decir. Sí que me lo vas a decir.

Marisa comprendió en ese mismo instante que Ricardo era inocente de la mayor parte de las cosas que ella le había atribuido, aunque no de todas, se dijo, pero sí de las más sombrías. Se dijo que jamás debía haber dudado de él, pero no podía decírselo. Y lo miró con dulzura y el también, pero con el pánico asomando por sus ojos.

—Que tierno, la parejita feliz se reencuentra justo ahora. Y delante de su hijito. Pero claro ella no sabe nada no. Nunca quiso saber nada y vos preferiste no decírselo no.

Gauna desvistió a Ricardo cortándole el pantalón y la camisa con una navaja. Marisa experimentó una sensación de serpientes masticando su estómago y de una vulnerabilidad extrema al verlo desnudo, entregado completamente al odio que parecía mover los músculos de Gauna.

Marisa gimió, presa del tormento: basta, déjalo en paz maldito, si le pones un dedo encima… pero las palabras no salían.

—Qué. Querés decirme algo muñeca —le dijo Gauna y le separó de un tirón la cinta adhesiva de la boca que le ardió como si le hubieran acercado un fósforo a los labios.

—Dejalo, basta, qué pretendes. De qué sirve ya termino, todo término, hace años que se acabó —y se largó a llorar.

Gauna la tomó del pelo sujetándola con salvajismo.

—Vos querías la verdad, ahora vas a saber la verdad que en realidad nunca quisiste saber.

Y se acercó de nuevo a la cama. Ricardo se debatía desnudo contra el destino de dolor y sufrimiento que se avecinaba. Matías observaba la escena desde abajó de la mesa. Se había escondido ahí y se sostenía las piernas y lloraba. Marisa trató de zafarse pero no pudo.

Gauna tenía un bidón de agua y lo vació sobre el cuerpo indefenso de Ricardo empapándolo. Después tiró el bidón vacío a un costado y terminó de adosar los cables eléctricos del aparato a la cama y comenzó a prepararse para reeditar la vieja escena de tortura y martirio que parecía disfrutar.

La vieja y dolorosa escena incrustada en la memoria colectiva de un pueblo olvidadizo.

—Vamos, decile la verdad a tu mujercita, decile la verdad de quién sos realmente —y lo picaneó. Ricardo se retorció del dolor.

—Basta, basta, dejalo, basta por favor —le suplicó Marisa

Gauna se acercó y la tomó otra vez de los pelos y la forzó a mirar a Ricardo.

—Preguntale putita, preguntale de quien es tu hijo que yo lo hago cantar. Ah claro no sabes. No querés saber. Te hiciste la olvidadiza. ¿No? Claro, mejor olvidar todo como pretenden hacer con nosotros. Hace seis años tuviste un embarazo perdido. Claro no te acordás no putita... El pollerudo este me contó que sufrías como una condenada, incluso intentaste suicidarte. Entonces como no te recuperabas yo le dije que le podía conseguir un niño si quería y él me dijo que sí. Pago por él sabias. No, claro, no lo sabías porque preferiste olvidarlo. Fue tu manera de hacerte la sonsa, como los que venían acá y se hacían los sonsos, los que no conocían la verdad. — y le pegó otro trompazo y le apretó la yugular hasta que Marisa casi perdió la conciencia— Pero no, a vos te reservo para lo mejor —y le soltó el cuello. Marisa tosió y escupió sangre— Y putita, decime. Querés que le pregunte otra vez por la verdad eh.

Y Marisa entendió. Marisa por fin comprendió todo, no necesitaba mirar a su marido torturado por ese salvaje, se dijo; y recordó ese instante de su vida, ese soplo de dolor que su alma había encerrado en el foso del olvido, cuando la relación con Ricardo empezó la larga y dolorosa marcha de la decadencia y el desencuentro; ahora lo recordaba, no necesitaba picanas, ni trompadas ni más sufrimientos; todos lo sabían, incluso Claudia, pero al verla a ella tan feliz, todos se callaron y jamás se habló del asunto; después de todo un hijo es de quien lo cría no de quien solamente lo pare, se dijo.

Recordó el momento que había esperado con tanto ahínco; el que tantas madres atesoran durante meses; el instante sublime en que su bebe saliera llorando de sus entrañas. Pero él bebe no nació, murió antes de terminar de transformarse y se vio a ella ensangrentada en el baño, perdiéndolo y llorando y metiéndose en su propio dolor. Hasta que apareció Matías. Ahora lo recordaba. Ricardo le había dicho que se trataba de un niño huérfano y ella estuvo feliz de adoptarlo, para después olvidarse por completo del asunto y creer que era su hijo, que jamás había perdido otro; aunque ahora entendía, ahora entendía que los sueños donde lo mataba, eran los mismos que soñó durante aquel año tan terrible después del embarazo frustrado, donde estuvo al borde de sacarse la vida. Ahora lo recordaba y entendía porque le costaba tanto recordar a Matías con menos de un año y la verdad le dolió más que mil violaciones juntas y que la muerte; pero la verdad, también, liberó su alma; la verdad la llenó de una infinita alegría. Y gritó, gritó con todas sus fuerzas.

—No, no quiero que le preguntes nada. Ya no importa. Pase lo que pase jamás te vas a liberar de mí. Voy a volver de la muerte y te voy a perseguir, y te voy a torturar como debes de haber hecho vos hijo de puta, pero no con tu mentira de que te lo pidió la patria. No. Por mi hijo. Te lo juro...

Gauna le propinó el tercer trompazo de la noche, pero esta vez ella no lo sintió, esta vez se quedó mirándolo fijo, con odio, sintiendo como el ojo se le salía de la cara, pero sin inmutarse, desafiándolo a más. Pero Gauna se apartó y fue hasta "la parrilla" desde donde Ricardo la miraba pidiéndole perdón con el alma a través de la carne.

Gauna empezó a preparar otra vez la escena.

—Falta lo mejor, no le dijiste no pollerudo. A perdón, creo que eso sí que vos tampoco lo sabes. Vos tampoco sabes quién es la madre de este infeliz eh. ¿Lo saben? Yo les voy a decir quién es la verdadera madre de este pendejito —y se acercó a Marisa—. Tenés idea eh putita de quién es la madre de este pendejo —le dijo al oído mientras le manoseaba los pechos— Sabes quién le daba la tetita al mocoso ese.

Pero Marisa no lo necesitaba, eso también ya lo sabía, sentía como que siempre lo supo y esa verdad no le dolía, todo lo contrario, la llenaba de felicidad; y miró debajo de la mesa donde estaba Matías.

No estaba solo.

En realidad desde que empezó esto nunca lo estuvo y se sintió aliviada porque pasara lo que pasara con ella y Ricardo Gabriela cuidaría de su hijo, de nuestro hijo, de las dos, se dijo.

Matías se levantó acompañando por Gabriela, no sabía si alguien más que ella los veía; creía que no, además Gauna estaba ocupado, manoseándola y diciéndole que Gabriela era la madre de Matías, y que había disfrutado cada una de las veces que la ultrajaron, y que ella también lo iba a disfrutar: y no se percató de los movimientos de Matías y de Gabriela.

De pronto Matías desapareció por detrás de una de las puertas del recinto y segundos más tarde la luz se apagaba y quedaban a oscuras

—Carajo, qué pasó —escuchó Marisa que gritó Gauna. Y casi al instante prendió la linterna y se dirigió hacia la zona más profunda del establecimiento. Alguien había apagado las luces, pero no podía ser Matías, pensó, demasiado rápido; porque en ese preciso momento la estaba desatando, a oscuras. Cuando Matías terminó por desatarla tiró de ella para que abandonaran el lugar, pero ella se arrodilló y lo abrazó aun a oscuras; solo se veía la linterna de Gauna moviéndose detrás y una mísera luz refulgiendo en la entrada.

—Andá mi amor, corré hacía donde sea, andá a alguna casa de alrededor y toca el timbre y si no hay nadie metete en algún hueco y no aparezcas que yo voy por tu padre.

No pudo decirle nada más porque en ese momento la luz se encendía. Lo vio desaparecer por el pasillo, ella agarró el sol de noche y esperó a un costado que Gauna apareciera por detrás del pasillo interior. Ricardo la miró y ella le hizo señas de que no la mirara. Cuando Gauna apareció le pegó con todas sus fuerzas con la garrafa del sol de noche, no una, sino tres veces, mientras Gauna caía inconsciente soltando la pistola y la linterna. Sin pensarlo Marisa empezó a desatar a Ricardo desesperada y sintiendo como el corazón le daba tumbos en el pecho. Se equivocó y empezó por las piernas, cuando terminó de desatarlas se dio cuenta del error, pero ya era tarde.

Gauna la tomó por el cuello. Ella se defendió. Y se trenzaron en una lucha desesperada. Marisa utilizó sus uñas largas y lo rasguñó, sintiendo como la carne se hundía entre sus dedos. Gauna todavía no había recuperado todas sus fuerzas debido a los golpes que ella había descargado en su cabeza, pero le tiró el cuerpo encima y rodaron por el piso del recinto. Ricardo flameaba en la parrilla. Con los brazos atados y las piernas sueltas luchaba por desprenderse con tanta vehemencia que la cama había recorrido a los saltos casi un metro desde la pared.

Marisa logró pararse primero, pero Gauna desde el piso le pateó los ovarios y ella cayó doblada al medio.

Es el fin, se dijo casi vomitando del dolor, pero no vas a tener a Matías.

Gauna corrió y levantó la pistola del piso.

—Quieto hijo de puta —le dijo a Ricardo todavía luchando con la cama — quieto o la mató ahora mismo.

Y volvió hacia donde estaba Marisa, tirada en el piso, arrastrándose por llegar al pasillo en un esfuerzo fútil por escapar.

Gauna le cerró el paso, parándose delante de su rostro, entre ella y la salvación.

Marisa miró las botas. Las mismas botas que en sus sueños la habían torturado durante tanto tiempo; las mismas botas que habían torturado y violado a Gabriela, sin piedad, sin detenerse aunque ella estuviera embarazada; ahora entendía por qué siempre la veía con el abdomen hinchado; y le escupió las botas, con una mezcla de sangre, saliva, sufrimiento y venganza.

—Sos valiente. Tengo que admitirlo. Increíble. Pero muchos más duros que vos terminaron cantando transformados en unos mariconcitos. No te preocupes, todavía no es tu fin. Como te dije está te necesita.

Marisa había vuelto hacía atrás y lo miró directamente a la cara. Sabía que era el fin, pero quería que él no olvidara su mirada de odio, era lo último que iba a hacer, agradeciéndole a Gabriela por salvar a Matías.

De pronto los ojos de Gauna parecieron llenarse de terror, de un dolor inconcluso y la miró como diciendo cómo puede ser. Entonces el pico con que ella había destruido la pared de ese predio apareció desde el interior de su pecho, seguido de un manantial de sangre oscura.

Marisa se arrastró hacia atrás ante el caminar doloroso de Gauna que la miraba sin entender quien le había clavado el pico en la espalda.

Marisa se sostuvo con las manos y miró por detrás de Gauna y se encontró con Salvador, más grande de lo que ella recordaba, casi llenado el hueco de la entrada del pasillo; por detrás estaba Matías, tomándolo de una pierna y mirando como Gauna se tambaleaba con el pico vengador colgándole de la espalda.

Gauna intentó alcanzar el pico con sus manos, como rascándose la espalda, pero no pudo y aunque lo hubiera alcanzado Marisa dudó que pudiera sacárselo.

Gauna tosió y antes de caer disparo al aire y cayó estrepitosamente de cara contra el piso

— No —pareció decir en una plegaria desesperada. Entonces la muerte inundo su rostro, blanqueó sus ojos y murió en un ultimó espasmo de dolor.

Marisa lo observó tirado boca abajo en el suelo. Tan insípido y banal como una cucaracha; mucho más pequeño y débil de lo que en realidad le había parecido segundos antes; más insignificante, incluso, que un anciano enfermo; desafiando esa imagen de hombre imponente e invencible como debe de haberle parecido a sus víctimas, pensó, acrecentado en la tortura y el terror.

El universo se empeña en premiar a la crueldad con poder, se dijo, a los fuertes sobre los débiles... solo la muerte nivela las cosas.

Todo había terminado. No podía creerlo todavía; y Gabriela, Matías, Ricardo y ella misma también, estuvieron a un segundo de perder la batalla; a solo un palpitar de pasar a engrosar esa dolorosa y extensa lista de olvidados y anónimos, de ignorados y marginados y todo gracias a la intervención de un anciano.

Apartó la vista del funesto epilogo de esa historia y levantó la mirada buscando a su héroe.

Salvador también se tambaleaba.

—No... no puede ser —y como pudo se levantó, lo tomó entre sus brazos, y lo apoyó delicadamente en el suelo.

El disparó era una pequeña moneda de oscuridad en el centro del pecho del anciano, pero por la espalda la sangre lo abandonaba a borbotones.

—No, por favor Salvador no se muera, por favor.

Matías corrió a desatar a Ricardo. Marisa lo miró y se largó a llorar.

En ese momento entraban Esther y su hijo Mario corriendo; por un segundo se quedaron paralizados contemplando la macabra escena de una mujer con el rostro estropeado, un hombre desnudo levantándose de una cama sin colchón abrazando a un niño, otro hombre tirado en el piso con un palo de un metro clavado en su espalda y Salvador, en el suelo, sonriendo desde un charco de sangre.

—No salvador. No —gritó angustiada Esther y se agachó.

—Ah mujer no iba a vivir cien años no te preocupes ya te preocupaste demasiado por mi todo este tiempo —le dijo Salvador y giró la cabeza hacía el rostro de Marisa— Fueron los loros —le dijo— ellos me avisaron y corrí

Marisa lloraba. Matías y Ricardo se acercaban.

—Corrió como un loco —agregó Mario como si le hubieran dicho que era su turno de reemplazar a Salvador en el relato por el acceso de tos que sacudía al anciano— dijo que esa mujer tenía razón, no sé por qué pero debemos ayudarla y nos trajo de los pelos hasta su casa en la camioneta... Pero... pero que pasó aquí.

—Perdón por no escucharte antes mi hijita —le dijo Salvador mientras Esther, desesperada, le metía la mano detrás de la espalda intentando detener la pérdida de sangre — Basta mujer es mejor así. No te preocupes más por mí. —tosió y unas gotas de sangre aparecieron entre el hueco de sus labios— Sos fuerte y además ahora tenés alguien más importante que yo para cuidar.

Salvador miró a Matías y después la miró a Marisa que no podía hablar y decirle que sí, que ese era su nieto.

Salvador sonrió y dirigió la vista hacia un costado, hacía donde no había nadie. La vida lo abandonaba. Por un instante Marisa sintió como las facciones de Salvador se llenaban de dulzura... de alegría... de felicidad.

Y ya sabía por qué.

Ya sabía quiénes habían venido a buscarlo.